我住在这里的理由

和之梦 著

译林出版社

Contents

目录

第一章　每个人都能寻得一片自己的栖息地

第二章　有梦想，就去追！

第三章　一步一个脚印，时间会证明我们的付出

前言
了解《我住在这里的理由》

《我住在这里的理由》是通过演员阿部力、导演竹内亮等人，拜访住在海外的中国人和住在中国的外国人，来介绍世界各地风土人情的旅游式纪录片。

每个人在选择自己生活的地方时，一定有他的理由。节目组走访住在异国他乡的中国人，以及住在中国的外国友人，通过他们的外国人视角，展现你所不知道的风土人情和文化差异。采访对象大多是普通老百姓，有日本留学生、上班族、匠人、相扑选手、清洁工、事业型妈妈、老师、网红、模特、画家等等。节目回归到这些平凡人的真实生活当中，在他们身上看到不同群体的生活态度，以及不同时代背景下的身份烙印。

采访前，主持人只被告知了主人公所在的地点，然后展开一次完全没有台本的自由旅行，跟踪记录这些拥有不同职业和背景的普通人每一天的生活，理解那个国家、那个城市的风俗文化，了解不同职业的工作状态。自二〇一五年十一月五日播出第一集后，目前节目已拍摄超过三百集，每周四在网络上更新。前二十二集记录了在日本学习、生活的中国人，从第二十三集开始，主人公范围扩大至在中国生活的外国人和住在海外的中国人，让不同国家的观众了解彼此的文化。

虽然每一个人选择生活地都有不同理由，比如为了寻找有趣的生活方式，为了人生的成就感，为了赚钱养家，等等，但有一个共同点，就是喜欢这个地方。这些来自不同文化、地域的差异所带来的感受，让观众对世界产生兴趣，了解他人，审视自己，怀着一颗好奇的心去思索人生的意义。

主创人员

主持人阿部力（小名冬冬），是日版《流星花园》美作的饰演者，也是一位中日混血儿，悠闲随性，魅力十足。

阿部力不在时，主持人便由节目的导演——竹内亮（亮叔）担任，他是一位幽默风趣、无厘头的日本大叔，最喜欢和主人公一起吃吃喝喝。

导演的太太赵萍（萍姐）是南京人，也是节目的制片人，在大部分节目的旁白里都能听到她亲切的声音，偶尔也会客串节目助手、主持人。

幕后制作

纪录片《我住在这里的理由》不是出自名导演之手，主持人也不是很当红的明星，而且制作经费少得可怜，剧组成员零酬劳，没有赞助商，也没有投资方，全靠自费拍摄。每集节目时长不一，有时候还会陷入找不到主人公的危机，拍出来的镜头也常常虚焦，但是在各大网站的评分都在九分以上。

节目制作初期完全没有商业赞助，导演和制片人的压力都很大。他们在拍摄的过程中，逐渐探索出自己的盈利模式。二〇一九年九月，节目拥有了自己的网站，推出会员制，会员可以付费观看加长版视频，欣赏更多精彩片段。

突发状况

因为是“一次没有台本的旅行”，所以节目录制期间出现过很多突发情况。比如：阿部力的摩托车钥匙丢了，导致节目组错过了与采访对象的约定时间；助手给汽车加错油，结果耽误行程；因为不熟悉主人公的生活习惯，跟踪拍摄累得不行；等等。

恰恰是这些未知的状况，给节目带来很多趣味。

序言
竹内亮谈《我住在这里的理由》

创作契机

拍《我住在这里的理由》（以下简称《我住》）的契机是我在二〇一〇年为日本放送协会（NHK）拍摄大型节目《长江天地大纪行》，其间去了长江周边的青海、四川、云南等地，前后拍了有一年时间。那时候，我经常跟当地人交流，他们知道我是日本人后就会问："你知道山口百惠怎么样了？""高仓健怎么样了？"但那已经是二〇一〇年了，山口百惠已经隐退了多少年了啊！他们获得的日本信息太少了，更多的是通过看抗战影视片，不知道当今的日本艺人及文化，只知道山口百惠……所以我当时就想做一个节目，将现在的日本介绍给他们。

我跟太太说了之后，一开始她是反对的，她觉得孩子还小，我们在日本买了房子，工作也很稳定，没有必要去冒这个风险。但是我一直说一直说："想去中国！想去中国！"最终我花了两年时间得到太太的同意。

那时身边的人都反对我们搬去南京："中日关系这么紧张，你为什么还要去？""太危险了！"……大家都劝我不要去。但是，我觉得这反而是一个机会，当时很多日本人从中国回来了，包括很多在中国拍视频、拍纪录片的人，那么这时我去的话，就没有竞争对手了（笑）。

经过一系列准备之后，我们在二〇一三年八月正式搬到中国南京定居。之后，我一边为日本的电视台拍摄节目，一边做调查，研究中国年轻人究竟想看关于日本的哪些内容。同时，我进入南京大学学习中文。

开拍

我们公司是在二〇一四年成立的，然后开始为拍摄做准备。当时没有太多想法，只是想把日本当下的文化及信息传达给中国年轻人。至于用什么形式来表现，也没有很好的点子。直到二〇一五年夏天，我太太跟我说："那就拍住在日本的中国人吧，通过他们来介绍日本的话，大家都愿意看。"我觉得这个主意非常不错，所以就开始做这个节目了。

连续拍了半年在日本的中国人之后，我就想换一种"玩法"：拍在中国的日本人。一开始不知道会不会受欢迎，在拍了两三个人后，观众的反应特别好，比"住在日本的中国人"系列还受欢迎。我们真的没有想到，原来大家都喜欢看日本人的生活，所以后来我们就一边拍住在日本的中国人，一边拍住在中国的日本人了。

拍摄对象

《我住》拍摄对象的选择标准只有一个：他必须是一个拼命努力的人。我们所拍摄的人物，只要能满足最大的条件："努力工作／生活"，就没问题。

我们拍的第一个日本人是位住在上海的漂亮姑娘，二十多岁，从事美容美甲工作。她并不是被日本公司派遣来中国的，而是自己喜欢上了中国，然后选择定居上海，开了一家美容美甲工作室，在上海努力发展她的美丽事业。（本书的第二章讲述的就是这位日本美女的追梦故事。）

此外，我们还有一个条件是一定要拍主人公的家。因为我们的节目很生活化，而一个人主要的生活场景就是他的家，如果"家"不能公开的话，我们也就不拍了。

我们最大的困难是资金问题，拍摄过程中反而几乎没遇到什么困难，大多数拍摄对象都愿意接受拍摄。不过现在回想，拍日本人时被拒绝的比例比较高，因为日本人注重隐私，不想被拍到自己的家及家人，这也许是不同民族的不同生活习惯吧。

我住在中国的理由

我从一开始的时候就被粉丝问及“我住在中国的理由”，所以二〇一八年我公开宣布，如果达到一百集的话，我就拍我自己，回答大家的问题。在第一百集里，我让员工做导演、摄影师……这也算是一个培训过程。（翻看第九位主人公的故事，就能看到“培训过程”的成果。）

我住在南京，而做中日交流，肯定绕不开南京。正因为南京是一个敏感的地方，所以在这里做中日交流的事情时，能更加直接地感受到中日关系的最真实现状，也更有意义。

我觉得南京人特别包容。今年是我住在南京的第八年，八年来，我从来没有被人说过诸如“你是日本鬼子！”“我讨厌你！”“走开！”之类的话，一次也没有。大家都对我非常友好，也给了我们很多帮助。

南京人不单是对日本人，对外国人都比较包容。有一次，我在南京地铁内，跟一个日本人用日语交谈，旁边有一个孩子说：“我怕，妈妈。”孩子的母亲就教育孩子，说：“不能这样说，日本人里也有好人与坏人，全世界都一样，有好人与不好的人，所以不应该这样说。”我听到后很感动。很多人，特别是日本朋友，都问过我：“你住在南京没有事吗？有没有被打过？”我的回答就是两个字：没有。

在中国的这些年

这些年，我感受到的变化是中日关系越来越好了。首先，我完全没有想到有这么多中国人去日本旅游；第二，看我们节目的人越来越多，想了解日本的人越来越多，通过《我住》的点击量也可以看出这点；第三，有好多媒体来采访我，特别是影响力巨大的主流媒体。

我想一直努力，促进中日、中外的民间交流，增进彼此了解，消除彼此之间的偏见。在我把日本的文化介绍给中国人的同时，我也发现，日本年轻人不太了解、不太关心中国，这与很多中国年轻人喜欢日本文化反差很大。我觉得这个情况不好，以后还是要把中国有意思的文化更多地传达给日本乃至全世界的年轻人，这是一定要做的。

第一章

每个人都能寻得一片自己的栖息地

在这里，翻开崭新的人生一页——

漫画家

浅野龙哉

我希望，永远。
永远，在这里。

个人档案

住在北京的漫画家

家乡：日本

职业：漫画家

代表作：《铁扇公主》《指环物语》

最喜欢的漫画：《Toy》《火之鸟》《水果篮子》

住在这里的理由：为了继续和朋友们一起努力创作漫画，让更多人因为看到他们的作品而开心。

浅野龍哉

亮叔问："你知道这个节目的名字吗？"

浅野答："好像是'我住在这里……(旅)(游)'？"

亮叔和节目组笑了。

浅野疑惑："很奇怪？说错了吗？"

亮叔纠正："是'理由'。"

第一次见面，亮叔（竹内亮）和节目组在浅野龙哉的住所楼下等他。大厦门口走来一位穿红色格子衬衫、牛仔裤，留着半长头发，高高瘦瘦的青年，亮叔瞄了一眼便说："一看就是日本人。"

这时青年走近，听到亮叔的评论，害羞地大笑起来说："我本来就是日本人啊。"

这就是浅野龙哉，一个非常典型的日本人。

浅野的住处是一个十八平方米左右的房间，放了一张双人床，旁边是简易塑料抽屉，床脚便是长桌和层架。长桌除了作为书桌，还放了煮食炉，下方则是洗衣机、小冰箱等。浅野说："在日本，这样大小的房间，对一个人来说刚刚好。一个男人住这么大的房间足够了。我也找过其他地方，很便宜，但是太宽敞了。现在这张床对我来说也挺大的。"

在日本东京等大城市里，有很多类似的单间，人们早习惯了拥挤的环境，非但不觉得压抑，还很有安全感。不过浅野的坐标不在东京，而是在一海之隔的北京。二〇一五年来到北京的他，曾在大学里教过三年日语，二〇一八年他换了工作，在一家内容制作公司做回本职：画漫画。

本人比漫画还有趣

从外表看，浅野散发着深受日本动漫文化影响的宅男气质——穿的永远是格子衬衫，家里的衣服也都是不同颜色的格子衬衫；家里堆满了漫画，办公桌上放了绫波丽手办，最爱的珍藏则是腿部线条很美的初音。尽管他的名字“龙哉”十分霸气，但是他的性格却很腼腆，聊着聊着就会害羞起来，然后以大笑遮掩。不擅与人交际，脑海里却有一个独属于自己的世界。

浅野脑袋里有很多奇思妙想，对一切事物都有强烈的好奇心。喝着奶茶，他会突然冒出一句：“我到现在也不明白为什么奶茶会这么受欢迎。”哪怕亮叔和摄影师反复告诉他只是因为好喝，他也还是觉得一定有更深层的原因。在节目组拍摄时，浅野兴奋地围着摄像机拍个不停，甚至跪在地上找角度，让节目组哭笑不得。

“我经常被人说，虽然画的漫画不是很有趣，但是我这个人很有意思。”这句评语对一个漫画家来说可不怎么让人高兴，浅野更希望人们说“这个人画的漫画很有意思”。不过正因为他有着天马行空，甚至让人匪夷所思的想法，才能画出富有创造力的漫画故事。他在日本漫画杂志上连载的恐怖漫画 *Faceless*（《无脸之人》），就是源于好奇心驱使下的偶然发现。

浅野有空的时候会在北京的大街小巷穿梭，拍摄街景照片。观察入微的他发现北京街头有很多兔子涂鸦。事实上不只在北京，上海、成都、深圳，甚至香港，都曾出现这些兔子的身影。这些兔子是谁画的呢？为了什么画的呢？是一个人还是一群人画的呢？没有人知道。于是关于兔子的都市传说出现了：只要见过一次这只兔子，之后就会接二连三地发现它。

“我会像收集宠物小精灵一样收集这些兔子。”浅野经常在胡同里寻找兔子涂鸦，再拍照留念，就像玩寻宝游戏一样。这只神秘的兔子还给浅野带来了灵感，*Faceless* 描绘的便是一个个在北京街道里不停追寻兔子涂鸦的人，因被诅咒，而脸消失了的故事。每一集主人公都会陪伴一个丢失了脸的人寻找自己的脸。

像照片一样的画面效果

“都市传说”是恐怖题材中十分受欢迎的元素，日本有很多恐怖作品都是以都市传说改编而成的，例如裂口女、鬼娃娃花子等；而在中国内地，笔仙便是经常在影视作品里出现的题材。都市恐怖故事成功与否的核心在于“真实感”，越是有可能在现实生活里出现的事，越令人惊悚。因此浅野在创作时，除了利用在街头发现的神秘涂鸦作为故事元素，在绘画技巧上也致力于模糊虚实之间的界限，进一步营造恐怖气氛。

浅野有将近十年画漫画的经验，他分析总结了世界各地的漫画技巧，与自身学习的日本漫画技巧相结合，运用在作品中，并创造了独特的绘画技巧。*Faceless* 最大的特色是看起来像照片一样的人物画面，真实中带着诡异的画法，让读者在看漫画时觉得更恐怖。

要使画面像照片一样，其实一点也不容易。在画漫画之前，浅野请做日语教师时认识的学生帮忙，让他们根据漫画情节做动作，拍摄了大约一万张照片。在平板电脑上画画的时候，他把照片放在图画底层，先在上面勾画草稿，再根据草稿画成线稿，然后将素材变为灰度图像，勾画后再重新上色。花费好一番工夫，才能画出像照片一样的人物画面。亮叔好奇，也想尝试一下，浅野便帮他拍照，为他设计了一个车站职员的小角色。这个只有一个动作、占不到六分之一画面的剧情，竟花了足足一小时才完成。每集只有三十页的漫画，浅野平均要画七百个分镜，用这样的方法所耗费的时间难以想象。虽然过程烦琐，他却对画面效果十分满意。

他说：“如果从一开始就不用照片直接画的话会快得多。但照片在

某种程度上是完美的，我很想知道在这样的照片上，加上线条这一类不完美的东西之后，会产生什么变化，所以特地选用了这种方式。在拥有真实感的同时，也有一些异样的感觉。”

“所有画面都要拍照吗？”亮叔问。

“是的，其实有点像在拍电影。一开始就是想知道漫画可以有多接近电影，所以才在绘画时尝试这样做。”这大概是浅野的另一个奇思妙想：探索静态的漫画与动态的电影的相通之处。

工作用心　生活随心

对普通读者来说，漫画好看就好，运用了怎样的技巧、有什么艺术上的探索并不重要，但浅野却有他的坚持，哪怕是细微的线条，也要运用得当。浅野说：“每个作者对于这些线条强弱的运用还是有挺大差别的……不同粗细的线，画出来的立体感是不一样的。”

浅野对漫画的认真不仅仅体现在绘画技巧上，他对故事内容也有自己的研究心得。在公司的休息室里，一个书架上放满了他带来的漫画，但大部分却只有第一册。“因为只能带两百本左右，没办法把全套都带来。而连载漫画的第一册都是很重要的，第一册里会有对最终回的提示等具有指向性的内容，所以带过来的都是第一册。”

说起漫画，浅野就像变了一个人一样，侃侃而谈，眼神充满了光

原型照片及漫画呈现

彩。他和每个热爱自己事业的人一样，工作的时候特别认真：戴上黑框眼镜，拿着画笔，在平板电脑上专注地画画，一画便是一整天。他的生活围绕着漫画转，住在离公司三分钟路程的地方，每天起床后就到公司，直到深夜才回家，一日三餐都靠外卖解决。

可是当亮叔催他打开手机挑选外卖时，浅野陷入了苦恼。

“我平时吃的是哪个来着？”浅野在手机上扫了扫说，“真的不知道吃什么好。”然后他放下手机，继续画起画来。

这是浅野的常态。他经常会为叫什么外卖而苦恼，最后索性不吃，接着工作，可以说是真正意义上的废寝忘食。

能一直画下去就好

这样一个天马行空又有点迷糊的宅男，似乎不像是画恐怖漫画的漫画家。亮叔觉得浅野看起来就是一个普通人，于是问他：“你是用怎样的心情画恐怖漫画的？会有‘杀死这个人会比较有趣’之类的想法吗？”

浅野想想，坦言道：“是有这种感觉。其实画漫画的是一帮很讨厌的人，他们会设想让人感觉不舒服的场景、不想看见的画面。但是最根本也最重要的是画面要有趣。并不是说杀死这个人是不是好，是不是很有趣，而是像一个惊吓盒一样，会去想要在箱子里设定什么机关比较吓人。我并不是抱着‘我要来画恐怖漫画啦’这样的想法来画的，如果我是因为喜欢才画恐怖漫画的话，就有点可怕了。我想大多数作者都是这样想的：只要能赚钱、能一直画下去的话，什么样的题材都无所谓。不过不管是什么题材，如果会伤害到别人，或者触碰自己的底线跟原则的话，还是不要去做比较好。”

对浅野来说就是这样，题材不重要，能画下去就够了。“当然，如果能画自己想画的东西是最幸福的。”

话虽如此，在刚开始画漫画的时候，浅野其实对漫画内容一点头绪都没有，他的事业在起步阶段便曾面临搁浅。在处女作《指环物语》的封面上，他的老师写了这样的介绍：“他（浅野）曾经不知道应该画些什么，之后，他被女朋友甩了，于是，他找到了应该画的漫画。”

“在我创作处女作之前，曾经被人宣告‘你在漫画上已经没前途了’，这令我非常非常不甘心。”浅野说。

《指环物语》讲述的正是浅野的故事——他的初恋经历。其中有这样一幕：老师对男主角说：“既然你不会编故事，那试试把真实的故事画出来呢？”

“当时我已经没有退路了，只是想着尽我所能去画，最终完成了第一部能称为‘漫画’的作品。第一次被人肯定，成了我做漫画家的起点。”

如果能和这些人一起创作那该多幸福啊

日本自二十世纪八十年代开始一直是漫画大国，出版了不少人们熟悉的漫画作品，浅野公司里的同事更是日本漫画迷。浅野在日本时曾做过著名漫画家的助手，决定以画漫画为事业的他，按理说在日本能得到更好的发展。可他为什么反而离开日本，选择来中国定居呢？原来促使浅野移居的契机，也跟漫画有关。

“当时各种事情叠加在一起：和女朋友分手了，父亲也在那时去世了，还在考虑要不要继续画漫画，在不知道如何是好的状况下，老师说，要在中国开一个漫画教室，问我去不去。”就这样，浅野在二〇一四年第一次来到中国，以漫画讲座讲师的身份，在北京电影学院与学生们互动。学生们的水平之高，让他受到强烈的冲击。

“第一次讲课的时候，从大家的眼神中我感受到很大的热情。他们还只是学生，将来他们工作后，会为中国的漫画行业做出贡献——在想到这些的瞬间，就感觉自己已经输了。”在浅野看来，要是能和这些充满热忱的伙伴一起创作，他也能从中学习，提升自己的能力。“如果能和这些人一起创作那该多幸福啊！那个瞬间，我眼前浮现出了这样的场景。这大概就是我决定留在中国的最大原因。”

受到中国年轻人的感染，想和他们一起创作漫画的浅野，决定留在中国发展。这个看似冲动的举动，充满了漫画式的热血激情。

靠眼神和手机与同事交流

一年后，浅野正式移居北京。由于他没有系统地学习中文，四年过去他的中文仍旧不灵光，听别人讲话也是一知半解，更遑论以流畅的普通话跟人对话了。不过幸好，在北京遇到的人都很友善，给他在工作和生活上提供了很多帮助。浅野的同事会尽量直接和他沟通，实在没办法则拿出手机，通过翻译软件交流；他们也会带浅野参加漫画家聚会，让生活在异国他乡的他不会感到孤单。浅野刚进入公司时，还不知道有外卖软件这样方便的东西，都是同事手把手教会的。

浅野和同事大象说话时，看到大象无可奈何地叹气摇头，忍不住笑道："他每次都是这种放弃了的感觉。"

大象说："我们交流基本靠眼神。"

亮叔问："不用说话，是吧？"

大象说："还好，他比我刚认识他的时候好多了，能听懂一部分。"

"他非常理解我。"浅野搭着大象的肩膀，开心地笑了。

他们用手机上的翻译功能讨论新漫画：一个不同国家的人在一家大企业里一起工作的故事。而他们两人的相处，就像是故事内容的缩影。

在和亮叔聊起浅野时，大象说："漫画创作是一个非常辛苦的行业，你如果决定了做漫画家，就会像他（浅野）一样，作息不规律，吃得也不好，穿得也不好，你看他每天都穿这件衣服。”

“什么？”半点没听懂的浅野呆愣地问。

“说你好，说你非常辛苦。”大象娴熟地随口应付，又转向亮叔说：“你看他又没有日本朋友，又没有中国朋友。我们之前带他去北京漫画家的小型聚会，他就一直像这样（做着双手伸前扶膝、低头闭眼缩在一边的动作），最后还悄悄跟我说‘太辛苦啦’。他不是很喜欢跟不认识的人一起玩游戏。”

尽管浅野不太能融入当地的漫画圈，中文也一直说不好，同事们却没有因此排斥来自日本的他，他们对待浅野，就像对待其他中国人一样，平等而包容。当亮叔兴致勃勃地说他能做翻译，让大象尽情倾诉时，大象思索了一会之后，说的还是对浅野的关心：“在中国，在工作的场合或者是在私下的场合，尤其是漫画家这个行业，大家习惯互相称呼姓。我们都叫他浅野老师，不是因为大家的关系没有那么好，大家的关系其实很好，但是我们还是习惯这样叫他，我不知道他自己是怎么想的（怕他介意）。”

亮叔跟浅野解释了一番，问他：“还是叫名字比较好吗？”

“是的，但是如果他们觉得很奇怪，不想这样叫的话（就算了）。”浅野说。

大象闻言，很不好意思地叫了一声浅野的日语名字。浅野大笑，扑向大象，“你太用心啦，你比我还像日本人呢。大象，你其实是日本人吧。”大象尴尬得不肯说话，浅野则笑得很开心。

其实浅野心里特别感谢在中国遇到的这些朋友。“我在中国遇到的人们，包括现在一起工作的同事，大家都是很好的人。我一开始完全不会说中文的时候，就被大学录取了。还有现在，在只能说一点点中文的情况下，被这样的公司录用，真的让我感觉到中国人的心胸很宽阔。”

浅野在中国常听到一句话，他特别喜欢：“‘没事没事’，我觉得这句话真的特别好。”

亮叔：“能这样想（没事没事）的日本人基本上没有了吧？日本社

会整体而言，每个人已经没有闲心去这么说了。”

“是的，已经失去了这个能力。”浅野一顿，仿佛自言自语一样重复道，“真的是这样呢。”

从孤立到自立自强

浅野并不是因为对中国感兴趣才选择在这里落脚，在来到北京前，他大概对中国的文化历史、社会经济情况没有多少认识。来了好几年，中文仍说不好，没什么中国朋友，连叫外卖也只吃日本料理，这些无一不说明他还没有融入这个城市。可是当亮叔问：“你现在想回日本吗？”

“从一开始就没想过。日本让我觉得住得不舒服。”浅野迅速而肯定地说。

特别是近年来，日本的整个社会氛围让他越来越抗拒。“突然变得很讨厌电视，电视上放的都是赞美日本的内容，但是在网上却有很多充满憎恶的言论。我是感受过的，是存在欺凌现象的，弱者会欺负更弱的人。”

浅野小时候曾被孤立过，“当时我经常哭，哭得很厉害，所以我不是很懂得如何表达，连应该怎么说话都不知道。”年幼时一直受欺负，胆怯又不知道该如何表达自己的浅野，在成长过程中渐渐找到了抒发方式——画漫画。而长大后，又是漫画，把他带到了自在舒适，只有善意、没有欺侮的异国他乡。

虽然画的是恐怖漫画，浅野却是一个特别温柔的人，有一颗细腻敏感的心。公司楼梯间挂了同事买的日本漫画手稿，有《死神》《光速跑者 21 号》等，浅野的选择却有点不一样——宫崎骏的《幽灵公主》。他会害羞地承认在北京这几年也有喜欢的人，又坦言自己没有表白，因为怕被拒绝后受伤。

过往的经历多多少少给浅野造成了影响。面对镜头时，他很不自在，不是摸自己的手腕、搓手，就是“啊啊”地打哈哈，舒缓紧张的情绪。在拍摄第二天，浅野忍不住说：“我真的很胆小，想着（拍摄时）

不知道会面对什么，我都睡不着了。前天晚上也没睡着，一直坐立不安，不知道怎么办好。”

亮叔说：“但你做老师的时候不是要在大家面前说话吗？”

“所以我一直都在紧张，就没有不紧张的时候。虽然做过三年老师，还是很紧张。”

可是就算再紧张，浅野仍在镜头前努力介绍自己的工作和生活，带领节目组穿梭在北京的大街小巷中，遇到不知道要怎么回答的问题也会尽力作答，哪怕一说完话马上便把头扭到一旁，哈哈大笑，以掩饰自己的不自在。这样真挚而努力地面对拍摄，就像他在多年前毅然来到北京一样，也是一边紧张，一边认真努力地为自己寻找新机会，建立新的生活。

而幸运的是，当他身陷人生的低潮，在北京遇到的人们却一次次给他带来温暖；他的漫画事业，也在中国年轻人的热情感染下继续发展下去。浅野的 *Faceless* 之所以选择北京作为故事背景，就是想通过漫画向日本人传达这个城市的魅力。在这里，他有事业，有朋友，有自在的生活。

亮叔问浅野：“你住在这里的理由是什么？”

浅野想了半晌，说：“为了继续和这些伙伴一起创作漫画，换句话说，是为了能够享受漫画制作，才留在这里的。和同事们一起，制作让大家开心的东西，然后让更多人因为看到我们的东西而开心。”

“你会在中国待到什么时候呢？”亮叔又问。

一直用母语和亮叔对话的浅野，突然换成普通话，一字一顿、无比认真地说：“我希望，永远。永远，在这里。”

然后他又用日语补充道：“真的是这样，可能这里的水土比较适合我，比起在日本的时候，我在这里感觉更加自然。当然学习中文对我来说还是很令人苦恼的，这是我自己的问题，但是除此之外，都比在日本的时候好。”他像是给自己打气般点了点头，继续说道：“再辛苦的工作我也能从中体会到快乐。（中国）对于我来说，就是这样的一个地方。”

导演后记 亮叔篇

浅野是个超级典型的日本人，他已经在中国待了四五年了，人却根本没有变化，还是个很纯粹的日本人，一点都没有中国化，这一点令我很惊讶。可能是因为他每天画漫画，跟人接触的不多吧。

像他这种害羞、沟通能力不强、非常典型的日本宅男，为什么会来到中国呢？这是很奇怪的。我想他应该是蛮喜欢中国对外开放的气氛。在他看来，漫画界应该互相交流、互相学习，但是他觉得日本漫画界特别封闭，人们没有跟外国交流、学习的心态，不再发展和进步，他越来越不喜欢这种保守的状态。中国漫画界的开放和中国学生积极的学习态度，让他很感动，所以他来了中国。我所在的行业也是一样，在日本，拍视频的人们很保守，现在的作品跟十几二十年前没什么变化，出国学习的人很少，因此我特别能理解浅野的想法。

现在浅野的中文水平比起拍摄时提高了很多，我想他有努力地学习吧。但是无论如何，他超级害羞的性格是不会变的。

感受活着的滋味——

美容师

中平彩香

在这里
有种活着的感觉，
大家都在拼命地为
自己的事而活着。

个人档案

住在上海的美容美甲师

家乡：日本仙台

职业：Animare 美肤工房美甲沙龙老板

特长：喝酒

爱好：跳交际舞、欣赏现代艺术

住在这里的理由：以中国为起点，试试以自己的能力，获得更大的发展。

冬冬问："有男朋友吗？"

中平说："现在没有。"

亮叔问："那可以打男朋友募集中吗？打字幕可以吗？"

"OK."中平答应了。

于是节目播出时，加上了这样的字幕：男朋友募集中。但是，讨厌有传统日本式思维的男人。

因为中平正是一个非典型的日本女性。

那是二〇一六年，冬冬（阿部力）来到上海一幢住宅大楼的其中一户，按了门铃。门打开，一位长发，穿着浅杏色碎花连身裙搭配橘粉色蕾丝花边外套，打扮得恰到好处、得体又温婉的女性出现。她看到门外的节目组便不停地鞠躬问好，又从玄关的矮鞋架上拿出为众人准备的拖鞋。"不好意思，请换鞋。"

第一次参与拍摄的冬冬看到此情此景，喃喃地说："就是……很平常的日本人啊。"

"我就是日本人啊。"中平彩香腼腆地笑了。

中平彩香，大家都叫她 Saya。她的中文说得还不是很流利，会把"氛围"说成"风围"，"茶馆"说成"叉馆"，一听就知道是个外国人。不过那时她已经在上海待了三年了。在那之前，她还在沈阳待过两年。

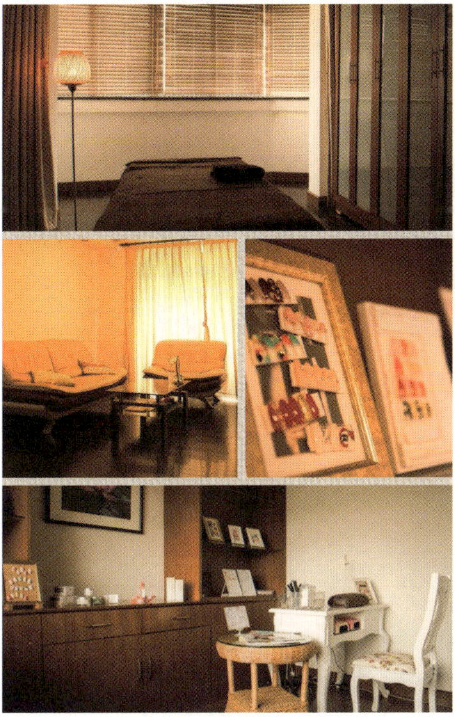

就独居女性而言，中平的家很大，三室两厅，干净整洁，客厅摆放的木家具应该是业主留下的，带有中国家庭的装潢风格。正对着客厅和饭厅的两个房间，一间放了一张长方形工作台和美甲工具，另一间放了一张美容床和美容仪器。

“这是你的家还是你工作的地方？”冬冬疑惑地问。

“算工作室，一半一半。”中平说。

二〇一五年，在累积了一定数量的客户后，中平辞去了美容院的工作，在上海开了一家名叫“Animare 美肤工房美甲沙龙”的店，提供美容和美甲服务。店址位于住宅大楼，既是工作室，也是她的家。而最近两年，她还开展了新业务：偶尔在中国的学校当老师，教授美容知识，并和中国的美容公司合作。

中平的店很有特色，她把中日的美容文化结合在了一起，比如在按摩时，按摩手法是中式的，使用的按摩油则是日本的。至于美甲的图案，则会根据季节和客人的形象来决定。在为年轻文静的女客人做美甲时，中平专注地在客人的指甲上细细描绘粉蓝粉红夹杂的郁金香，并以白线描边，花瓣尖端还缀了亮片。图案绚烂繁复，充满美感，带有少女最爱的温馨甜美的风格。而在小小的指甲上种下一片充满春意的郁金香花园，需要三小时。

“这个多少钱？”亮叔问。

“四百八十元人民币。”中平说。

亮叔惊讶道：“四百八啊，这么贵？”

“对呀。在日本应该也是差不多，或者更贵。”中平说。

毕竟她做的美甲不仅仅是在给指甲添加装饰，也是指尖上的艺术品。她很喜欢做美甲，其中一个原因可能是由于她对美术很感兴趣。“我喜欢

中平的美甲作品

画画，从小学的时候就喜欢。我的爸爸是雕塑师，所以我经常去美术馆。”

美容美甲都是创造美的工作，从事这美丽工作的中平，在镜头前也是自信又优雅。但她小时候因为青春痘、下半身肥胖、体毛重等原因，对自己的外表特别自卑，一直想要改变。由于妈妈注重健康和美容，中平也比别人更早接触相关知识。她在大学时选择了营养学系，毕业后考取了具有日本国家认证的营养师资格证书，并下定决心要成为美容师。

来中国是一天之内的决定

做好指甲，客人离开，中平一直把她送进电梯，在电梯关门时还一边鞠躬一边说“谢谢”。这是非常日式的服务礼仪。中平接受的是日式培训，她大学毕业后便在日本的大型美容院工作，与中国并没有多少接触。她大可以安稳地在日本发展美容事业，那么，为什么要来中国工作和定居呢？

原来，正是在大型美容院工作的三年，令她从满怀冲劲变得疲惫

中平（左）与同事

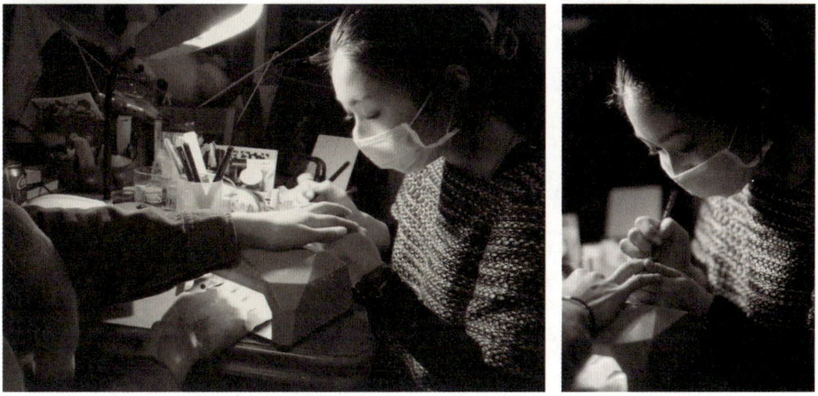
专注为客人画指甲的中平

不堪。

“我在日本的时候，早上九点半上班，晚上十一点半结束。加班费？没有。你可以加班，无所谓。因为我的领导也一直是这样。”没有加班费，也几乎没有私人时间，每天机械地工作，让她难以忍受。于是中平选择了辞职，甚至一度考虑离开这个行业。但当她看到一家公司招聘去中国沈阳工作的美容师时，却动心了。

面试时，对方对中平很满意，希望她在一天内决定是否到中国工作。中平对中国也感兴趣，便顺势做出了决定：来中国继续发展美容事业。她在沈阳工作了一段时间，二〇一三年，来到上海，在一间日系美容沙龙工作，后来创办了自己的工作室。

刚到中国的中平不会说中文，也不了解中国，经常为中日两国的文化差异感到吃惊。现在她已经习惯了在中国的生活，但对中国的流行文化仍然不怎么了解。众人闲聊时提及明星刘德华，中平听到后不解地问："什么意思？"

亮叔以为她没听清楚，又重复道："刘德华。Andy Lau。"

"Andy Lau 是谁？"她一脸疑惑。

大家十分惊讶，又问："周杰伦你知道吧？"

中平尴尬地摇头，这才反应过来她听着陌生的词语是明星的名字，她捂着嘴笑道："我从来不看电视。"

美容美甲工作室就是她的世界，生活固定而简单。其实就算被问到日本当下流行的是什么，她也说不出来。

"现在日本流行什么，你知道吗？"冬冬问。

"不知道。"中平回答。

"不知道啊？"冬冬惊讶地说。

"婚外情？"中平说完又捂着嘴笑了起来。那时日本频频出现名人的婚外情事件，"现在我对日本的印象是：有点乱。"

"要不然会发生婚外情的"

当亮叔、冬冬，还有摄影师，三个大男人身处中平的工作室时，他们不期然对一个问题感到好奇。

"有男性客人吗？"冬冬问。

"也有些，但是……怎么说呢，是我的朋友就可以，但是新来的男性客人的话，不行。"中平认真地说。

冬冬笑道："要面试之后或者是介绍才可以吗？"亮叔则问："为什么啊？"

"因为会有点怕发生什么问题。"中平说完，两个男人顿时理解。

也许是职业环境让她容易遭受误解，也许有性格、价值观等个人因素，单身的中平对于"男女关系"显得比较在意。与男性相处时，她总是特别谨慎。随后在茶馆闲逛时，也是中平第一时间留意到给他们介绍茶具的老板已婚的细节。

“你已经发现他结婚了？”亮叔啧啧称奇。

“对呀，这个都要注意的嘛。”中平一定会在刚认识时确认男士的无名指上有没有戒指。“要不然会发生婚外情的。”她认真地说。

被问到谈恋爱的时候会考虑些什么，她说：“性格吧。第一是性格，然后，有没有钱。”

“日本女性也会考虑这方面是吗？”摄影师问。

“对，是要考虑……还有跟他在一起时舒不舒服，不聊天也有……像空气一样的感觉。明白吗？”

摄影师点点头，半懂不懂地说：“不明白。”

冬冬帮忙解释：“她的想法就是说，我们在一起，但是我们不聊天也很舒服的那种感觉。”

非典型的日本女性

说这番话时他们正在吃饭喝酒。中平一坐下就主动给众人倒酒，这又是充满日本女性特点的举动。在日本人的饭局里，女性一般要负责给男性倒酒，倒酒的时候要用双手举着酒瓶，酒瓶的标签还要朝上，规矩很多。对于中平习惯性的行为，亮叔评价道：“日本女性就是这样。”

不过她也有没那么“日本女性”的一面。

喝酒时，中平的“海量”令节目组为之震惊——白酒一杯接一杯地灌，十分豪爽。冬冬说：“我从来没遇到过能喝白酒的日本女生。”他问中平：“Saya 姐，你太能喝了，喝几杯了？”

更让节目组意外的是，当他们第二天来找中平拍摄时，问她：“宿醉还好吗？”

“完全没问题，现在已经神清气爽了。”她精神奕奕地回答。

“好厉害！”节目组不禁感叹道，而节目播出后，观众也都被她的好酒量“吓疯了”。

除了豪爽的一面，中平也有温柔的一面。她每天下班后便去超市买菜，回家自己做晚饭。现在不会做饭的日本女性越来越多，像她这样喜欢做饭，每天自己动手的人，在日本也很少见。有着营养师资格证书的她很会做饭，当她端出亲手做的日本家常料理：猪肉生姜烧、味噌汤，搭配小菜菌菇西蓝花时，连对食物要求很高的冬冬都忍不住夸奖道："好温和的味道。味道里饱含了爱意。"

冬冬觉得，像中平这样"工作又好，又能干"的女人，将来肯定是一个好太太。他和亮叔都好奇地问："你为什么没有男朋友啊？"

"不知道啊。"中平说。

"肯定是性格有问题吧？"亮叔开起玩笑。

中平捂着嘴大笑，其他人纷纷嘲笑导演才是性格有问题的人。他又问："要求高吗？"

"要求不高，应该是我的脾气不是很好吧。"中平的答案让人意外。

能这么直接地评价自己，冬冬不禁说："那应该真的是脾气不好。"

中平笑了。

"这个世界上没有完美的人，所以很可爱，是吧？"亮叔说。

吸引日本女性的中国式生活态度

中平的确很可爱，一方面想法大胆，敢只身在陌生的国家闯荡；一方面又过着完全日式的生活。除了工作地点在中国、偶尔需要说中文，仿佛没有什么是让她非留在这里不可的。亮叔好奇地问："为什么中国那么吸引你啊？"

"在这里有种活着的感觉。大家都在拼命地为自己的事而活着。"她进一步解释道，"日本人就是一味地想着不给别人添麻烦，不停地说着'对不起、对不起'。当然这也非常好，但是来到这里之后，看到大家首先是认真地考虑自己要怎么生活，我觉得这样非常新鲜有趣。我也很受触动，所以才特别喜欢中国，在这里待了五年。"

冬冬这时补充道："一种作为一个人活着的感觉吧？"

"嗯，活着的感觉。"作为人，而非机器，有血有肉地"活着"，中平在这方面的感触很深。

结束一天的工作后，中平和亮叔一行来到了超市，走到饮品区

时，他们看到工作人员一边理货，一边跟着超市播放的音乐唱歌，就算摄影机正在拍摄也没理会。中平笑道：“这在日本是没有的。”

亮叔说：“这样非常好，日本没有超市工作人员随便唱歌，所以中国非常好。”

你想过怎样的一生？活出个性，活得开心，在中平看来更为重要。在日本，她面对的是社会上无形的压力，要与别人步调统一；但中国更重视个人发展，兼收并蓄的包容性，让她从紧绷的状态放松下来。她对中国印象最深刻的是中国人“先去行动再想”的心态。“在日本，人们一般会先安排好再去行动，中国人则是先行动再修正道路。我印象中的中国人是不怕失败的，什么都先试着做。”

曾经在日本工作的时候，中平很怕失败，工作时总想着“要是我干得不好该怎么办”。不过，来中国之后，“我的想法变成‘先去做一做，做得不好再想办法也行’。后来我能很放松地工作，对别人也很包容了。我觉得这一点是中国的好处。”

在上海生活了几年，她观察到这个城市在不断改变。二〇一八年节目组回访时，她说：“我发现大家的文明素质提高了。从国外留学回来的人也会给周围的人带来好的影响。坐地铁的时候大家先下后上，一般店铺的服务也好了，之前服务员都没怎么笑着对待客人，现在大家的服务态度很好。从这些方面来看，我深刻地感受到上海是一个变化速度很快的地方。”

她很喜欢这种“大家都拼命活着、不断进步”的氛围，也因此摆脱了无形的束缚，积极努力地建立属于自己的生活。

晚上八点，吃完晚饭的中平，换了一条黑色短裙出门。原来她要去舞蹈学校跳交际舞。出乎意料的是，去跳舞的不少是像她一样的年轻人。在日本只知道一味工作的中平，完全没有想过培养什么兴趣爱好，但现在她每星期会去跳两三次舞，和朋友们分享舞蹈的快乐；偶尔空闲时也会到田子坊逛逛，沉浸在老上海街道与时尚商铺交织的氛围里。这样的生活好像很普通，却是她在日本无法实现、来到中国后才能过上的简单日子，虽然平淡，却充满正能量，岁月静好。

想要事业成功，还想要一个好老公

“你住在这里的理由是……？”中平想了两秒，说：“我觉得在中国上海有很多机会，我想以这里为起点，试试自己的能力，然后向全世界扩展。想看看自己是否能在世界站住脚。”她顿了顿，又说，“理想是……有一个可以一生牵着手走下去的老公，然后还想有孩子，这样就很幸福。”

亮叔疑惑地问：“你到底是想要事业成功，还是想要一个好老公？”

“全部都想要。”中平笑道，“但还是会被朋友说‘很任性’，因为这些，我也会纠结。”

也许一个人的生活还是会寂寞，也许有了一定的事业基础之后，自然会想到家庭，追求更大的圆满。中平和冬冬一起准备晚餐时，被萍姐取笑道：“感觉像是两夫妻在做晚饭，老公给人的感觉特别好。”这时中平便会感慨地说：“要是有个这样的老公就太好了。”采访结束，众人离开时，她向冬冬提出：“我想来一个美国式的告别，拥抱一下可以吗？”

中平是一个非典型的日本女性，却又代表了当代社会典型的女性思维：勇敢地表达自己的渴望，努力为事业奋斗，休闲时轻松享受，期盼着未来的小幸福。在中国，她终于能够过上理想的生活。希望她能继续努力，从一个小小的美容院，展翅高飞到世界的广阔天空，并找到相守一生的伴侣。

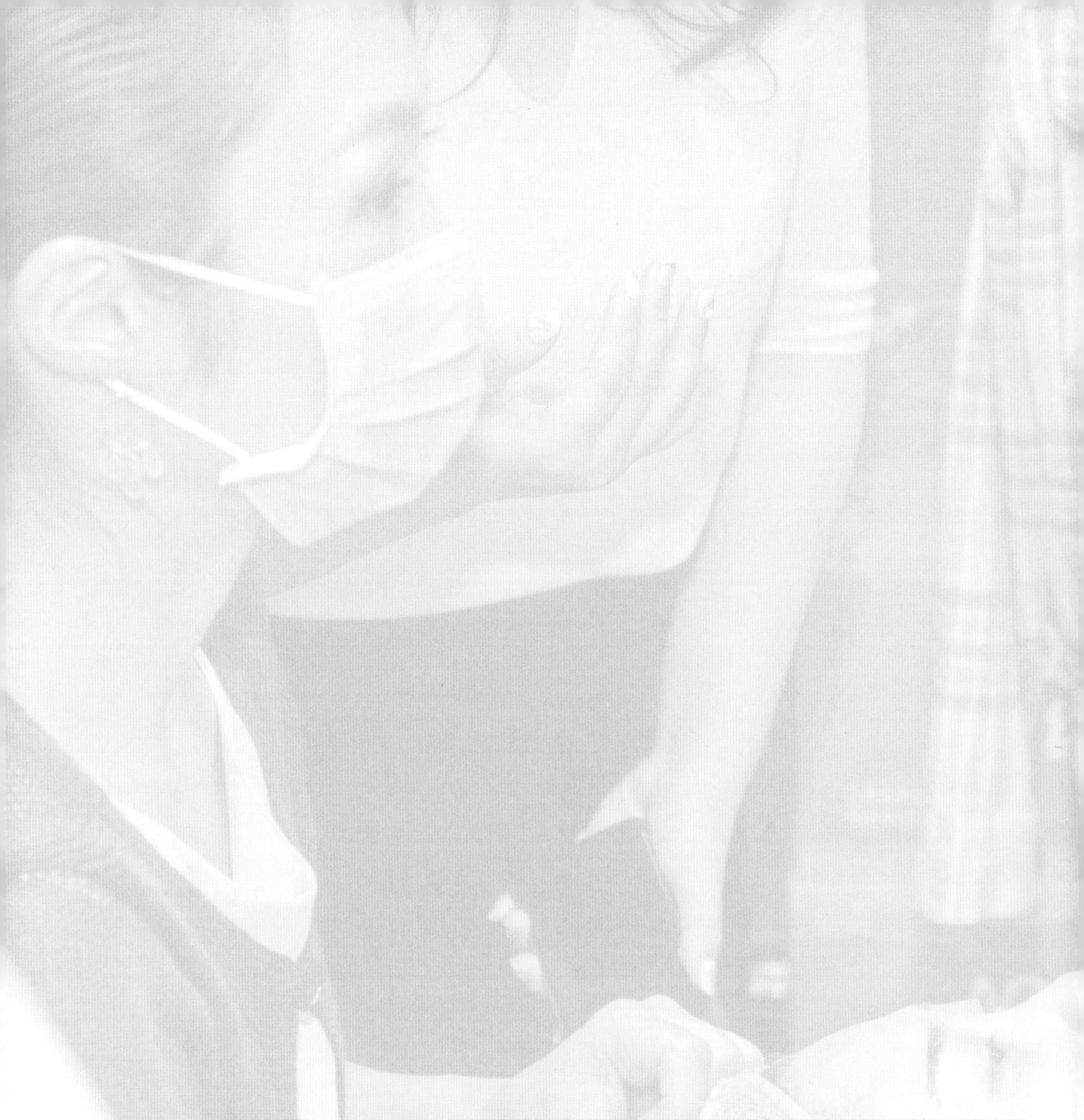

导演后记 亮叔篇

中平挺放得开的，什么都敢说。她是“一半一半”：样子、仪态、表达、工作方式，都很日本人，但是她的想法不像日本人。很多日本女生在日本的时候不能说自己的心里话，哪怕她们心里面有很多想法，但是日本社会不容许女性，特别是年轻女生说话，她们说话的空间被压制了。中平来到中国以后放开了，原来藏在心里的想法都可以说出来了。

她在日本生活和工作了很长时间，有挺多地方带有日本人的特质，和她一起喝酒的时候，她还是会给我倒酒。很多日本女性，像我们男性也是一样，来到中国后就越来越中国化了，原本属于日本人的礼貌、仪态、做法等等，都渐渐消失了。但中平一直保留着日本女生的特点，同时又很放得开，这样的人很少见。

为事业与家庭努力奋斗——

拉面店老板

中村浩士

要努力地工作，
建造一个很圆满的家庭。

个人档案

住在广州的拉面店老板

家乡：日本茨城县

职业："忍者拉面"店老板

分店：广州天河南一路店、北京路店、珠海扬名广场店、佛山佰德店

招牌菜：招牌忍者拉面、黑忍者拉面

住在这里的理由：对老婆负责、对家庭负责，为了这些责任，要在中国努力地工作。

“你最喜欢哪一个国家，日本、中国、韩国？”亮叔问。

“中国。”中村迅速而坚定地说，“中国很大气，能感觉到大家发自内心的亲切。人家对我很好，如果我饿了，就给我吃东西，就像多了一个家人。韩国跟日本的话，这种朋友比较少，这样的关系很难建立起来，会有一些客气的想法。”

亮叔点头，说：“对对对，很能理解，我的感受也一样。”

广州天河南一路被住宅大楼包围，看似不起眼，却是隐藏的美食街。这里有大大小小的餐厅：老牌餐馆、网红奶茶店，以及日式拉面店，其中一家叫“忍者拉面”。

忍者拉面在二〇一七年开业，窄长的店面有着日式风格：划出L形位置作为用餐区域，余下的便是半开放式厨房；木餐桌、石墙，门口落地窗前有一排细竹，很是雅致。跟其他日式餐厅一样，店里循环播放着日语流行曲，又摆了一张小桌子，桌上放了杯子和水瓶，顾客可以自己倒水喝。

天河南一路还有其他拉面店和日式餐厅，有的更是闻名广州的老店，忍者拉面的人气却毫不逊色。要论原因，有的顾客这样说：“帅！东西好吃。”

没错，店里既有物美价廉的拉面，还有一位不时在店里出没、身

中村的忍者拉面店（上为天河南一路店，下为北京路店）

高一八〇、高大帅气如明星一般的老板：中村浩士。

一九九一年出生的中村英俊而阳光，是忍者拉面店“行走的招牌”。不过碰到他需要运气，因为忍者拉面一度开了四家分店，除了天河南一路店，还有北京路店（现已结业）、珠海扬名广场店、佛山佰德店，除非要和员工商量工作、开发新菜品，中村并不常去自己的店视察，因为他不想成为店里的招牌。这也许是帅哥才有的烦恼。

问他顾客是因为他的面来光顾，还是因为他的脸而来时，中村无奈地苦笑道：“一半一半吧。为什么我不在店里也有这个原因。要让大家知道我们的拉面好吃，好吃就够了，不管我在不在。因为我是卖拉面的嘛，又不是卖‘我’的。我对自己的拉面真的非常有信心。”

一碗好吃的拉面的诞生

那么，中村最有信心的拉面是哪一款呢？他推荐了“招牌忍者拉面”，说：“感受一下我们的猪骨汤。”

“招牌忍者拉面”，顾名思义是店里的招牌菜，拉面汤是猪骨汤，足足熬制了十八个小时以上，浓厚又甘爽；口感筋道的面条则使用了独门秘方制成，十分讲究。亮叔吃了一口，开心地赞叹：“这完全是日本拉面的味道啊！”

“但是呢，我也把味道改了一点点。现在比较适合广州人的口味，所以呢，本来猪骨的那些猪油，就全部去掉了。”中村针对广东人饮食偏清淡的口味，做出了调整。

“这个平衡点比较难把握吧？日本人喜欢，中国人也喜欢。”亮叔说。

“非常难。”中村坦言，“很多人跟我说过，做餐饮非常难，不要做。现在做了才知道真的很难。”

“最难的地方在哪里？”亮叔问。

“最难的……坚持。”中村想了想，说道。

对于自家拉面店的出品品质，中村的确有自己的坚持。摄影师选

拉面店内景

招牌忍者拉面（左）、黑忍者拉面（右）

了店里最具人气、加入了特选黑蒜的“黑忍者拉面”。拉面来了，摄影师把拍摄器材整理好交给亮叔，坐下来正准备吃面，中村却拿走了面碗。“不行，这个不能吃了，我要撤下了。”

摄影师一脸惊愕。亮叔感到莫名其妙：“为什么？浪费啊。”

“这是公司规定，超过五分钟就不能提供给客人了。”中村认真地说。

亮叔再问：“为什么呀？”

“面条软了就不好吃了。”中村十分严格，坚持把面收走，又让厨房师傅做了一碗。

“我想让大家知道，在日本，拉面并不是贵的东西，而是像中午的快餐一样，男女老少都可以吃。虽然座位并不是很舒适，但是我们追求比较正宗的拉面。”也许正因为对品质的坚持和“做一碗男女老少都可以来吃的拉面”的理念，忍者拉面才能在开业后不断扩充规模，令地道的拉面成为比中村的模样更能留住客人的“招牌”。

既然来了中国，当然要成就一番事业

在拉面店的经营方面，中村也很有想法。他不会直接给店员指示，所有的事情都通过经理传达给员工。“以我的经验来说，作为一个老板，骂员工、直接跟他们说一些要求，这些都没效果。他们应该听管理人员的话。”中村把权力下放，经理得到他的信任，管理店铺时便更加认真负责；员工则会觉得他“挺好玩的”，不会感到畏惧，对新菜式有任何意见都会直接反映。

中村（右）与同事

但中村并没有因此成为“甩手掌柜”，他关注着每家分店的经营情况，像在广州著名观光点北京路的分店生意不太好，他便经常去店门口派发传单。（虽然因为气场太强大，从他手中接过宣传单的路人寥寥无几。）他还不时带着经理与投资商洽谈生意，诚恳又自信地跟对方说：“拉面这个东西，其实很难做出既要日本人觉得好吃，又要中国人觉得好吃的味道，而我们的拉面，味道是刚刚好在中间的。我们的拉面，我觉得真的好吃。”

看到这里，别忘了，这样一位有想法、有头脑、有几家分店的拉面店老板，今年刚刚“三十而立”。而他创业时，只有二十五岁。

在一般人刚毕业不久的年纪，为什么中村却敢在异国创一番事业呢？亮叔也特别疑惑：“我一直采访住在中国的日本人，但是很少遇到在国外创业的九〇后日本人。”

“刚来中国的时候，认识了一些在这边的日本人，大家都怀有自己的梦想：‘既然来了中国，当然是要成就一番事业。’当时我们每天都在说这个。我挺喜欢这样的感觉。”原来中村是受到了同辈创业激情的影响，而有了对创业的向往。

亮叔赞叹道：“本来想着最近这种有野心的日本年轻人很少呢，还是有的啊。”

“可能是因为他们（在日本的人）没有亲眼见到过吧，像中国这样的大环境。”中村解释，“比如在电车里摇晃的大叔们，当然他们也很努力、很辛苦，他们也有很多很多的压力，但看到他们，并不会觉得很帅气，虽然他们也很帅气。我来到中国之后，看到了很多，各种东西都是大规模的，他们让我觉得，即使是我，也有可能找到自己的位置。这对我的影响非常大，是我来到中国最大的收获吧。”

帅哥是如何走上卖拉面之路的

创业并非突发奇想，中村早就对经商感兴趣。他十八岁时在佐野日本大学高等学校高中毕业，然后来到中国留学，选择了当时留学生相对较少的广州，他说其中一个原因是学费便宜。“第二个，就是因为‘广东是全世界的工厂’。之前什么货都在广东这边生产，我对贸易这些比较感兴趣，所以选了广州。”

中村来到中国后，处于充满创业氛围的大环境中，便也希望能成就一番事业。只是在广州谋生不容易，为了赚钱，他做过日本料理店的服务员、日本报纸公司的销售，迫于生计，非常讨厌镜头的他还当过模特。积累了一定积蓄后，他创办了自己的贸易公司。但在认识越来越多同行后，他发现自己可能永远比不过那些精干的老板，就毅然放弃贸易经营，转投餐饮行业。

二〇一六年，二十五岁的中村和当地的日本人一起开了第一家忍

少年时的中村

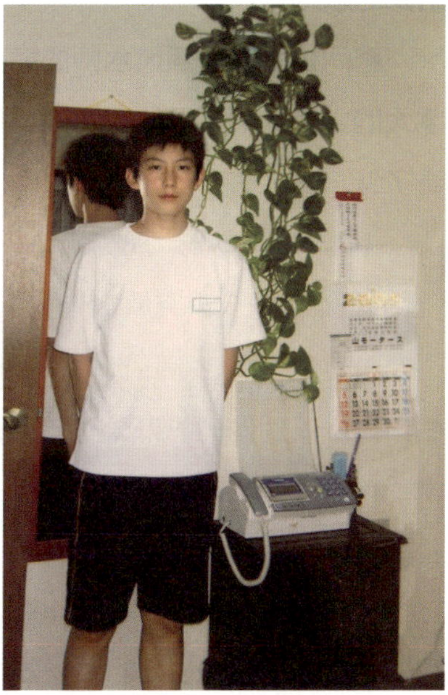

者拉面店，选址在据说是当时广州地段最好的天河潮流站。“我们投资很大，差不多有一百多万元人民币。那时候很有信心，因为房东的话让我们很期待，他说一天最少都会有一千个客人过来，所以我们装修的时候预留了一百五十个位子。结果（正式开业后）一天有十多个人吧。”

三个月后，这家店就被迫关门了。

但是中村并没有放弃，他总结了之前的失败经验，在天河南一路重新开了一家忍者拉面，这次终于获得成功。新的忍者拉面店人气很旺，顾客曾经要排队两小时才能吃上一碗面。后来中村一度在广州、珠海、佛山开了四家分店。经过各种探索，他逐渐找到了方向，走上适合自己的创业之路。

中村的“广州特质”

不过，天河南一路店的成功，或许还受一个因素影响。

中村带亮叔走到拉面店后方，在壁柜上有两排白色的陶瓷花瓶，底下那一排参差地插着红色的小雏菊。他说：“这个花的摆法是按照风水来的。我信风水，十六个陶瓷（花瓶），八枝红色的花，这是风水师给我的意见。”

整间拉面店按照风水师的意见来布局，店门口的地面上还有个巴掌大的、铺满细石子的小水池，用来养鱼招财。水池太小，亮叔仔细看了看，疑惑地问：“有鱼吗？”

中村一愣，说：“现在就……因为它们去世了嘛。”

“日本人很少讲究风水的。”亮叔说。

中村说：“入乡随俗，我来到这边，接触的那些中国老板，他们都相信风水；到他们的办公室，会有很多东西摆在那。有时候日本人不能理解：‘为什么把这个东西放在这里挡着别人呢？’我后来才知道那些都是风水。”

在日式拉面店摆中式风水阵，这真是很有广东特色的做法。在广州留学、生活多年，中村身上有了岭南风味，讲着一口广东普通话，最好的朋友是开理发店的本地青年。而广州带给他最大的收获，肯定是太太何心。

是的，这样一位年轻、帅气、有想法、有事业，令不少女孩子为之心动的日本男人，已经是“非卖品”了。

“你老婆是中国人吧？”亮叔问。

“是广州本地人。”中村答。

亮叔再问：“漂亮吗？”

“非常漂亮！”中村回答。

亮叔说：“我老婆也是中国人。”

中村听罢，马上问：“凶不凶？”

亮叔面对镜头，犹豫半晌才说：“嗯……不凶（一边做‘不是的’的手势）。”

中村却认真地说：“我老婆也不凶。”

老婆的命令就是圣旨

中村有一个“公主”老婆何心。何心也是老板，开了一家美容院。中村跟何心在清吧认识，然后对她展开了锲而不舍的追求，两人在二〇一六年七月正式交往，第二年十月就结婚了。

日本男人总给人“大男子主义”的印象，中村却是一个“老婆奴”，老婆的命令就是圣旨，老婆的电话马上接，老婆的信息马上回。有时何心给中村打电话，让他买饮料送去她的美容院，中村便会变身外卖小哥，给老婆和她的同事们送外卖。两个人感情很好，何心简单地发信息说“非常渴”“非常想你”，中村瞬间便能理解正确答案：“其实是快一点（把饮料送来）的意思。”

拍摄期间，何心不断打电话给正在和客户开会的中村，他匆匆赶去约定的地点，妻子却也在和客户谈事情。他只好坐在一旁等待，就这样等了两小时，直到晚上十一点。陪在一旁的亮叔忍不住说：“你不会生气吗？她让你等了两个小时，其实没必要把你叫过来吧。”

中村沉默半晌。“我觉得这是不需要想的。我之前想过很多，想过

中村与太太何心的结婚照

很多次，她为什么不告诉我大概几点谈完，我也不知道为什么。我也已经问过几千次了。”

何心性子急，希望想要的东西马上就能得到，中村总是尽可能满足。他对妻子的照顾令亮叔感叹：“我觉得你的脾气真好。说实话，要是我的话，受不了。”

“很多朋友也跟我这么说过。”中村说。

何心的会议终于开完了。回家时，亮叔问她：“你让他等了两个半小时，你会觉得不好意思，对不起他吗？”

何心不以为意。“我老公等我，（问中村）你 OK 吧？”

亮叔追问忙着看手机的何心：“如果是我，老婆让我等两个半小时的话，我肯定会生气的。你老公不会生气？”

何心一直看着手机处理工作、回复信息，没有回应。中村见状，笑着说：“又开始工作了。”他向亮叔解释说：“我们两个没有一起放松的时间。即使约好去看电影，看了三十分钟就出来了。”

“因为工作吗？”亮叔问。

“有时候是我有事，有时候是她有事，如果能看两小时就已经算奇迹了。”

后来只剩中村和亮叔两个人时，亮叔问他觉得中国女性和日本

女性有什么区别。中村第一句话就是："我说出来之后会不会被老婆骂啊。"

"肯定被老婆骂。"亮叔毫不迟疑地回道。

但中村还是说了："日本妹子比较听话，但是中国妹子的话就……（声音变小）有点凶。就是这个区别嘛。"不过他马上补充道："但是我比较喜欢凶的。"

"为什么喜欢凶的？"亮叔问。

"听话的呢，我感觉没有自己的想法，我还是比较喜欢有自己想法的人。凶的呢，特别有自己的想法。"

于是，亮叔决定问问有想法的何心："你觉得日本男生和中国男生的区别在哪里？"

何心说："如果说中国男生跟日本男生最大的不同的话……他真的很有礼貌啰，而且我发现我老公什么都可以原谅，我就很服他，被骗了或者怎么样，他都无所谓。前两天，有两个人故意来我们忍者拉面闹事，坐在店里说：'好难吃啊，你们都走啦。'这样子，两个小时。我气得已经不行了，我老公还说：'算了算了算了，待会就走了。'但是他们就是不走啊，就搞你一个晚上啊，在（客流）最旺的时候。我气不过，然后就去报警了。所以这一点我就很生气，回到你刚刚的话题：中国男生跟日本男生有什么区别，他永远都是这样子的！"

"我的意思呢，是他们认得你了，如果你和他们闹起来，就会变成一个大事，他认得你啊，懂吗？你一个女孩，知道吗？我怕他们打你啊，知道吗？"中村严肃地说。

何心反驳道："有什么关系啊？错又不在我们，错在他们想闹事！"

中村说："因为你身边没有发生过很可怕的事情，你不懂。"继而转向亮叔说道："她解决问题的方式就是把事情搞大，然后赶紧解决。"

"你乱说什么？"何心说。

"你乱说还是我乱说啊？"两人之间火药味渐浓。

"你想吵架吗？那最后是不是我搞定的？"

"你没有进去，我可能可以更好地解决，懂吗？"

中村说完，何心接道："不懂。"然后她生气地离开了，临走前还和导演说："你去骂一下他吧，导演。"

亮叔的提问就这样引发了一场争吵，可在字字句句间，却能感觉到他们对彼此的关心与爱护。

家的牵绊让他成为当地人

何心是一个女强人，有想法，敢于实践。她和中村一样，在广州努力打拼，发展美容事业，把公司从小美容室做成一家大美容院。在中村开第一家拉面店失败时，她和丈夫一起研究广州人喜欢的味道，拉面店有什么事她都放在心上，甚至在遇事时第一时间为丈夫出头。也许正因为妻子满怀冲劲、充满事业心，才让思虑很多的中村有了不断向前闯的勇气，生命更加鲜活。

访问期间，亮叔发现何心笑起来非常可爱。

"是吗？其实我常常笑的。"何心说，"不过有时候忙工作就忘了。我真的很爱工作。你看不看得出来，今天我还想回去工作。"

何心说话时，中村专注地凝视着妻子，整个人都面向她，手搭在她椅背上，眼里只有她，喃喃说道："其实她真的是很好的女孩。"

而何心仍专注地跟亮叔说："我们都很努力地工作，希望以后能让我们的孩子生活得好，（中村想说话但被她打断了）我希望我们的孩子是一个……"

"富二代。"中村终于能插上一句，"这是我们的共同目标。"

后来他也说："所谓的'普通幸福的家庭'，我认为必要条件是'爸爸妈妈都在'，也绝对不能有'离婚'这种想法。说实话，我们这一代，即使没有很多钱也完全没关系，但还是想给孩子留下一点财富。"

中村、何心与家人

“为什么会这样想呢？”亮叔问。

“可能是因为我父母没给我留下很多财富吧。”中村说。

这样的想法跟他的家庭背景不无关系。中村是日韩混血儿，父亲是日本人，母亲是韩国人。在他两岁的时候，父母就离婚了，母亲独自一人把他养大。而现在，中村与何心以及何心的父母住在一起。中村谦逊有礼，对何心万分疼爱，令何心父母十分欣慰；而幸福圆满的家庭气氛，也给中村带来了温暖。

何心的父亲同样经营餐饮业，开了一家供应夜宵的砂锅粥店，经验丰富的岳父在中村做餐饮时提供了很多指导。在中村看来，相互添麻烦，相互帮助，这就是他最喜欢中国家庭的地方。

人在异乡，难免有不安的时刻，而家庭会让人安定下来。中村说："我还是单身的时候就一直在这边做生意，如果说有什么缺憾的话，大概就是无论去到哪里，都不可能完全成为当地人。但我觉得我现在算半个广州人了，感到很安心。"

在亮叔看来，中村是那种非常看重家庭的人。

"可能是吧，可能是因为我想成为这样的人，想建造自己理想的家庭。我觉得我可以建造一个很圆满的家庭，我对家庭的需求还是很强烈的。"

事业、妻子、家人、朋友的牵绊，让他得以在广州落地生根。中村不需要考虑是不是哪天就要离开这里，和其他人不一样，他不是离开家乡来到陌生的地方，而是在这里，重新建立了自己的家。因此，当亮叔问他住在广州的理由时，中村的答案与其说是"一个外国人住在中国的理由"，不如说是"半个广州人在广州努力奋斗的理由"：

"这个呢，结婚后和结婚前是不同的。以前的话，只需要想到自己，为了自己而去工作；结婚之后，当然要考虑到老婆，还要考虑到老婆的家人、自己的家人的将来，所以要努力地工作。"对老婆负责、对家庭负责，为了这些责任，中村会努力工作，在中国更好地生活下去。

最后亮叔问："那你能一直忍耐你的老婆吗？"

"完全没问题！"中村斩钉截铁地说。

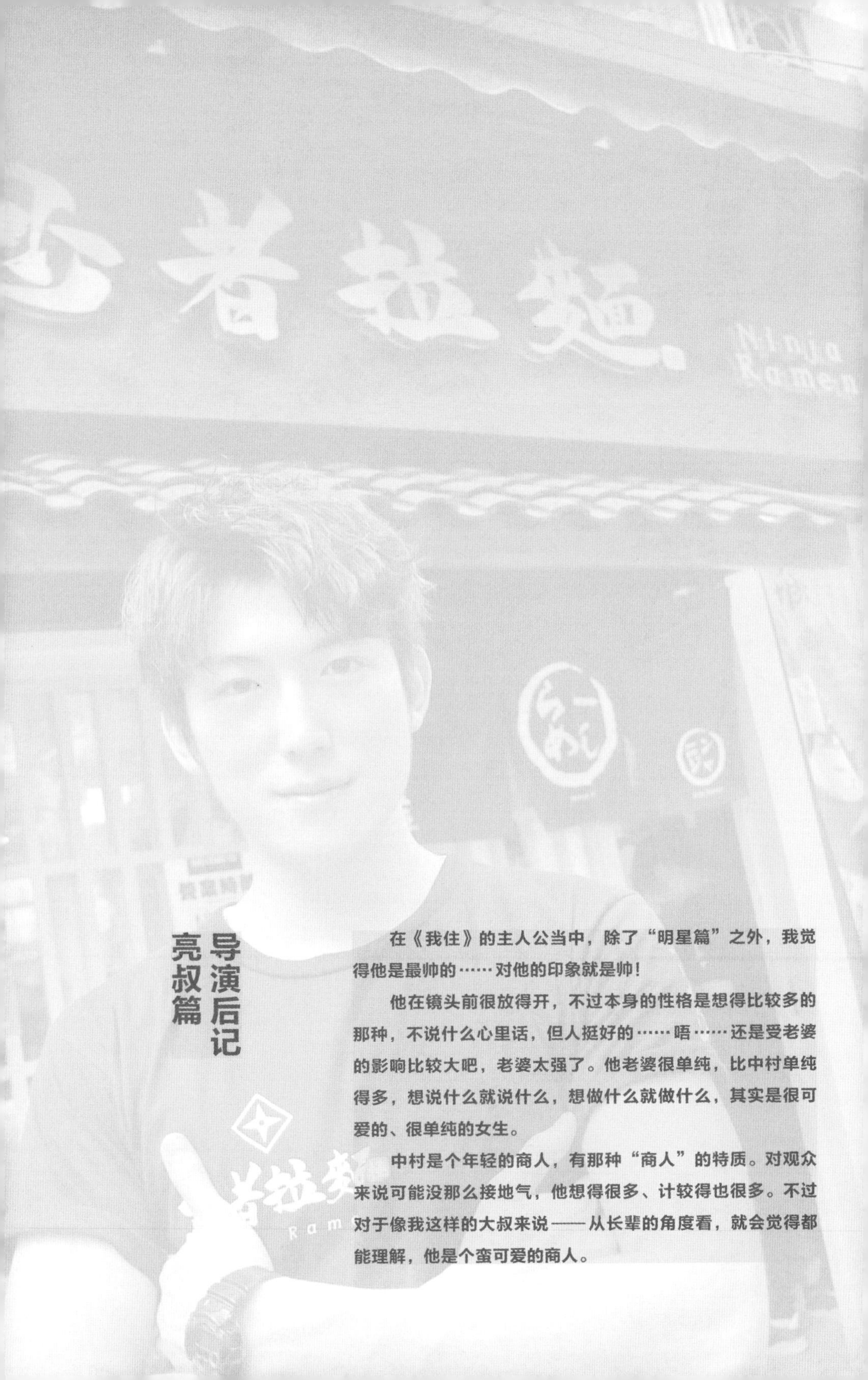

导演后记 亮叔篇

在《我住》的主人公当中，除了“明星篇”之外，我觉得他是最帅的……对他的印象就是帅！

他在镜头前很放得开，不过本身的性格是想得比较多的那种，不说什么心里话，但人挺好的……唔……还是受老婆的影响比较大吧，老婆太强了。他老婆很单纯，比中村单纯得多，想说什么就说什么，想做什么就做什么，其实是很可爱的、很单纯的女生。

中村是个年轻的商人，有那种“商人”的特质。对观众来说可能没那么接地气，他想得很多、计较得也很多。不过对于像我这样的大叔来说——从长辈的角度看，就会觉得都能理解，他是个蛮可爱的商人。

从创业中寻找人生的价值——

幼儿早教学校“未来学院”老板

星本祐佳

我在这里有爱。
因为爱这里，
所以我在这里。

个人档案

住在南昌、在上海创业的幼儿培训学校老板

家乡：日本东京

职业：“Dee Future Academy · 未来学院”老板

提供课程：幼儿 AI 教育

住在这里的理由：爱

亮叔和祐佳、祐佳丈夫邢小宇、婆婆邢妈妈一起吃饭。吃着邢妈妈做的菜，亮叔称赞道："这个超级好吃。"

邢妈妈说："祐佳做的菜可好吃了。"

邢小宇不动声色地指出："她用那个汤料，加点热水，就是一个菜。"

"我之前不是做过一次炖菜吗？"祐佳反驳道。

邢小宇继续补充道："去餐厅买一个炖菜，就当是她做的了。"

每个见到星本祐佳的人，反应大概都会和亮叔一样："美女！"

亮叔兴奋地对着镜头说："没想到吧，这么漂亮！"连忙拉着她一起自拍。

这是在日本东京，她带着同事一起旅游兼培训，作为庆祝公司成立一周年的福利。在浅草寺，他们穿着和服拍照。几个以色列游客看到她的女同事，以为她们是日本人，便抢着和她们合照。拍照结束后，几位游客看到扛着摄像设备的亮叔一行，便上前聊天，一番交流下来，得知众人里只有她才是日本人后，大吃一惊。

而当回到中国上海，再次与她见面，她和城市里的精致白领女孩无异：过肩的中长发，穿着碎花连衣裙，手上提着名牌手袋，午餐是一小盒水果沙拉。她的中文也说得不错，只是带点不明显的口音。但一旦换成日语，独属于日本人的神态特质就通通出现了。给人"是中

国人”的错觉，是因为她既是在日本出生长大的地道日本人，也有着一半中国血统。

星本祐佳，二〇一五年嫁到江西南昌，二〇一七年在上海开办了幼儿早教学校“Dee Future Academy · 未来学院”。这是一所非一般的早教学校，因为学校提供的课程主题是“AI 教育”（Artificial Intelligence，即人工智能）。

仿佛在玩耍的创意学习课堂

走进这所“未来学院”，光是环境就充满未来感——银白色的大堂，通往二楼的银色楼梯，楼梯旁有一个两层楼高、银色的螺旋形滑梯，供小朋友玩耍。而楼梯扶手也设计得很巧妙，一头一尾是喇叭的形状，扶手管道是空心的，从楼下直通楼上。原来这是一个通信器，楼下的小朋友对着“喇叭”说话，就能与楼上的小伙伴通话了。二楼的空间被划分为不同的课室，课室的窗户呈椭圆形，营造在太空舱里的气氛。员工的衣服也经过了特别设计：白外套、灰短裙。一切设置，都在告诉前来学习的孩子们一个信息：这里是让你们尽情发挥想象力的未来乐园。

学校的装修和设备都出自祐佳的精心设计，以营造没有拘束的环

未来学院内部环境

正在上课的孩子们

境，激发孩子们的创造力，像是全部教室的墙面都可以写字，更不用说高价购入的课程和各种高科技设备，例如 3D 打印机、3D 笔等。在课堂上，孩子们通过使用各种高科技设备来制作自己喜欢的东西，比如：用 3D 笔画立体图形，或是用乐高积木组装车子，再编写程序驱动车子。

亮叔看着孩子们在课室里仿佛玩耍一样地学习，问："这个（课程）一个小时多少钱？"

"两节课九十分钟，大概是五百八十到六百。"祐佳答。

亮叔一愣。"半年吗？"

"没有，一次，一次。"祐佳说。

亮叔瞪大眼睛，震惊地喊："一次六百吗？"甚至激动地讲起了日语，"不是吧！这个太贵了！"

对有些人来说，六百元很可能是他们一个月的生活费。"天价"培训班让不少对课程感兴趣的家长却步，祐佳却不愿在价格上妥协。她解释道："如果要保持同样的（教学）质量的话，（费用）就不能再降低了。除非我不继续买课程，不继续买新的设备，但作为一个教育机构不应该这样做，应该不断（引进）新的（课程和教学方式）……"人工智能的发展日新月异，为了确保学校能一直给学生提供最先进的课程与设备，高昂的收费是必须的。

可是这种教学方式比起学习更像是在玩耍，课程的教育目的究竟是什么呢？

"再过二十年，可能十五年，AI 就会很普及了。AI 擅长做'记'和'算'这种重复性的工作，现在人所做的很多工作，基本上都可以被 AI 代替。那我们人要做什么？就是要 Creativity，就是创造力。如何把人的创造力提高，是我们学校的一个最主要的理念。"

来自日本却又很不日本的创业思维

不用二十年，仅仅两年多，我们对"AI"这个词汇已经不陌生了。但祐佳说这番话时是二〇一八年，那时她才二十七岁，人工智能相关的幼儿教育在内地还不算十分普遍。可就在短短几年间，这类学校在各个大城市出现，培养创造力、学习编程，成为新一代精英儿童的必修课。祐佳在市场尚未蓬勃发展时，已经将眼光放在幼儿 AI 教育上，并坚持走高端品牌路线，可以说十分有商业头脑。而这多亏了一位有远见的父亲。

"从小跟我父亲吃饭的时候就会聊一些经济和企业理念，我们叫'食育'。"祐佳一九九一年出生于日本东京，家境优裕，但在她上幼儿园的时候，父亲却坚持举家搬到相对偏僻的千叶县。"我爸爸的理念就是孩子小时候一定要在乡下的环境成长。"在耳濡目染下，祐佳不骄不躁、举止优雅，更是从小就培养了很强的经济头脑与创业能力。

长大后，祐佳积极创业：大学一年级便在广州开办高端家政培训派遣公司，为家政人员进行严谨的日式培训和礼仪教导，培养高端家

政，再派遣给客户。大学三年级，她在日本做起了人力资源服务，给在日本、会说中文和日语的学生介绍工作。大学四年级，她开办了融合多种语言的早教班“U-school”。二〇一五年，她来到中国定居，其后创办了“Dee Future Academy·未来学院”。学校强调培养孩子们的创造力，而身为老板的祐佳也积极为公司引入新思路。

拍摄期间，她在员工会议上提出新的经营模式：“‘公开财务’，公司、员工、股东三分，简单来说，从此之后，我们把店里所有的成本、所有的收入，全部公开。”这是日本流行的经营模式：公开财务，把公司的决断权交给员工，员工收入也与公司收入挂钩，以提高员工的积极性。

有的员工担心，财务透明化会令收入较低的同事产生心态上的不平衡。事实上很多公司正因为担心引发员工矛盾，不敢尝试这样的经营模式。祐佳努力让员工们理解，新模式能鼓励他们挑战自己，追求更理想的事业发展和收益。

会后，亮叔好奇地问祐佳为什么想挑战这样的新模式，她的想法却出乎意料地简单：“我想跟大家一起做大啊。你说我们做老板的，个人欲望也就那些，你该有的也都有了：房子，车，喜欢的包，喜欢的相机，都有了。”在祐佳的角度，当个人愿望得到满足后，下一步便是带领身边的人获得更好的生活，而一个企业的长远发展正是建立在

认真工作的祐佳

员工的个人发展与收益上。先让个人幸福起来，才能有企业的幸福。

除了管理员工，祐佳经常要和客户开会，亮叔看着她在客户面前不卑不亢、在员工面前指挥若定，不禁称赞道：“这种能干的美女老板非常有魅力。”

亮叔对祐佳的赞许不是没有原因的，在日本，年轻女性创业的例子非常少，而且不少日本人都认为，女性创业只是为了玩玩而已。像祐佳这样，年纪轻轻便有着丰富的创业经历，有想法、敢实践的女性企业家就更罕见了。

女人创业，大部分原因应该是因为男人

选择创业，意味着要面对各种未知和失败的可能。对追求安稳生活的日本人来说，这样的举动无疑需要很大勇气。祐佳虽然从小受到父亲的教育影响，但她也曾尝试随波逐流，像其他日本女性一样，走向通往“相夫教子”的路。

亮叔在祐佳办公室看到一张日文报纸，报道她十九岁就创业的经历。

“很小很小的公司。”她说。

亮叔问：“公司没了？倒闭了？”

和同事开会时的祐佳

她进一步解释道："是我前男友的公司。"后来前男友出轨，"感情出了问题（他）就离开，公司就不管了。"

前男友出轨的原因太稀松平常。"他喜欢很日式的（女性），就是不做事情、不做生意，也不工作，就在家里好好待着。但是，他后来找的那个女人，是女强人。"祐佳和前男友交往期间，一直勉强自己，努力打扮，成为符合对方理想标准的女性。"他离开之后，我突然发现，其实我什么都没有，就像一个花瓶一样，外面很漂亮，但里面是空心的，就觉得很慌。我作为一个女人，应该有自己的事业，然后就开始走创业的路了。"

她坦言道："我觉得很多女人创业，大部分原因应该是因为男人，不管是好的还是坏的。"父亲的培养、前男友出轨的打击，都让她意识到，作为女性，也应勇敢活出自我，追求理想的事业版图。

上海的"狗窝"与南昌的豪宅

专注事业的祐佳，如今和丈夫两地分居，平时独自住在上海的酒店里。每天都要上班的她，"家"里空空荡荡，是个特别标准的酒店房间，没有任何额外的生活用品或者装饰用的小玩意儿，被亮叔形容为"一点都没有生活感"。

除了上班穿的制服挂了起来，其他的衣物都用收纳袋整齐收纳，放在一个小箱子里。亮叔十分惊讶："你的东西就这么少啊？……女生啊，不是要有化妆品啊，衣服啊。"

"有啊有啊，化妆品就在一个袋子里面（双手比了一个约 A5 大小的尺寸）。"

"这么少？"亮叔说。

"就一个脸，还能用多少化妆品啊。"祐佳说得好笑，却又一语中的。

大概是创业带来的满足感，让她不再追求物质上的丰盛。不过，冷冰冰的住处和沉迷工作的生活，在他人眼里，又有着不一样的解读。"我已经结婚了，生活上也没有任何担忧，大家都不理解，为什么我要一个人跑到上海来，还住在这么小的房间里。这个房间的大小，和我老公家的狗窝一样。”祐佳说着，忍不住大笑起来。“真的，之前我老公对我说：‘祐佳，你怎么住在狗窝里啊？’”

为什么会得到“狗窝”的评价？因为祐佳在中国真正的家，位于江西南昌，是一幢三层高的独立别墅，附带花园、遍植树木的小径、儿童游乐设施、像湖一样的池塘和园林造景。亮叔跟随祐佳回家，就像“竹内姥姥进了大观园”，他表示“人生中第一次见到这么大的房子”。

祐佳的丈夫邢小宇家里主要做白酒代理生意，丈夫是一位非常成功的商人。不过邢小宇一直在南昌工作，祐佳一直在日本生活，两人之所以相遇相恋，与祐佳的家庭背景有很大关系。

原来祐佳是中日混血儿，江西南昌也是她的老家，外婆家便在别墅附近。走进外婆家，客厅放的是外公和毛泽东握手的照片。祐佳的外公程世清是一位功勋少将，新中国成立后，被调派到江西省任省委书记。外公外婆经历过抗日战争，因此，当祐佳的母亲决定嫁给日本人时，两人很不情愿。外婆说：“原来不想让她嫁日本人的，她爸爸就不同意，说：‘我和日本人打那么多年的仗，你现在嫁给日本人，怎么说，我也很没面子。’”

女儿坚持嫁往日本，有着日本人血统的外孙女却又毅然决然地嫁

回了中国，这个中国家庭仿佛与日本有着奇妙的缘分。因为爱情，让来自两个民族的家庭走向了融合。在拍摄时，年逾九十的外婆认真地说："现在中日关系不是也缓和了吗？我们要共同把这地球'扶'起来。"

阔太太的痛苦

祐佳通过亲戚的介绍，在五年前与邢小宇恋爱结婚，从日本搬到了江西南昌定居。优越的家庭环境令她一结婚就过上了"阔太太"的生活——丈夫体贴疼爱，吃喝不愁，生活无忧，还不必工作，家中琐事皆有管家照顾，她拿的是大部分女孩子最渴望的爱情剧本。

但她真的能"从此幸福快乐地生活下去"吗？对骨子里带有自立基因、追求挑战的祐佳来说，人生似乎不应该是这样的。

在别墅里，有一间粉蓝色主调、公主风格的化妆房，专供祐佳梳妆打扮。房间里有瑰丽的绒布沙发，玻璃柜里收藏着不同品牌的名牌手袋。然而，化妆镜上却突兀地贴了一张纸，上面写着"你不行还有谁行，祐佳加油"。

亮叔问："谁写的？"

"我写的。"祐佳说，"'祐佳'反过来不就是'加油'了吗？"

"什么方面需要加油呢？"

"为了适应这里的生活。刚结婚的时候，和亲戚朋友吃饭、应酬什么的，作为妻子要（做好妻子的角色）…… 挺不简单的。那是一种无法和别人分享的烦恼。其他人是不能理解的，他们可能会认为，这样的生活，一般不会有什么烦恼吧。"

祐佳婚后只当了不到一年的家庭主妇便受不了了。旁人大概会觉得她身在福中不知福，但令很多人羡慕不已的豪门生活，对她来说，却是一份负担，让她痛苦又困扰。

说起曾经，她不自觉地皱起眉来。"真的，什么都不用做。平时就逗一下狗，或者去庭院看一下，感叹着'今天的庭院也修剪得很好'。（老公下班回家后）对老公说'欢迎回家'，然后一起吃饭。我也不需要做饭，和老公一起吃饭就可以了。吃完之后，聊聊天、看看电影。"

这样就是一天。

在没有朋友、饮食也不习惯的异国他乡，每天在空荡荡的别墅里过着千篇一律的生活，祐佳完全体会不到自己的人生目标与生活的意义。于是，为了寻找人生的价值，她离开南昌，独自来到上海创业。可是这次她已为人妻，抛下丈夫、放弃“衣来伸手，饭来张口”的舒适生活，这番举动遭到身边几乎所有人的反对。

“你是怎么度过艰难时期的呢？”亮叔问。

“几乎都是老公在支持我，想想都想哭。”祐佳说。

邢小宇一开始也不理解太太的决定，经过沟通后，他明白了祐佳的想法，便无条件地支持她为了事业打拼，成为祐佳极大的动力。“我听到过让我感动的事情，是一次老公和（他）父亲的朋友们一起吃火锅，父亲的朋友问他：‘祐佳又不在吗？’‘为什么祐佳都不在啊？’‘你这样常常一个人在这边怎么可以啊？’‘你应该好好批评祐佳。’然后，我老公和父亲的朋友说：‘我邢小宇不是一般的男人，所以我娶的老婆也不是一般的女人。你如果相信我的话，也请你相信我的女人。’”

祐佳哭着说道：“他平时不会直接跟我说，这是我从另外一个人那里听说的。我真的很感谢他。因为这些，我才想要更努力。”

无条件支持的家人

夫妻俩聚少离多，特别珍惜难得的相聚时光。祐佳回到南昌，丈夫特意到火车站迎接，一见面，他们的手便紧紧地牵在一起。长期分居，哪怕工作再忙碌，也会有寂寞难熬的时候。祐佳这次回家，便发现邢小宇的书桌上多了一个新玩具：可以陪他打游戏的语音公仔。

“你们三个星期没见吗？”亮叔说。

邢小宇马上更正道：“已经一个多月了。今天是十一月十一号，我们上一次见面应该是在十月五六七号。”

祐佳接着说：“一些纪念日他都会记得很清楚，看起来我反而像男性一样。”

虽然一个人的生活非常寂寞，但邢小宇还是在背后默默支持着妻子实现梦想。拍摄期间，哪怕他插不进亮叔和祐佳两个日本人的对话里，仍一直在旁边陪伴。而只要话题涉及妻子，他的话就会多起来。

亮叔送给他一瓶亦竹烧酒，邢小宇马上拿了自己家里存放的同一款酒。“我这还比你多放了一年。”原来亦竹也是邢小宇最喜欢的烧酒品牌。

“我为什么要买这个酒呢？因为当时她的爸爸第一次来中国，在见她父亲的前一个月我就开始准备：餐具啊，酒杯啊，吃什么菜，喝什么酒，然后烧酒就选了这个，所以要留作纪念。”心思细腻体贴、静水流深般的爱，正是邢小宇令祐佳动容的地方。

亮叔好奇两人的恋爱经历，“我第一次见祐佳的时候也觉得她很漂亮，所以你（邢小宇）追她很能理解。那你（祐佳）为什么答应他呢？”

“其实和他爸爸有关。”祐佳说。邢小宇的父亲早年因病逝世，而祐佳的父亲也患了同样的病。“他就担心，如果（和我）说完之后我会想：会不会我爸爸也有这样的情况，所以他一直瞒着（父亲去世的消息），将近有半年，我真的都不知道。他一直说（父亲）在外面，这个事也是让我决定和他结婚的很大的原因。”

对另一半的感受体贴到如此地步，让亮叔感叹道：“太帅了，真的！”

“很帅，是个好男人。”祐佳特别认同。

除了有个好丈夫，与两夫妻同住的还有邢小宇的妈妈。虽然作为一个中国婆婆，邢妈妈每次见到祐佳都会看似“不经意”地提起同一个话题：“我们作为老年人，（居住的）这个房子这么大，希望有几个小孩在那个院子里跑一跑，那我就开心了。”但其实，邢妈妈非常支持祐佳在外打拼。

“所以我创业最对不起的就是他和他妈妈。”祐佳说着说着又带了哭腔，“他妈妈特别特别理解我，每次我从南昌去上海，她都会在门口送我，说：‘祐佳你在那边加油，我们都很支持你。’所以每次我坐车去车站的那个过程都特别特别难过，因为他们对我太好了。”

家人的爱，既是她努力工作的动力，也让她心生愧疚。“虽说自己的价值体现了，但是我最大的幸福，是和我的家人在一起，工作越忙，越不能和家人在一起，那工作是否能真正让我幸福起来？”说着又掉了眼泪，“所以一直在矛盾。人生就是这么矛盾嘛。”

因为家人的支持，我们勇敢地向前冲；也因为家人的期盼，我们频频停下脚步回头看。这是人生中无法避免的拉扯牵绊，祐佳仍在努力寻求当中的平衡。

拍摄结束时，祐佳、邢小宇和邢妈妈一起送亮叔一行人离开。这时亮叔问祐佳，住在中国的理由是什么。

“这一切，就是今天你们看到的，爱。我在这里有爱，因为爱这里，所以我在这里。”她身后是丈夫和婆婆，后面是她的家，不远处还能看到外婆家。因为爱，让他们打破国籍与地域的藩篱，紧紧相连。现在祐佳的目标是早日让事业稳定下来，能够有更多时间陪伴家人，相信这个目标肯定很快就会实现。

祐佳，加油。

导演后记

亮叔篇

祐佳真的不像日本人，因为她是混血儿嘛，她的性格、行事方式都像中国人，但是在礼仪方面还是挺日本人的，所以她刚来中国的时候还是接受不了，像是随地吐痰等，也会觉得一些中国男生穿的衣服比较不讲究，有着和其他日本女生一模一样的反应，后来才慢慢适应了。

我和祐佳现在是非常好的朋友，因为我和她很聊得来。二〇二〇年，我们和其他人一起组织了一个公益活动，把中国的口罩捐赠给日本人，因此在这一年我跟她一直有交流，关系也越来越好。她是一个在中国创业的老板，我也是，所以有很多共通点。

不像在中国，创业的女生很多，没有多特别，在日本创业的女性真的非常非常少，九〇后的日本女生一个人在国外创业的，就更少了，她的勇气让人佩服。祐佳虽然是在日本长大的，但还是带有中国人的特质，如果是纯粹的日本人，估计就不会这样创业了。她有着中国人好的地方和日本人好的地方，像是礼貌、严谨的工作方式，都是来自日本人的特质；而一个人创业的勇气，工作的效率，待人热情、亲切的交流方式，就是很中国化的。她学到了中国人和日本人好的地方，是一个很聪明的人。而且长得也漂亮，还有气质，所以我蛮喜欢她的。

活出自己的精彩——

家庭主妇

伊藤巳佳

并不是因为
年龄的缘故而做不到，
我觉得只要想去做，
什么都可以做得到。

个人档案

住在上海的家庭主妇

家乡：日本新潟县

职业：家庭主妇

爱好：很多，最擅长敲日本太鼓

住在这里的理由：不知道，但已经住了二十年。

“《太鼓达人》玩得好吗？”节目组在拍摄前于网上征集的问题里，其中一条这样问。

Mika 摆摆手，叹气道：“这个真的难！”刚接触时她也输过，“我第一次听这个歌，第一次打，肯定会输。”

“不甘心吗？”萍姐笑着问。

“不甘心！”Mika 愤愤不平地说。

当你步入中年，你会做些什么呢？

整天为工作步入瓶颈而发愁？为孩子的教育费用而苦恼？为父母的身体情况而担忧？午夜梦回，蓦然回首，后悔自己一事无成？我们每一个人都会面对“中年危机”，但是，这就等于要对现实世界认命了吗？

人生不应该只有这些，我们一定还能再做些什么。那么，四十岁的人，究竟还能做些什么？

这次的拍摄比较特别，其中一个特别之处，是节目组首先见到的不是主人公，而是她的丈夫。主人公的丈夫张昶是在南京出生的中国人，以前在日本住了十多年，却是回国后在和日本朋友的聚会上才与妻子相遇。现在夫妻二人住在上海，而张昶几乎每个周末都会回南京看望父母，于是节目组便乘坐他的“顺风车”前往上海。

“你是怎么看上你的老婆的？漂亮吗？”在车上，亮叔问。

“漂亮。反正就是典型的日本人吧。”说起另一半，张昶脸上带着笑意，“日本女性的那些优点她都有，温柔、持家，做家务非常好，不会跟你吵架，这跟中国的女性完全不一样。”

“对，我老婆不会做家务的，不会做饭。”亮叔马上接话。

“那不一样，我老婆做家务非常好。”张昶自豪地说。

这是这次拍摄的另一个特别之处：主人公伊藤巳佳（Mika）是一位家庭主妇。

无论在中国还是在日本，都有很多家庭主妇，但住在中国的日本家庭主妇，又有着怎样的面貌呢？根据张昶的描述，Mika 似乎是一位温柔贤淑的传统日本太太，直到他带节目组来到一间喧闹的餐厅。

餐厅里正进行日本传统乐器三味线和冲绳三弦琴的交流会，热闹的演出吸引了不少人。张昶的双眼一直盯着场地一角挥舞着双臂打太鼓的女人，眼神专注而发光，仿佛成了“迷弟”。令他着迷的，就是他的另一半 Mika。

亮叔问张昶：“今天看她的表演觉得怎样？”

“好厉害啊！”张昶十分欣赏。

一头短发，打太鼓时双臂有力，Mika 看起来完全不像一般的家庭主妇，让人更加好奇，她究竟是一个怎样的人呢？

四十岁的家庭主妇成为太鼓达人

Mika 和张昶的家在上海郊外。也许因为是租的房子，家具很少，甚至不成套，四人座的长沙发上铺了两张风格不同的布垫。阳台上挂

满了衣服，猫咪们来回“巡视”。和如今获主妇追捧的日式收纳风不同，这个家特别有中国家庭的居家气息。

Mika 和张昶没有孩子，只养了几只猫，作为家庭主妇，生活应该很悠闲，但她十分忙碌，因为每天要花百分之七八十的时间在一件事上：练习太鼓。

客厅里放了不少乐器，有吉他、冲绳三弦琴、简易架子鼓，以及最引人注目的日本太鼓。有着数千年历史的太鼓是日本的代表性乐器，形状有大有小，直径从三十厘米到超过一米不等。鼓身用榉木或楸木制成，两面蒙上熟牛皮，形状就像啤酒桶。人们对太鼓并不陌生，因为在千禧年间流行的一个著名电子游戏便叫《太鼓达人》，不少人在智能手机、电子游戏机，甚至街上的游戏中心里敲打过太鼓。

而 Mika 是真正的“太鼓达人”。

成为家庭主妇后，为了丰富自己的日常生活，她一直想学习一种乐器，便开始了对不同乐器的探索。二〇一四年偶然接触到太鼓之后，她爱上了这个充满激情、用一双手就能表现自我的乐器，于是投入大部分时间用心学习。练习时的 Mika 特别认真，一旦出错就会马上停下来，研究是什么地方出了问题，哪怕是耳朵不一定能听出来的小差错也不放过。正是这份认真与坚持，让她在短短几年里进步神速，成为上海日本太鼓队“海风”的中心队员。

太鼓队里既有日本队员，也有中国队员，他们差不多每星期都会在当地一家室内场馆（Live House）“育音堂”里练习。Mika 除了打

Mika 家里的乐器与猫

太鼓，也会吹日本笛子，还能为队员缝制演出服，而她优秀的组织领导能力更让队员心悦诚服。平时她会带领队员排练，不时提醒大家该注意的要点。到了演出时，哪怕是面对有八百位观众的晚会，她也毫不怯场，敲打太鼓时投入、奔放而有气势。

不过这样的不懈努力也带来了一个“副作用”：一开始 Mika 手臂上还完全没有肌肉，学了三年，她的手臂肌肉已经要比普通男性的壮了。“每次搬鼓都是我们自己搬的，她一个人的力气就好大。看她个子小小的、瘦瘦的，但是力气很大的。她真的好厉害。”队员佩服地说。

只要敢想，只要坚持，就能做到

萍姐同样是四十岁的已婚女性，看到 Mika 仅仅花了三年，太鼓技艺就能达到演出水准，自愧不如。“一般的话，这个年纪不会去学一个新的乐器吧，你的动力是怎么来的？”

“因为很开心，从头到尾都开心。”Mika 一再重申，“因为我做这件事情很开心，所以在坚持。”

她一开始对太鼓并不了解。“我在学敲太鼓之前，觉得太鼓就是用两根棍子敲、发出声音的乐器，所以觉得学太鼓应该很轻松吧。但是越敲越觉得深奥、越觉得有意思，每当我想到敲不好的地方还有这么多，就会沉浸在里面了。”

Mika 学习太鼓的契机是与鼓队两位前主要队员的相识，她们是日本外派员工的妻子，在她们毫无保留的教导下，Mika 感受到了打太鼓的乐趣和享受人生的方式。“两位前辈比我要更专注于太鼓。有时候我也会想：为什么她们可以玩得这么快乐？她们是那种会尽情

与太鼓队“海风”的队友合影

享受人生的人，她们教会了我太鼓，无偿地教会我很多，但是我已经无法向她们回报点什么东西了，所以就想把她们教给我的东西教给其他人。”

看到这里，请别忘了，Mika 不只是太鼓鼓手，她还有一份“正职”：家庭主妇。现在很少听到有谁说自己是“家庭主妇”，不少已婚女性因家庭经济状况或个人事业发展等原因而选择外出工作，哪怕生儿育女，也会交由家中老人照顾。因此，亮叔对 Mika 的选择感到特别好奇：“以中国人来说，比较少见到没有工作、没有孩子的家庭主妇。你为什么不去工作呢？”

但在她看来，“每天为公司工作满八个小时，然后一个月就领那么点薪水，真的愿意这么做吗？我问自己。”

“你不想买比较贵的包包吗？”亮叔问。

“这个完全没有兴趣！”Mika 迅速回答。

“不想买比较漂亮的衣服吗？”亮叔问。

“这个也没有兴趣。”Mika 答。

“不要买房子吗？”亮叔问。

“不买房子。”Mika 还是一样说“不”，“如果（非要）买房子，就是因为要养狗，但只是为了狗的话，不会买房子。”

很多日本女性都像 Mika 一样，对房子、车、名牌完全不在乎，也不能理解为何有的人对于这些如此在乎。在她们看来，这些都是可以通过夫妻俩共同努力慢慢赚回来的东西。Mika 则更进一步，赚不回来也不要紧。丈夫的收入已经足够二人过上普通的生活了，因此，她并不奢望更多物质上的满足，而是想做自己喜欢的事情。这就是 Mika 的生活方式。

Mika 出生于日本新潟县佐渡岛，高中毕业后，因为对服装设计感兴趣，便在和服学馆一边上班，一边学习传统的和服制作技艺。二〇〇一年被公司派到中国大连的樱花和服有限公司工作，从此爱上了中国，辞职后便到辽宁大学学习中文，这时的她已经三十岁了。经过努力，她在二〇〇八年拿到汉语水平证书，第二年便去了上海工作。

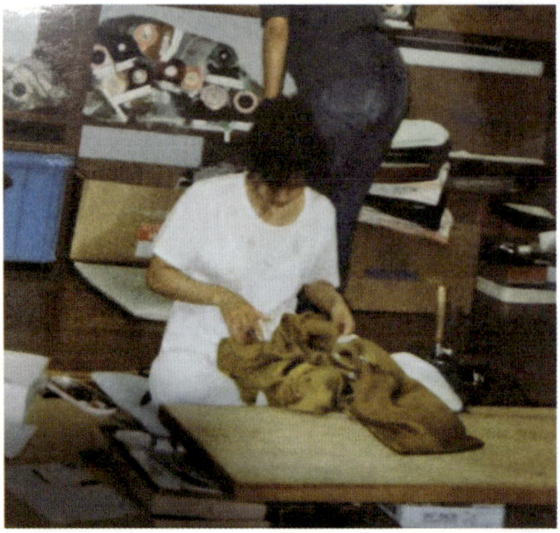

Mika 在日本时学习制作和服

在日本穿着和服的 Mika（前排右二）

后来遇到了张昶，他们在一起生活后，一直很喜欢小动物的 Mika 养了猫。成为家庭主妇的她最初会在家里做一些简单的工作，像是开设日式缝纫课程，如今则把所有空余时间都花在太鼓上。

从 Mika 的个人经历可见，她勇于挑战自我，每十年就会学习一项新技能：二十岁学习制作和服，三十岁学习中文、在中国定居，

Mika 的汉语水平考试证书

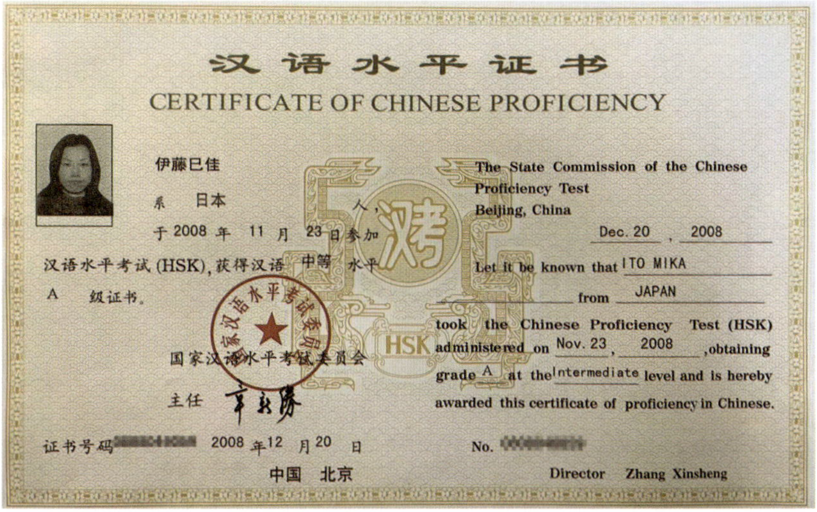

汉语水平证书

CERTIFICATE OF CHINESE PROFICIENCY

伊藤巳佳

系 日本 人，

于 2008 年 11 月 23 日参加

汉语水平考试(HSK)，获得汉语 中等 水平

A 级证书。

国家汉语水平考试委员会

主任

证书号码[redacted] 2008 年 12 月 20 日

中国 北京

The State Commission of the Chinese Proficiency Test

Beijing, China

Dec. 20 , 2008

Let it be known that ITO MIKA

from JAPAN

took the Chinese Proficiency Test (HSK) administered on Nov. 23 , 2008 , obtaining grade A at the Intermediate level and is hereby awarded this certificate of proficiency in Chinese.

No. [redacted]

Director Zhang Xinsheng

四十岁学习太鼓，每一项都不容易。因此，当萍姐感叹随着年龄的增长，能做到的事情就会变少了时，Mika 的反应却是：“能做的事情会变少？不是的。随着年龄增长，我们能做的东西会越来越多……并不是因为年龄而做不到，我觉得只要想去做，什么都可以做得到。”她可以说是身体力行地证明了这一点。

日本主妇在中国“接地气”的生活

如今 Mika 已在中国待了二十年，可她在行事作风上仍保留着日本人的特质：认真、细致，甚至在一些小事上仍维持着在日本时的习惯，比如骑单车时习惯靠左骑行。不过二十年的时光浸染，也为她添了特别“接地气”的一面。

下午，Mika 骑着共享单车出门买菜。到了菜场，她先去买水果，挑西瓜时拍拍打打，手法专业。挑了一圈之后，她说：“应该那个比较好吃吧。”

亮叔问：“为什么呢？”

“因为声音，听上去就觉得会好吃。”Mika 说。

“我不打太鼓所以不知道。”亮叔说。

Mika 笑了。“这跟太鼓没有关系。”这大概是一个“工龄”逾十五年的主妇的经验之谈。

类似这样的心得还有很多。比如当亮叔问她："为什么不去超市？这里新鲜？"

"是的。"Mika说，而这全靠家里几只猫主子的反馈。"它们会吃生的鸡肉，但无论我在超市里买多么新鲜的鸡肉喂它们，它们都不吃。在菜场买的，它们马上就能吃完。我之后就决定一定要在菜场买菜。"

她在闹哄哄的菜场里来去自如，熟稔地和小贩们讨价还价，在馒头店挑好了馒头和炸馓子（一种油炸面食）后，没忍住先尝了一口，才说："这个称一下。"

亮叔看着她熟练地把菜放进单车前面的篮子里，放不下的就挂在车柄上，笑道："你完全变成这里人了呢！完全是本地化的日本女生。"

"那必须的。"Mika说。

骑着车在菜场穿梭，遇到前面有人挡着，她马上喊："让一下！对不起。"要不是还带有一点外国人口音，就和一个普通的中国家庭主妇没有区别。不过骑车离开时，她忽然透露："其实我并不想给你们看我现在的这个状态。"

"为什么呢？这不挺好的吗？"亮叔疑惑。

"不想给大家看我这样的生活。"她说。

"挺好的，接地气啊。"亮叔说。

"不过我很喜欢这样的生活。"Mika说。

从菜场回家后，她忙着烤馒头片，因为觉得那家店卖的馒头好吃，也想让节目组尝尝。她的做法是：烤馒头片，配肉末味噌。

"这个真好吃！"亮叔吃了一口后大赞。

Mika眼睛一亮，整个人兴奋了起来。"这个真的很好吃吧？嘿嘿嘿（满足地笑了），真的好吃吧？"

"超好吃。"亮叔说。中式食物配日式酱料的组合大获好评，让Mika开心不已。

在重视个人特质的国度，成为不同寻常的家庭主妇

两个人喝着烧酒，吃着烤馒头片，聊起了心里话。亮叔问："你在中国待了十几年了吧？喜欢中国吗？"

Mika 吃着馒头点头。亮叔又问："喜欢中国的哪里？"

"最喜欢的，就是中国人。他们很直爽，喜欢、不喜欢，好或者不好，都会很直接地表现出来，能让人看明白的这方面（我）很喜欢。"

"那最不喜欢哪里？"

Mika 想了一下。"也是人性所趋的一点，有些人太自我了，只想着自己的东西，不太顾周围，有些值得改进的地方。"日本人一般不会直接表达自己的喜恶，让人猜不透，而中国人过于直爽，有时也会令人难受。Mika 笑着谈起当初让她备受打击的经历："刚来中国的时候，经常会感到很受伤，他们会毫不在意地说：'不好吃''不好''不'……不什么什么的，直接说（做着呼吸不过来的表情），受不了。现在已经习惯了。"

和其他因工作而来到中国的外国人不一样，家庭主妇的身份使她必须融入当地的日常生活，和老百姓频繁接触，不能以陌生害怕为由躲避，也不能以工作专业为由要他人迁就，只能努力适应。这样的过程当然不容易，Mika 却能从中找到好的一面。她说："我在中日都生活过，很想学着两边那些特有的、好的部分去生活。"

萍姐曾问她："如果你在日本结婚，成为一个普通的家庭主妇，你觉得你还能像现在这样专注于自己的事情吗？"

Mika 的回答是："我会完全变成另外一个人。如果别人跟我说了'这才是妻子该做的事情'，我就会按照他说的，一直做一个普通的家庭主妇。"也许正因为身处重视个人特质的国度，她才有可能跳出普通家庭主妇的身份设定，拥有不一样的生活方式。

名言警句的力量

而且，Mika 还有自我鼓励的小妙招。

"我发现了很有意思的东西。"亮叔在她家转了一圈后，在洗手间里突然说，“这个是什么呢？”

洗手间的镜柜上贴了张纸条，上面写着：“如果还有因为在乎金钱或别人的目光而没做的事情，现在就去做吧。”

“这句话不错呢。”亮叔念了一遍后说。

“不错吧？”每次获得认同，Mika 都双眼发光，特别高兴。

“你自己想的吗？”亮叔问。

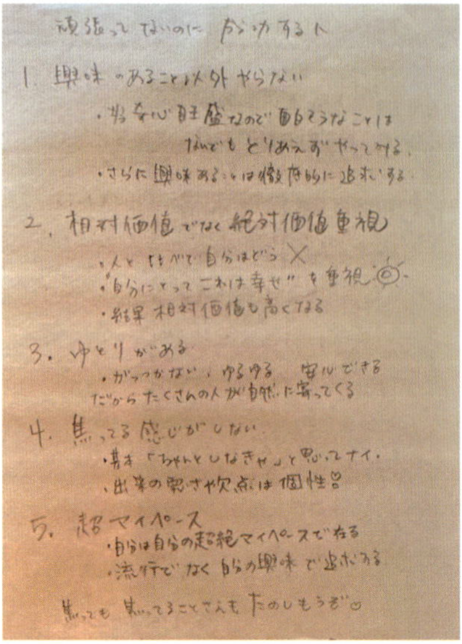

“怎么可能！在别的地方看到的，觉得这句话不错，然后觉得只看一眼容易忘记，就把它贴在能看到的地方。”

洗手间挂毛巾的架子上也挂了一张纸，上面的名言是：“顺境不放松，逆境不害怕”；客厅里还有“不团结的一百个人，比不上团结的十个人”。

“你很喜欢这样的名言警句呢。”亮叔说。

Mika 迅速而肯定地说：“很喜欢！特别喜欢！”

“为什么？”

“为什么吗？能让人变得更有干劲吧。”Mika 说。

“这么说是不是因为你自身比较柔弱呢？”亮叔问。

“我内心非常弱小的！”Mika 回答时没有半点迟疑，“也许会有人说自己内心很强大，我觉得那是在吹牛吧！”

但其实 Mika 除了看似瘦削以外，并没有让人觉得“弱小”的地方。练了太鼓后，她的手臂肌肉已比不少男性发达。说话语速快，表情丰富，总是手舞足蹈，充满活力。虽然和其他日本女性比起来似乎没那么爱笑，但眼睛里总是闪烁着或认真、或单纯、或愉悦的光，像个少女一样，让人经常忘了她的实际年龄。

当问张昶喜欢 Mika 的原因时，他也是这样说的：“她很单纯，由里到外都是一样的。还有就是十分有爱心，对猫、对自然、对社会、对这个国家、对整个宇宙，都很热爱。每天很开心，从来不抱怨。”

张昶年轻时在日本待了十多年，一直到三十多岁才回国，然后发现中国有了很大变化——经济高速发展让人们变得重视物质，所有人都把房、车、钱挂在嘴边。“我感觉融入不了这里……很不适应。正好在那个时候，我遇到了她，（相处后）感觉非常合适。”两个互相欣赏的人就这样走到了一起。

也许是名言警句的加持，Mika 看问题总是正面积极，当亮叔说他和张昶见面后，一直在埋怨萍姐时，她认真地说：“这不对哦。你对老婆的不满，并不是真的不满，是你只关注一个点的问题。如果换一个角度的话，说不定会看到其他很好的方面。”

“比如说她不做饭，一年一次……”亮叔抱怨着。

“虽然她不做饭，但是她一直这么努力地支持着你的工作，这样，她就没有做饭的时间了。”Mika 从另一个角度拆解，使本来的矛盾变成了闪光点。

从反对声音中走过来的爱情

后来，萍姐也和 Mika 聊起了感情话题。“日本女生是怎么看待中国男生的？”

“温柔……嗯……很孝顺。”

Mika 的回答让人意外，萍姐不禁问：“这应该不是一般日本女生的看法，是你的看法吧？”

“是吗？”她恍然醒悟，“一般的日本女生的看法……帅气的男生很少。”

萍姐大笑，又让她评价跟拍的两个男同事。Mika 看了看他们，然后自然地回避了问题。“在日本，有很多很帅的男生，明明是普通人，但看起来很帅。自从来到中国以后……（笑了）争取偶尔回日本的时候，养养眼。”

说起对男性的看法，Mika 的第一反应是“温柔”“孝顺”，也许是因为她会被这样的人吸引。在十五年前相遇后，张昶对她的爱一直温柔而坚定，对她的家人也一样好。

其实两人在谈婚论嫁的阶段曾遭到 Mika 母亲的反对，她现在说起来仍会落泪。“妈妈在我决定留在中国的时候已经提过，为什么要去那么远的地方？她说完之后我说，我的人生由我自己来决定，我选择的人是肯定不会错的。”

直到 Mika 弟弟离婚期间，“我弟弟最痛苦的时候，是张昶支持他。我弟弟在他面前，边哭边倾诉……所以我的母亲和兄弟姊妹（后来）都很信任他。”

“你嫁了一个好老公。”萍姐衷心地说。

“对的，真的是一个好人。我家里的兄弟姊妹也非常信赖他。”

这样的伴侣实在太难得了，那么，Mika 住在中国的理由肯定也跟另一半有关吧?

“你住在中国的理由是什么呢？”

Mika 和萍姐来到外滩散步，听到这个问题后，她想了很久。“什么呢？……还没考虑过……（沉默良久后）因为张昶在这里。”

“如果张昶不在这里的话？”萍姐问。

Mika 仿佛突然惊醒。“不对，好像跟他没多大关系。”两人大笑。

谁知下一秒 Mika 红了眼眶。“我也不懂呢。”瞬间掉下泪来。“不好意思。”她转身背对镜头。

摄影师凑前，Mika 慌忙说道：“这是我的一个坏毛病哦，这个可不能拍。”

平复突如其来的情绪后，她解释道：“我表达不好自己内心的时候会哭。”

那时节目组还以为她只是过于细腻。

临别时，Mika 和萍姐握手拥抱，因为不舍，她又哭了。

事实上，她身上带有一些互相矛盾的特质：有着日本女性的温柔、持家有道，又勇于突破、挑战自我；打太鼓时充满气势，却说自己很弱小；生活充实、态度积极，但总会莫名感伤落泪；为人坦诚，可偶尔也能感受到她言谈间的保留。

在拍摄结束、完成剪辑，节目就要播出的四天前，节目组收到了 Mika 发来的信息：

“其实我们并没有正式登记结婚，因为张昶的父母经历过那场战争，所以不同意我们结婚，为了不让我家人担心，我告诉他们，我们登记了……张昶一直尽自己最大的努力在支撑着这个家，我也不想强迫他父母改变想法，当然我也很希望被他父母祝福……这个时候和你们说这个事实真的非常抱歉。”

这条信息令节目组震惊不已，也让人更加意识到 Mika 和张昶是多么相爱——没有结婚证书，没有孩子，没有房子，家人反对，身在异乡……在现代社会，这当中任何一点都能导致一对夫妻感情破裂，他们却相爱了十几年，甚至比有婚书约束的普通夫妻更亲近融洽，直到如今依然互相扶持、互相包容。张昶完全支持 Mika 去做喜欢的事情，Mika 也特别理解张昶的难处。这其中有张昶的温柔，也有 Mika 的坚毅。她完全不需要感到抱歉，因为她已尽力去爱和善待身边的每一个人，活出了有意义的人生。

虽然 Mika 没有给出一个她住在中国的理由，但萍姐认为，应该是中国能给她更多展现自我的空间。看着这样一位坚毅的女性不断自我挑战，实在是令人羡慕又佩服。

Mika（前排左一）与家人的合影

人的一生应该怎么过？这个问题并没有固定的答案，但可以肯定的是，像 Mika 这样找到自己喜欢的事情，并为了达到自己的目标而努力，才能活出属于自己的精彩。

导演后记 萍姐篇

说实话，拍摄前我们对主人公的了解不会太多，因为我们觉得了解得太多，拍的时候就没有新鲜感了，所以我们在开拍前觉得 Mika 就是一个家庭主妇，时间很多，于是就找个兴趣爱好，打发一下时间。这样的主人公我们之前没有拍过，介绍在中国的日本家庭主妇是怎样生活的也挺新鲜；而且敲太鼓是日本的传统文化，他们为什么在中国会做这样的事情，也很有意思。

拍摄之后我们才发现，虽然敲太鼓是 Mika 的一个兴趣爱好，但对她来说，太鼓成了她在中国体现个人价值的事情。她对爱好可以做得那么认真，而不是随便玩玩，这一点令我感触蛮深的。

她跟中国女性的想法不太一样，她会在家把饭给老公做好，把家庭主妇的工作做好，再去敲鼓。我觉得，我自己的事业、兴趣爱好也是正事，那我因此没有时间给你做饭，你也应该理解一下，那不然我给你叫个外卖吧？但是 Mika 一定要把她作为家庭主妇的责任承担完之后，再去做她自己想做的事，这也给我留下很深的印象。

像她这样性格的拍摄对象我也是第一次接触，我们拍她的时候，聊着聊着，她突然就哭了。但是后来我反应过来，她其实是蛮典型的日本女生：想表达，但是表达不出来了，就会跟自己着急，所以哭了。还有就是他们两个在一起基本上是被男方的父母反对的，但我们拍摄的时候完全没有感受到，只觉得他们非常相爱。可能因为这样一个背景，有些时候她还是蛮伤感的，他们经受的压力应该超出了采访时我们的想象。中日夫妻之间的难关还是挺多的，我和竹内也经历过一些，但感觉他们比我们还要难，而且单靠他们夫妻是没办法改变的，这点让我觉得特别无奈，因为他们没有办法改变历史。了解这样的背景后，再去回想当时她的一些反应，就会觉得：啊，其实她的内心还有这样的一面。

在这里与新鲜的事物相遇——

陶艺大师

安田猛

因为中国有很多新的机会，我很期待这些新的东西。在这里我不会觉得自己已经老了。

个人档案

住在景德镇的陶艺大师

家乡：日本东京

职业：陶艺大师

工作室：红房子陶瓷工作室

作品收藏于：英国大英博物馆、维多利亚和阿尔伯特博物馆，德国科拉翁博物馆，美国纽波特艺术博物馆、纽约城市画廊，墨尔本美术馆等。

擅长：烹调海南鸡饭、制造各种器具

住在这里的理由：这里洋溢着年轻人特有的能量和对陶瓷的热爱，没有理由不住在这里。

“景德镇非常有名，甚至有很多日本人都知道。至于有多有名？你们可能也想象不到。唐代宋代之间，景德镇开始制作瓷器，然后一直传承至今……”一说起景德镇的历史，安田先生就停不下来，讲了超过一个小时，亮叔和冬冬早就听得魂游天外了。

“刚刚说到哪里了？突然想不起来了。”安田先生说着说着，自己都忘了说了些什么。

亮叔急忙总结：“景德镇的历史太壮阔了。”然后扯开了话题。

对于这次拍摄的目的地，亮叔的看法是：“说到景德镇，第一个想到的就是陶瓷。不知道为什么景德镇的陶瓷那么有名。”

江西省景德镇市有“千年瓷都”的称号，据说这里是中国南方最早开始烧造白瓷的地方，所出产的陶泥也不错。在宋代，因当地所产的青白瓷拥有上佳品质，获真宗皇帝赐年号为名，成为景德镇。明清时期这里更是全国的制瓷中心。现在，景德镇的瓷器不仅闻名全国，在全世界也十分知名，吸引了不少陶艺家前来探访。亮叔和冬冬来到这里，找一位十六年前来了一趟，之后就不愿意再离开的日本陶艺大师——安田猛。

“在这里我不会觉得自己已经老了”

节目组来到由旧陶艺工厂改造的陶溪川陶瓷文化创意园，许多陶

陶溪川陶瓷文化创意园

安田先生在工作室里接受采访

艺工作室就开在园区里，其中包括“红房子陶瓷工作室”。这是由安田先生和妻子 Felicity Aylieff 以及来自景德镇的策展人熊白煦合作开设的工作室。安田太太是英国著名陶艺家，在工作室里，大型的瓶子是她的作品，而小巧雅致的花插和杯子则是出自安田先生之手。

在工作室二楼的办公室，节目组见到了安田先生：胖墩墩的，戴着眼镜，一身便服，衣服上还有陶泥的痕迹，看起来平易近人，而且显得非常年轻，完全看不出来他已经七十多岁了。

“我回日本见到同龄朋友的时候，真的很诧异，‘我有那么老了吗？’关心我的人会问：‘你怎么有决心做出这么大的改变？’但是我从来没问过自己这个问题。因为中国有很多新的机会，我很期待这些新的东西，所以我来了这里。在这里我不会觉得自己已经老了。”安

年轻时的安田先生及其作品

田先生说。

安田先生大半辈子都在追求创新与改变。十八岁的时候，他偶然路过以陶瓷闻名的日本益子町，见识到各种各样的陶艺作品，于是决定放弃考大学，开始学习陶艺。将近三十岁时，他已经在日本陶艺界小有名气，却又决定前往英国深造，提升陶艺创作的能力。后来他在英国颇负盛名，作品被大英博物馆、维多利亚和阿尔伯特博物馆等世界知名的博物馆、国家机构、画廊和私人收藏。

就在名成利就、准备安享晚年之际，有位香港朋友邀请他来景德镇看一看。二〇〇五年，安田先生第一次来到景德镇，就被这里的历史底蕴深深吸引，更毅然决定来中国发展。二〇一一年，红房子陶瓷工作室成立，安田先生在景德镇继续他的陶瓷创作事业。

追求没有原形的自然之美

大半辈子都与陶瓷为伍的安田先生，曾制作出许多让人眼前一亮的作品。工作室一楼是他和妻子创作的地方，宽敞的工房里放满了各种陶瓷制品、半成品，以及不同的器具。

安田先生是怎样制作陶瓷的呢？当他穿上工作服，开始创作的时候，仿佛什么都是顺其自然。在完成杯状的作品雏形之后，他拿起了一根铁丝，铁丝上还残留着不规则的金属颗粒。安田先生说："以前制作陶瓷时偶然间扭曲了一下，形成了像这样不规则的小突出，当时我觉得挺有趣的，之后就故意弄成这样。"

安田先生专注于工作

他用自制的铁丝看似随意地顺着作品顶部往下削，每次怎么削、削多少黏土，也十分随性。就算削着削着作品变得不平整了，也不会特意修改。于是，好不容易才平整顺滑的作品慢慢有了自己的“个性”，不一会儿，拥有独特花纹的作品就完成了。

亮叔说：“这样锯齿的形状有点破碎的感觉。是故意这样做的，还是凭感觉做的时候自然形成的？”

“也不算是故意而为之吧，一开始没想过要做成这样的锯齿形状，不过按照这种做法去做，就会变成这样，只是我不去修复它而已。”安田先生解释道。这个系列的作品想要表达的就是“没有原形的自然之美”，各种纹路和不规则的边缘，都是自然而然形成的。

在安田先生看来，“自然形成的东西一般都会有一种‘势’，一种独特的美。自然景观不也是这样的吗？比如因为板块活动的压力挤压形成的地势，经过雨水侵蚀，坚硬的地方会留下来，软的地方就被冲走了”。

创作时随心而动，顺势而为，使他的每个作品形状都不一样，成为独一无二的存在。

对成品的要求：必须完美

制作陶瓷期间，工作室出现了一位慕名而来的艺术家，他非常喜欢安田先生的作品，安田先生知道了，就让他自己参观。那位访客很佩服安田先生，他说："他把咱们中国的东西和日本人的思维结合了，通过作品来表达自己内心的感受，就我个人认为，他的作品非常有高度。"

谁知没过多久，工作室员工前来询问情况，众人才发现这位访客没有预约，而工作室规定没有预约的人不能参观，访客只能黯然离开。

"其实他本人是很随意的。"冬冬很了解这样的情况，"比如说艺人在街上走路会被人拍照，其实艺人是无所谓的，但是经纪人会保护艺人嘛，就是这种感觉。"因此，尽管安田先生很喜欢和中国年轻艺术家交流，但是规定就是规定，要是员工前来阻止，他也会从善如流。

不过，对于成品的质量，安田先生一点都不随意。陶瓷创作是创意与精细的结合，从准备陶泥开始，到塑造成形、上釉，最后烧制，直到开窑的一瞬间，才能看到结果。然而烧好了不等于成功，只要对制成品有一点不满意，安田先生就会把整个作品敲碎。在工作室里，就有一个员工一直拿着锤子把各种成品敲碎。

冬冬指着瓷器碎片，问："这些还可以回收再利用是吧？"

"不要了，这已经不能回收了。"员工边敲边说，"它已经成型了。"

一阵阵清脆利落的敲击声响起，节目组看着一整箱瓷器转眼间成了碎片，都感到心疼，于是他们决定去看看那些准备出售的制成品。摄影师让冬冬猜其中一个比手掌还小的杯子要多少钱。冬冬想了想，小声道："三百差不多？"

在一旁整理的员工听到了，直接解答："七百。"又说："有些是描了金银的，要八百。"

"销量好吗？"冬冬问。

员工笑道："小杯子卖得特别快。"

一个小杯子就要七百块钱，听起来似乎贵了点，但是一想到被敲碎的千千万万个杯杯碟碟，就知道在每一个完美的作品背后，安田先生花费了多少时间、精力和成本。

安田先生的发明与收藏品

安田先生来中国十五年了，每天都在埋头创作，很少外出与人交流，所以也不会说中文。但是他似乎很享受在景德镇的日子，生活也过得丰富多彩。他的工作室里存放了大批收藏品，像民国时期的小碟子（他说买的时候才花了二十块钱）、明代的碗、清代的墨镜，甚至还有秘戏瓷器。

“这些东西买了有什么用？”亮叔问。

安田先生想了想，“哎，究竟有什么用呢？”他自己也说不出来。

亮叔笑道：“虽然是挺有趣的。”大概有趣就是唯一的理由吧。

年逾古稀的安田先生很喜欢新鲜的事物，它们使生活充满了创意。他还是一个发明家，什么东西都喜欢自己制作。工作室里有一个不起眼的折叠木桌子，一拉开，便显露出一大张黑色的纸，原来这是专门为拍摄作品准备的展示台，是他“一手一脚”完成的木工作品。“如果要装配起来的话很占地方，而且放在这里很容易积灰尘。做成这样的话，必要的时候打开就可以了。”他自豪地笑道。

他又向节目组展示一个看起来很像木制小火锅，却附有计时器等工具的器具。这又是什么呢？只见他拿出了一包咖啡豆，原来，这是烘烤咖啡豆的机器，同样也是由安田先生利用筛子等家庭用品制作而成的。自制咖啡机烘焙的咖啡浓香扑鼻，十分提神。

以自制机器烘焙咖啡

陶艺大师的拿手好菜

除了喜欢发明，安田先生还有一样兴趣：研究料理。“我最擅长做的料理是海南鸡饭。”

亮叔一听，马上说：“可以做给我吃吗？我特别喜欢吃海南鸡饭！”

于是，安田先生便骑着他心爱的摩托车出门买菜了。活鸡现买现杀，加上各种配菜。买小辣椒的时候，女摊贩看到安田先生只拿了三四根辣椒，就爽快地说：“这几个？送你了。”

安田先生悄悄地跟冬冬说：“只拿一点的话，一般都不算钱的。”

回到工作室，他用长年研制出来的独创秘方来烹调海南鸡饭，连米饭都是用鸡汤熬煮的，淡黄色的饭粒晶莹剔透，在镜头下闪着光，看上去就很好吃。至于鸡的腌制秘方是：酱油和柠檬。

出炉了！安田先生亲手把鸡撕成好几份，分给大家吃。可能是因为陶艺大师都心灵手巧，也可能是安田先生天生擅长料理，他的拿手菜让节目组赞不绝口。

“香味从鼻子里面冒出来，好香啊！光吃饭就可以下饭，不用吃菜，光吃饭就可以了！”冬冬满足地说。

也正是这一顿饭，令亮叔发现安田先生的一个特点。“几天拍摄下来，我发现你是一个很喜欢讲逻辑的人。”

安田先生笑了。“到现在还是这样吗？”

“你喜欢这样用逻辑来思考问题吗？”亮叔问。

“所谓的艺术是凭感觉的，为了集中自己的灵感，一定要运用逻辑思维来思考问题；可以量化的东西，一定要用数量来积累。今天的海南鸡饭也是这样，我写了一个食谱，上面有百分之一点五、百分之二点五之类的数字。但是做料理也会有无法量化的东西，这就是做料理有趣的地方，艺术也是一样。”这就是大师的创作哲学：让感觉带动创意，用理性缔造完美，对待任何事务的细节都要精益求精。

和太太携手半辈子的妙招

吃饭时，安田先生的妻子 Felicity Aylieff 也在席。

亮叔问安田夫妇："你们夫妻吵架吗？"

"当然会吵架。"安田先生说。

Felicity Aylieff 表示："有的人会有很大的争执，但是我们没有。很难和安田争辩，因为我肯定会输。"

安田先生维系夫妻感情的妙招是："要是我们晚上吵架了，我们就会睡觉解决。"太太听了忙不迭地打他，两夫妻大笑。

安田先生与 Felicity Aylieff 年轻时在英国相遇，直到现在，夫妻俩的感情依然很好。走在路上，安田先生一定要牵着太太，边走边跟她说话；晚上离开时，安田先生骑着摩托车，太太坐在后座，就像年轻情侣一样。

其实，安田先生最初决定移居中国时妻子是反对的，她无法理解丈夫为什么要抛下在英国的名声，到一个陌生的地方从头开始。但是当她看到安田先生很享受中国的生活，就慢慢改变了自己的想法。现在她反而十分支持安田先生留在中国。

安田先生之所以选择移居景德镇，其中一个原因是这里的历史和氛围吸引了他。据说景德镇的氛围，和数十年前安田先生刚成为艺术家时所在的益子町很像。当时日本正处于高速发展的时期，社会经历了很大改革，艺术气氛非常好。而最近几年，越来越多的年轻艺术家来到了景德镇，为这里的陶瓷艺术发展带来很多新气象。

安田先生与妻子

再次感受年轻的滋味

乐天陶社的创意市集是安田先生和伙伴们为了支持年轻人创作而创立的，每逢周末举行，集合艺术品售卖、陶艺课程、展览等活动。年轻艺术家可以在户外场地搭帐篷摆摊，售卖他们创作的艺术品。

安田先生和节目组逛市集时，发现了一位和他风格很像的年轻人。年轻人说："（安田先生）在景德镇很有名。他是最早来景德镇的，对我们有很大的影响，也吸引了我们很多年轻人留在这里。他（的作品）跟以前景德镇的陶瓷不一样，以前是青花瓷或者是玲珑瓷、法蓝瓷，几百个人做一样的东西；现在一个人可以做几百样东西，作品里带有自己的一些想法，这样更有意思、更好玩。"

六十二岁时来中国展开新挑战的安田先生，如今，他的努力正在开花结果。拍摄期间，适逢他在上海的个人作品展开幕。展览基本上没有怎么宣传，却来了很多参观者，和他探讨陶艺。

"老师您住在这里的理由是什么呢？"冬冬问。

安田先生说："虽然在日本和英国的生活会很轻松，但说实话，那样的环境对艺术家来说不是个好地方。艺术家还是比较适合……"

"比较有刺激性的地方？"冬冬问。

安田先生点点头。"是的，这些刺激是在发展的过程中产生的。这座城市洋溢着年轻人特有的能量和对陶瓷的热爱。"

亮叔理解了。"你可以在这里再次体验年轻时在日本的经历是吗？"

"是的，所以我没有理由不住在这里。"安田先生笑道。

有一位粉丝说得特别好："安田先生有着日本人的严谨和专注，但某些方面又有着突破日本人惯常思维的创新……安田先生在说自己为什么住在景德镇时，我想到一句话：艺术需要时时更新、生长和创造。安田先生能放弃所有名声来到中国，寻求的就是一种自我的更新。"

每次创作都投入极大热情的安田先生，在充满生命力的景德镇，将不断与新鲜事物相遇，持续创造更多精巧而美好的陶瓷作品。

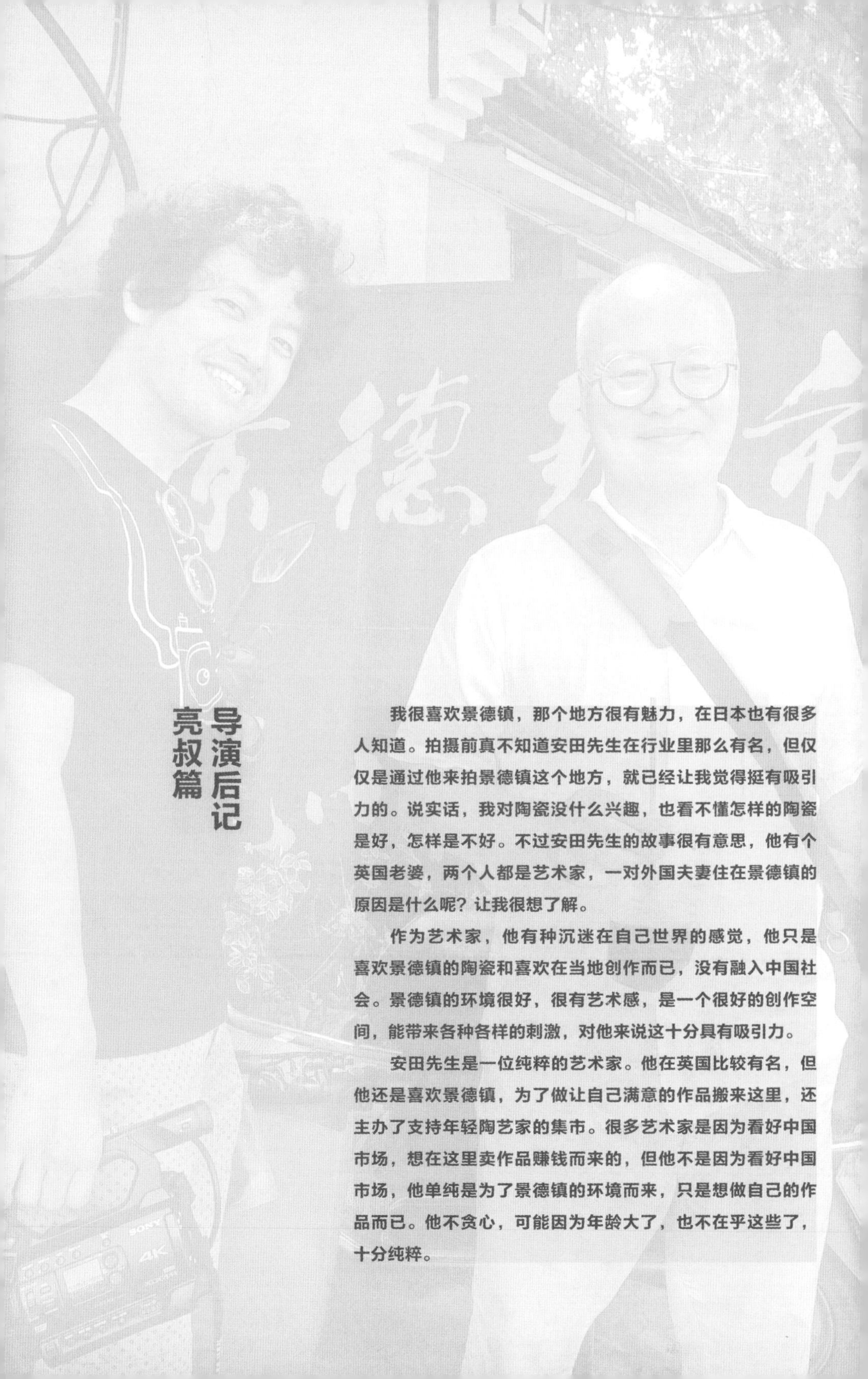

导演后记 亮叔篇

我很喜欢景德镇，那个地方很有魅力，在日本也有很多人知道。拍摄前真不知道安田先生在行业里那么有名，但仅仅是通过他来拍景德镇这个地方，就已经让我觉得挺有吸引力的。说实话，我对陶瓷没什么兴趣，也看不懂怎样的陶瓷是好，怎样是不好。不过安田先生的故事很有意思，他有个英国老婆，两个人都是艺术家，一对外国夫妻住在景德镇的原因是什么呢？让我很想了解。

作为艺术家，他有种沉迷在自己世界的感觉，他只是喜欢景德镇的陶瓷和喜欢在当地创作而已，没有融入中国社会。景德镇的环境很好，很有艺术感，是一个很好的创作空间，能带来各种各样的刺激，对他来说这十分具有吸引力。

安田先生是一位纯粹的艺术家。他在英国比较有名，但他还是喜欢景德镇，为了做让自己满意的作品搬来这里，还主办了支持年轻陶艺家的集市。很多艺术家是因为看好中国市场，想在这里卖作品赚钱而来的，但他不是因为看好中国市场，他单纯是为了景德镇的环境而来，只是想做自己的作品而已。他不贪心，可能因为年龄大了，也不在乎这些了，十分纯粹。

这里的生活
让我喜欢自己——

和之梦员工

石川优珠

我很喜欢在
中国人群体里面
那种自在的感觉。
而且和之梦的人都很好啊！

个人档案

住在南京的和之梦员工

家乡：日本北海道

职业：和之梦第二位日本正式员工

外号：和之梦团宠、和之梦毛利兰

特长：空手道（黑带二段）、二胡、钢琴

性格特质：主动安利（热情真诚地跟身边人分享自己喜欢、觉得好的一切）

偶像：易烊千玺

住在这里的理由：在这里生活的话会喜欢上自己，生活很开心。

亮叔问："你喜欢什么样的男生？"
柚子马上答："胖子吧！"
两人大笑。亮叔说："很奇怪的审美观。"
"就是可爱、胖胖滑滑的那种。"柚子描述着心中的"理想型"。
亮叔觉得很好笑："不像刚才说的小鲜肉明星呀。"
"他是一个偶像嘛！"在柚子看来，喜欢高瘦帅气的小鲜肉明星，和喜欢胖胖的另一半，完全没有冲突。

"为什么我们要拍柚子呢？是因为……没有主人公了。"

柚子，本名石川优珠，一位住在南京的日本人。她是和之梦第二位日本员工，也是除了亮叔以外的唯一一位，于是当节目组找不到合适的拍摄人选时，就将"魔爪"伸向了近在眼前、无法反抗的员工柚子。

柚子已经在南京待了快五年了，二〇一六年来到南京大学留学，二〇一九年硕士毕业后，便从南京郊外搬到城内，成了职场新鲜人。她是一个小吃货，常把"先胖后瘦嘛"挂在嘴边。另一个口头禅是每句话里都有"然后……然后……就是……"，不过她的普通话说得流利纯正，是少有的在大部分拍摄时间里一直说中文的主人公，哪怕是说心里话的时候，也能很好地用中文表达，毕竟她是能胜任和之梦电台主持人的人。这也归功于她的好学精神。跟她聊天，你会突然感觉

和之梦的两位日本员工：亮叔和柚子（右）

柚子在大学时勇夺空手道冠军（后排右二）

自己很“博学”，因为柚子一旦遇到没听过的中文，就会马上询问：“那个词是这么写吗？”并记录下来。

聪明能干的她除了有高学历，还擅长空手道，是黑带二段，曾勇夺“北海道大学生空手道冠军”。与此同时，柚子拉得一手好二胡，还会弹钢琴。正是因为小时候受到中国籍二胡老师的影响，她才对中国感到好奇，成为之后留学中国的契机。

把讨厌变成喜欢的法门：主动安利

“你为什么喜欢南京啊？”亮叔问。

“本来考虑了上海、杭州、南京，然后……应该是叛逆吧，因为我的家人非常不喜欢中国，然后我一直在想为什么日本人不喜欢中国，是不是战争的原因。那时我就想，是不是来了南京之后，就可以了解中国人的那种心理。”家人虽然不赞成，终究还是同意了柚子到南京留学。“我爸爸不喜欢中国。他看到的就是那种日本的新闻报道，所以他觉得中国是不好的，或者是危险的。”

“爸爸现在还在反对吗？”亮叔问。

柚子笑了。“爸爸现在超喜欢中国。”“超”字还特别强调。

她曾在和之梦的微信公众号上发表过一篇文章，名为《日本人眼中的中国——柚子如何消除家人对中国的误解？》，讲述几年间家人对中国的态度转变。文章里写道：

“三年前，当我要来留学时，说实话，家人们对于我来中国留学并不赞成。父亲作为典型的日本人，在我对他说‘有空来中国玩’的时候，还坚持‘我死也不会去中国’。妹妹也曾经对我说过‘我不想跟中国产生关联’。但是，现在父亲整天唠叨着‘好想会说中文’‘下次去深圳看看吧’‘还想喝白酒’一类的中国相关话题。妹妹最近也为了看好看的中国小姐姐们的照片而开了 Instagram 账号，每天边看中国美女照片边感叹‘好想变成中国人……’那么，这三年里我的家人间究竟发生了些什么呢？”

原来柚子特别善于安利，总会热情又真诚地跟身边人分享自己喜欢、觉得好的一切：吃的、用的、偶像、歌曲……“吃了他家羊肉汤，今年圆满了！”“这个泡脚粉超好用，我买了十袋。”“这个茶好香，你应该会喜欢。”在扭转自己家人对中国的看法上，她用了同样的方法——主动安利。她曾给家人带去各种中国美食，包括火锅、麻辣香锅、黄焖鸡米饭、烤冷面、宽粉、羊肉汤、麻辣花生、蟹黄味瓜子等等，让他们品尝；平时吃到美食也会拍照传给家人。还把很多中国人很好的故事说给爸爸听。也许因为家人都是吃货，也许是他们通

柚子（左一）与家人中国游

过柚子的照片、描述，看到了中国的另一面。在柚子留学一年半的时候，柚子爸爸突然说："去一次中国也未尝不可啊。"

二〇一八年，原本抗拒中国的家人主动来到中国，展开"美食之旅"，并在亲身体验后通通爱上了中国。柚子的文章是这样说的：

"喜欢上的原因当然不仅仅是美食。中国的一切都超乎了他们的想象，让他们觉得非常新鲜。产生了想知道更多、想再去了解更多其他方面的想法。

"家人们来到中国时最吃惊的，是超出他们想象、高速发展的中国街道。高楼林立，商店中名牌聚集，不论是住酒店还是乘出租车付款都是用手机……据父亲说，他以为中国人现在还穿着中山装骑着自行车。

"也许你会觉得'太夸张了吧！'但是确实日本人能接触到的关于中国的信息非常少。之前不管我说什么他们也都只是半信半疑……在来到中国亲眼看见中国人的生活之后，大家渐渐理解了日本人对中国社会的固有印象是错误的，实际的感觉是有差别的……三年前我的家人们，完全不会想到会有这样一天的到来。这次经验也让我感到真的会有把讨厌的东西变成喜欢的东西的可能。要是有更多日本人能来中国旅行看看就好了。"

北海道大学（左图中）、南京大学（右图左二）

在柚子的积极安利下，她的“美食大作战”大获全胜。父亲在旅行后给她传的信息里说道：“感觉我渐渐可以理解中国人的思考方式和行为模式了。”家人对中国看法的改变，令柚子十分自豪，“我可以改变爸爸的想法这件事，让我非常、非常地开心。”

一个追星女孩的消遣活动

家人的态度出现一百八十度的转变，肯定也因为他们感受到柚子对中国的喜欢。那么，柚子在南京过着怎样的生活呢？

柚子在和之梦的工作，主要有负责介绍日本明星的节目《和饭情报局》的采访，运营公司各种海外账号，和日本公司的对接，兼任和之梦电台主播，主持节目《呃～中国好奇怪》，是一位全能型员工。

下班后她会自己买菜做晚饭吃，然后看视频。柚子对演艺圈很感兴趣，看中国流行的综艺节目是她平时必不可少的消遣。

“《这就是街舞 2》，我最近一直看。”下班后和亮叔走在回家的路上时，她说。

“这个节目不是二〇一九年的吗？”亮叔疑惑。

“因为今年（二〇二〇年）会有第三季，所以准备预热一下。喜欢了一个综艺，就会一直看。”柚子答得有理有据。

“看电影啊什么的没有吗？”亮叔问。

“电影啊，最近没怎么看。”想了想，柚子说，“啊，上周末我看了《少年的你》。”

谁知话音一落，其他人随即惊讶地说：“你又看了一遍啊？”

“但是看了好几遍也都还是觉得超级好看的！”柚子一边说一边手舞足蹈。

为什么大家反应那么大？原来是因为电影里有柚子的偶像：易烊千玺，所以电影上映后她已经看了好几遍，连编导也不禁感叹道：“你也太喜欢易烊千玺了吧！”

柚子却突然说：“内在真的很重要。”

“内在很重要？”亮叔一愣，不懂为何换了话题。

“才二十岁！”

亮叔完全摸不着头脑，疑惑地问：“谁呀？”

“易烊千玺。”原来还在说她的偶像。

亮叔质疑，“你怎么知道他的内在呀？你又没有接触过他……”

他还没说完，柚子马上抢着发言：“就是因为节目当中他表现出来的语言或者是动作，让人感觉他非常的（有内在）。”

后来他们骑单车经过一家商店，店内正好摆放了易烊千玺的人形立牌，亮叔感叹道：“真的是小孩儿呀！”

柚子却双眼发光，“是小孩儿，但是很厉害，所以我很喜欢。”

说到偶像，她顿时进入“追星”状态，看着电视上的明星，会不自觉地露出慈祥的“姨母笑”，喃喃自语道：“真的很帅呀！”当看到印有易烊千玺照片的杂志封面时，她也会情不自禁地感叹：“好帅啊这个照片！”

或许帅气的偶像，也是让她留在中国的原因之一？

但被问到“理想型”时，柚子除了心仪“胖胖的”男孩子，还有一个更重要的条件：可以一起打扫房间的人。柚子解释说这不是因为她懒，而是她有很多想打扫的地方，如果对方觉得不需要打扫的话，她会很难受。

那么柚子现在的家是不是特别干净整洁呢？亮叔决定去她住的地方实地考察，顺便吃一顿“霸王餐”。

工作中的柚子

柚子（左）采访樱庭奈奈美

《我住·特别篇》女子会圆桌派

一周饭钱不到一百块

柚子现在与和之梦的同事一起合租。为了省钱，她平时都是自己做饭。一到菜场，柚子便熟练地抽塑料袋，装摊在地上的土豆，买菜时没有半点犹豫，熟练而迅速。最后和大妈们一起排队等候付款时，亮叔远远看着，感慨地说："已经看不出来她是日本人了，完全融入本地人了。"

买了一堆菜，只花了十块钱人民币，比超市便宜将近一半，众人惊讶道："太便宜了！"

柚子一星期的饭钱不到一百块，平均每天只要十多块，省钱的代价就是每天下班后都要花时间买菜做饭，她却毫无怨言。和其他待在中国的日本人一样，在这里，过着这样的生活，是她的选择："我在日本的时候，觉得自己可能是一个好孩子，但在中国的话，大家都做自己嘛……在日本的时候，比如大学生都会去买比较贵的、品牌的东西，或者去好看的店吃饭，但这种生活不是我想要的。我比较喜欢现在，就像那个菜场，十块钱能买到这么多菜，我好开心啊！然后回家自己做饭，买的菜我可以吃三四天，好棒啊！这样一种可以踏实过自己生活的感觉，是我最想要的。"

柚子（右）与同事

说这番话的时候，柚子和亮叔正坐在她房间的地毯上。这时亮叔发现了她另一个“很不日本人”的特点：靠着靠垫屈腿坐。

“日本女生的话应该这样坐吧？”亮叔说着，一边做出双腿并拢靠向一边的动作。

柚子这才意识到：“哦……对。”接着改变了姿势。种种小细节，让亮叔对柚子有了这样的评价：“和我一样是个‘假日本人’。”

柚子的房间很简洁，一张双人床、一个铁架子、一张小书桌。靠近床头的墙上挂了一幅世界地图，书桌前是地毯和靠垫，分不出哪些是柚子自己的东西，哪些是房间本来的家具。巡视一圈后，亮叔问：“没有那种很可爱的东西吗？没有娃娃什么的？”

柚子只能拿出一只黑猫公仔。

亮叔问：“你喜欢猫咪吗？”

她点头，指向墙上绿色的猫咪挂钟说：“那个也是猫。”还有黑猫挂钩。

喜欢猫的柚子，性格里有着活跃而纤细的一面。铁架上放了一排书，除了各种中文、英文的语言书，居然还有《蔡康永的情商课》，以及一本名为《中国各省气质》的书。柚子说这都是她来中国之前看的。

那是一本讲中国不同省市人民特点的休闲书，两个日本人都觉得很有趣，但身为中国人的摄影师和编导就觉得完全没有参考价值，只能骗骗外国人。毕竟中国人的特点，只有身处中国、亲身感受后，才能得出最确切的结论。

来中国多年，柚子被这里的人们感染，有了不少改变。她曾在《我住》“中秋及国庆特别篇”里分享：“我变得能和陌生人说话了。最近发现，自己会无意识地和服务员或者阿姨们搭话。当找不到路的时候，日本人的话肯定会选择自己默默看地图，中国人的话会觉得很麻烦，就直接问路人了。觉得自己逐渐‘阿姨化’，‘阿姨力’应该在直线上升。”

亮叔问：“原本在日本的时候是很‘自闭’的吧？”

柚子点头，说：“因为不想被店员搭话，所以去店里买东西的时候都戴着耳机，给对方传达‘我现在听不见你说话哦’的信号。”

“你这是典型的日本女生啊。”亮叔笑道。

“对。”不过来到中国几年后，“最近的话就会问‘哪个销量最好呀？’‘这个颜色买的人多吗？’之类的，哈哈哈。”

徘徊在辞职边缘

柚子在中国做着有意义的工作，和同事相处融洽，过着愉快的生活；她也会不时回日本探亲，陪伴家人。随着时间过去，她说不定就像其他在中国的日本人一样，长久地在这里定居。直到二〇二〇年初，新冠肺炎疫情席卷全球，突如其来的疫症打破了本来的安稳与美好。正好在日本疫情日渐严重时回到北海道探亲的柚子，陷入了痛苦的挣扎。

“你在疫情期间纠结了吗？到底要不要回南京……”亮叔指出。

“对，纠结了。”柚子说。

“为什么要纠结呢？”

“因为……其中一个原因是见到之前的朋友，因为她们在的公司比较好，工资高，生活完全不一样。”柚子在老板面前不好意思地笑了起来，却仍继续坦白当时矛盾的心情，“然后忽然觉得我这样生活下去，以后见她们，她们会觉得我不开心或者我们聊不到一起去，从而不能跟她们做朋友。这样我会觉得很难受。”

另一个原因则是疫情。当时《我住》拍了在日武汉人，其中有位主人公哭着说在这种情况下还是跟家人一起最好的一幕，让她很有感触。“那个时候明明疫情很严重，是很可怕的东西，但是日本人都不怎么在意。然后，我想如果我离开日本之后，北海道或者日本变成武汉那样的情况，我就见不到家人了。如果有万一的话，我肯定会后悔。”

疫情暴发、交通停摆，各国纷纷实施出入境管制，前所未有的局面、看不到的未来，令当时每一个孤身在外的游子都在心底问自己同一个问题：家人能平平安安的吗？我该放弃工作，留下来/回去陪着他们吗？

“那你最后为什么又回来了？”亮叔问。

“我记得很清楚，我是二月二十九号回来的。准备行李的时候，其实还在纠结。边准备边纠结的时候，脑子里冒出很多和之梦同事的脸。”可能看到众人难以置信的神情，她强调道：“真的，真的！这个不是开玩笑的。就在我想要不要辞职的时候，这边（指脑袋）有很多我们同事的脸出现。”

亮叔指了指编导和摄影师，问：“他们俩的脸有吗？”

“有有有！”柚子点头说。

亮叔再问：“我的脸有没有？”

“好像没有。”耿直的答案令众人大笑。

虽然亮叔的脸没有出现在柚子脑海里，但他给柚子发的信息，却是她决定回到南京的其中一个推动力。“那个时候觉得不愧是导演。因为我没有跟你们说我要辞职，我写的那篇北海道文章，可能中国人看不出来我很纠结，日本人才看得出来，或者导演才看得出来。我这么觉得。”

但亮叔说：“我发给你什么？”

柚子笑了。“好像是什么‘在烦恼啊’之类的。在那个时候发过来，哗！就觉得：还是要回南京。”

那条影响了柚子决定的讯息是这样的：

“我想你离开日本、离开父母，自己来中国一定很担心他们吧。我上个月离开南京来到日本的时候，我也非常担心他们。所以，希望柚子能够再好好地考虑一下自己在中国工作的意义以及自己能够做的事情。在你感到迷惘的时候可以随时来找我商量。”

听到两人的对话，节目组其他同事才后知后觉地意识到柚子曾经萌生了辞职的念头。而在看到亮叔的讯息后，编导说：“好温柔啊。感觉不是本人。”

“你这就有点过分了吧！”亮叔不满地嚷嚷道。

柚子大笑：“虽然感觉像换了一个人，但是很感动。”

尽管亮叔一个劲儿地说他忘了，可后来也说：“其实我记得，记得

和之梦员工　石川优珠

帽子上印有公司名称

非常清楚。”他解释道：“因为我知道她在纠结嘛，我看得出来，从她写的那篇（关于）北海道的文章。”

他们说的是柚子发表在和之梦公众号的文章《疫情下北海道的二十一天：“所有结果，都将由我本人负责”》，其中一段是这样的：

“这样的现状放在我眼前，说实话，我不确定我是否应该回南京。看了《我住在这里的理由·特别篇》中在日武汉人的那集，想着接下来是不是就轮到我了，一直非常不安。在札幌，我八十多岁的外婆一个人住。有心脏病的她若是不慎得了肺炎，会非常危险。若是北海道真的变得危险，不能回南京工作，我想留在札幌的家人身边会更好吧。”

如今，人们对于“家”和“想家”的概念变得复杂了起来：家乡有最爱的亲人，异乡有自己的事业、朋友，两边都是家。我们眷恋家乡的温暖，也向往异乡的自由。在疫情出现以前，这种纠结可以通过频繁往来两地解决，但在封锁与隔离面前，就必须得做出选择。

二〇二〇年二月二十九日，柚子从日本回到南京。十四天隔离期结束后，亮叔和几个同事一起去酒店接她。开车回家时，亮叔问她：“想大家吗？”

“很想念！”柚子说，“每天开（电话）会议（能听见大家的声音）

就很开心。”

在公司里，柚子有着“团宠”的称号，大家都很喜欢她，因为她能干、爱分享又好学。他们一起工作、一起住、一起庆祝生日，柚子解除隔离后回到公司的第一天，同事们还准备了红底黄字的“土味”条幅迎接。正是这样一群温暖的同事，让她难以割舍，下定决心“回家”。“因为和之梦除了导演以外都是中国人嘛，我很喜欢在中国人群体里面那种自在的感觉。而且和之梦的人都很好啊！我比较重视人，我觉得这个环境真的很舒服。和之梦的人很有魅力，虽然有人走了，有人来了，但是每个人都有一种‘和之梦’的感觉，我很喜欢。”

一个人被隔离的日子

隔离期间柚子一直没机会出去走走，亮叔决定带她去市郊放松一下（顺便累积拍摄素材）。来到游乐园，看着各种游乐设施，柚子只会反复地说：“不要！不要！不要！我不要坐！不要！别！刺激的我都拒绝！”

然而，在节目组的“威胁”下，恐高的柚子，和同样恐高的亮叔，还是尝试了架在高空的透明玻璃桥、超长玻璃水滑道，他们能闭眼时就决不睁眼，紧紧抓着身边可以抓住的一切，一个劲儿地叫喊：“不要看不要看！”“回去回去！”“可以回去吗？”最后坐在热气球里，亮叔对着镜头嚷嚷道：“两个恐高症的人……怎么会……来玩热气球？”旁边的柚子抱紧篮子边缘大叫，一脸惊恐。

可能因为坐在热气球上实在太有诡异的约会气氛，身为老板的亮叔决定继续对员工柚子的采访：“跟男朋友来这些游乐园的话，对方是什么样的人比较好？”

经历了大半天崩溃吵闹的游乐园“放松”之旅的柚子，疲惫地说：“不喜欢刺激的人吧！不想一直叫！”

就这样，回南京后的柚子，每天积极地工作和生活，在和之梦的不少节目里都能看到她的身影。但是，她其实仍在“隔离中”。这次，隔开的是与日本亲友的相聚，而隔离期限尚未确定。

在参加《再见冬天》采访时，她剖白自己的内心感受："因为从疫情暴发到现在已经过了两个月了，可能对中国来说，疫情是不是已经结束了，春天来了。但是我现在觉得，对我来说，这个疫情没有结束……虽然我人在南京，但是（以前）什么时候都可以回日本，飞机也在飞啊，没有什么'封国''锁国'之类的状态……什么时候都可以回去见家人、朋友。但是现在，（因为疫情）我不能离开南京，虽然我可以在南京正常地生活，我没有真正经历过疫情期间自我隔离的生活，可能我没有经历过中国人那么辛苦的一个阶段，但是我来到南京之后觉得，我现在像是一个人被隔离了，想见的人都见不到。"

说到后来，她忍不住落泪。

无论人选择在哪一个地方落脚，都会有对家乡的牵挂。人生虽然难以圆满，但柚子依然勇敢又积极地生活着，就像她穿着空手道服帅气地做了一个回旋踢，就像她在菜场里买了一堆菜后恍如胜利者一样地回家，就像她追着同事问那个陌生的词是什么意思然后认真地写在笔记本上，就像她一脸陶醉地向众人安利偶像易烊千玺，就像她明明恐高仍勇敢地踏上玻璃桥……每一天她都认真对待。

"最后一个问题，你住在这里的理由是什么？"亮叔问。

"我不知道。"柚子当然知道这个问题，却也回答不出来。"真的，我一直在想，我为什么住在这里……就是生活开心吧。在这里生活的话会喜欢上自己，所以我住在这里。在中国，就开心。"

"那你有没有什么目标啊？"亮叔问道。

"找到自己真正想做的事情，然后去做。现在我还不知道我想做什么。"柚子说。

亮叔这时从纪录片导演变回公司老板，问："那如果找到的话你会辞职吗？"

"如果找到的话，会。"柚子对着老板，依旧坦诚。

亮叔慌了，忙说："不要找到了，不要找到了。在我们公司也可以做啊。"

柚子却很坚定。"如果想做的，能在和之梦做的话，肯定会在这里做。如果不能的话，我应该会走。”

大半年后，和之梦传来了这样的喜讯：柚子已经找到了自己理想的发展方向——让更多日本人与外国人知道和之梦的节目和中国文化。她现在负责海外推广部，希望通过公司的各种作品，让外国人了解中国。相信柚子会继续在中国快乐地生活下去。

导演后记

两个老板篇

亮叔：柚子的话……柚子呢……柚子……唔……还是……还是……蛮、蛮、蛮难理解的。

因为她学历高，北海道大学，是日本挺有名的大学，然后又是南京大学的研究生，而且她空手道也是全国大学赛的北海道代表，简单来讲空手道也是特别厉害。学历高、运动也好，还会说中文，全能的嘛！这么优秀的人，为什么还留在中国然后进入我们公司呢？很奇怪，工资也不高嘛。她回到日本找工作的话，肯定能进入很好的公司，比现在工资高很多，因为在日本能把中文说得这么好的人不多，我觉得蛮奇怪的，她是一个挺奇怪的人。

她说过，觉得在中国能够活得更像真正的自己，我也是。所以也能看出来，她相当喜欢中国，因为在中国很自由，不用像在日本那么客气，还有美食……她是一个比较客气的人，在日本生活真的很累。三年前她来到我们公司的时候，和现在很不一样，可能也有熟悉了的原因，感觉她来到中国后越来越放得开了。

萍姐：在公司里大家非常喜欢她。

性格好是一方面，在工作上她也是非常认真的，很努力，有什么错误都很谦虚地改正，让自己不断进步。大家看得到，都非常认可她，所以柚子在公司发言，大家就会拼命鼓掌。

正在创造住在这里的理由——

插画家

宇山纺

从日本再回上海的时候，
有时候会说是“回国”。
感觉已经在这里扎根……

个人档案

住在上海的插画家

家乡：日本东京都三鹰市

职业：插画家

副业：发起并定期举行 City Walk（城市漫步）——一个在上海老弄堂里漫步游玩的观光活动。

特点：没有方向感

爱好：收集各种老物件

住在这里的理由：正在创造

中国刚暴发疫情时，Mugi 的家人非常担心独自一人在中国的她，还给她寄了口罩。

“口罩寄过来，我跟他们说了谢谢之后，日本的情况变糟糕了，结果爸爸说：‘把口罩还回来！’”Mugi 捂脸大笑道。

“寄回去的时候有没有写什么附言？”柚子问。

“我没寄回去，只跟他们说了‘加油！’”Mugi 笑道，“不过想春节把口罩作为贺年礼寄过去。”

也许正因为家人特别亲切温暖，才培养了乐天而幽默的 Mugi。

二〇二一年初，上海街头出现了两个奇怪的女孩子。她们一人抱着一个痰盂，站在公厕门口拍照，还引来大妈围观：“没想到你们拿来拍照片，我们从小到大第一次看到人家抱着痰盂在这里拍照片，挺有创意的。但我不知道你们是什么意思。”

“因为好可爱。”其中留着娃娃头，挑染着几绺粉红色头发，身形娇小微胖的女孩开心地笑道。

大妈说：“那你们更可爱。”

这个女孩子说，在她的国家，像有痰盂这类用途的东西绝对会用黑色之类的颜色，设计得毫不起眼，而不像她手中的痰盂那样色彩缤纷，款式可爱。

这是宇山纺，来自日本的插画家，大家平时都叫她 Mugi。而站在她身旁同样捧着痰盂的，则是在上一篇中出现的柚子。

Mugi（左）与柚子抱着痰盂

确定了发展方向的柚子，已经越来越多地出现在和之梦的各种节目里。而 Mugi 是她极力推荐的主人公之一。Mugi 之前参与过《我住 · 特别篇》女子会圆桌派的拍摄，其间，她表现活跃，充满笑点，连亮叔都“招架不住”。随性而幽默的她，吸引了柚子和节目组来到上海，希望能了解一下这位插画师的日常生活。谁知道他们的第一站就是到杂货店买痰盂。

当 Mugi 看到放在货架顶部的痰盂时，兴奋地大叫：“这个好可爱！”随即转向柚子，说：“但是我家有一个了，柚子要买吗？”

柚子为难地看了看，虽然心里觉得痰盂看起来实在是太酷了，“但是有点没有勇气把它带回南京。”

老板说：“现在这个都是年纪大的人用，七十年代我们结婚的时候，陪嫁都要用这个东西。痰盂等于是子孙桶，晓得伐（知道吧）？”

“你现在用吗？”Mugi 问。

老板摆摆手说：“我们不用，人家八十几岁的，晚上起夜，要放在床旁边。”

说着说着，柚子动心了，和 Mugi 一人买了一个痰盂，让摆在店里尘封的痰盂终于找到了归宿。两个女孩子一人拿着一个痰盂拍照，摄影师笑道：“像结婚了一样。”

“要去寄请帖吗？我们结婚啦。”她们大笑不已。

在弄堂里漫步，重回老上海

Mugi 喜欢收集各种怀旧老物件和中国民间手工艺品，拍摄时她特别穿上了老棉鞋，“真的非常暖和，但是后跟已经磨坏了。”

那其实是室内家居鞋，只是加了胶鞋底，所以在室外穿也问题不大。“卖鞋的奶奶说：‘想穿出门的话也是可以的。’”

能把鞋子后跟磨破，也许是因为 Mugi 走了太多的路。和柚子碰面当天是 City Walk（城市漫步）举行活动的日子，Mugi 带着大家来

到了老西门。City Walk 是一个在上海老弄堂里漫步游玩的观光活动，对象是日本人或者能使用日语交流的人。Mugi 便是这个活动的主要发起人。

探索上海，原本只是 Mugi 的个人兴趣。上海是她最喜欢的中国城市，这里除了有高楼大厦，还有很多别具风情的老弄堂和旧建筑。不过随着城市发展和老城拆迁，她发现留给这些老弄堂、旧建筑的时间不多了，她希望更多人能够认识到它们的美，正好有日本朋友来上海旅游，对方同样喜欢在街头漫步，于是 Mugi 找来中国好友格里董作为导览解说员，“City Walk”就此诞生。

City Walk 海报

二〇一八年九月，他们开始了第一次活动，地点也是在老西门。现在 City Walk 为参加者提供的自制地图封面，就是以第一次导览活动时所拍摄的照片为背景。

“去老西门，是因为那是一个非常有地方特色的地方。”Mugi 说。

老西门曾是上海城的西城门所在地，西门之外便是租界。而在西门之内，如今依然保留着那份独属于上海人的生活滋味。众人在老西门地铁站集合，Mugi 给大家派发自己设计、印制的地图，然后就出发了。以上海文庙为起点，往具有老城区历史面貌的梦花街方向前进，穿梭在里弄间，邂逅让人惊叹的老建筑，发掘过往的绚丽繁华，和如今充满烟火气的小日子。

活动导赏员、Mugi 的好友格里董比她高了不止一个头，每经过一个地方，格里董温润的声音就会响起：“接下来进入上海县城，这里与外面完全不同，完全变成了百姓生活区，像那里还晒着为春节准备的自家制香肠……这里曾是这片区域最大的、最有钱的人的住宅，原本是一大家人居住的地方，现在已经变成了很多人共同居住的地方……”

分享上海充满生活气息的一面

在弄堂里散步，从古旧的建筑中看到不一样的上海，让人很是兴奋。柚子之前没见识过这样的上海，因此听得津津有味。而对

Mugi 来说，“这已经是常规路线了，给来参加活动的大家这样介绍好几次了”。

编导问：“喜欢这样的地方吗？”

“喜欢！”Mugi 说，“其实很想住在这里。之前来找过房子，一个月几百元，一千元的也有。六百元左右的房子，大概没有浴室之类的设备，这对于日本人来说有些……不能接受，但是这里的氛围很好。”

他们走着走着，看到弄堂口的地摊上摆满了类似 Mugi 穿的棉鞋，以及各种传统日用品。他们有的人买了暖和的布鞋，柚子则买了一副做饭时用的袖套。

活动最后以品尝上海传统美食作为收尾，众人来到一家卖汤圆的老店，吃到了鲜肉汤圆。他们的感受是：“肉包子的肉馅，外面包着年糕的感觉。”

在大家买汤圆时，却得知这家店铺即将被拆迁，还剩最后三天营业了。

“要关店了啊……”Mugi 很惋惜，这是他们在秋冬办活动时必到的店。而更令人惋惜的是，这些见证着上海历史的老弄堂正在被高楼大厦所吞噬。弄堂外就是一幢幢现代化的大楼，古老的建筑和文化随着社会更新渐渐消失。也许每一次 City Walk，他们都在向老上海道别。

老上海之旅结束，参加者各有收获：

“平常不怎么去当地的小店，从这个意义上来说，非常感激。”

“今天去的有些地方以前曾经路过，但是今天加上了解说，学到了很多。由于平时只去观光点，不怎么在这样的老街里散步，所以觉得很愉快。”

正如格里董所说的：“上海当然也有外滩和新天地之类的、很漂亮的地方，与此同时，也有很多有趣的、有生活感的地方。”而这些带有时代记忆的地方，对于来上海旅游和长驻工作的日本人来说特别有吸引力，能让他们对中国人的生活有更多了解。直到现在，先后有差不多三百人参加过 City Walk，Mugi 笑道：“回头客挺多的，客人带来的朋友也是人数增加的一大原因。”

疫情期间无法组织活动，加上很多日本客人回不了上海，Mugi 就和格里董展开线上活动。他们会举着手机散步，把街景拍下来放在网络上直播，每次都有十几个人参与。“想让大家体验到实地散步的感觉。希望他们能快点回来……还对他们说了：‘快点回上海吧！’就像大家是一家人一样。”

之前格里董过生日时，Mugi 请常客写了祝福语，作为生日礼物送给他。“其中让我很开心的一条是：‘多亏了这个 City Walk 活动，让我对自己工作的城市有了自豪感。’作为驻员，总有一天会从上海回日本，希望参加活动的大家，把散步的经历和途中看到的事物，带回日本和大家分享。”

初中三年级的首次中国之旅

“你真的很喜欢上海啊！”柚子说。在她看来，一般的日本人应该是觉得上海很适合居住，所以才喜欢这里，“但能感觉到 Mugi 喜欢上海的心情是不太一样的，感觉是饱含深情地爱着上海。”

这份深情是怎样产生的呢？那就要从 Mugi 的童年说起。

Mugi 对中国的印象是从漫画开始的，以中国为背景的精彩故事、自成一派的中华风，让小 Mugi 对中国满怀憧憬，“我特别喜欢以中国为舞台或者中华风的漫画，原本就对中国十分期待。”

中学的时候，她和来自中国的姗姗“因画相识”，成为好朋友。也是因为拍摄受访，Mugi 才第一次知道姗姗和她成为朋友的真正原因。

姗姗说：“我当时很喜欢画画，问班里谁画画好，大家说是 Mugi。刚见面我就对她说：‘请画张画。’看着她在速写本上作画时，我心里就觉得：就是她了！想和她做朋友。”

Mugi 听到后很惊讶：“我印象中一直觉得是通过社团之类的机会，和其他的朋友一起渐渐地变亲近的。”

姗姗笑道：“其实是我主动去接近她的。”

Mugi 也笑着说：“原来是这样啊，我完全不知道。”

两人既是同学，也是邻居。有一天，Mugi 去姗姗家里玩，“那时候说了：‘我想去中国。’然后她妈妈就问：‘下次我们回国的时候你一起来吗？’我心想：真的吗？我回家跟妈妈说了之后，妈妈说：‘不会给别人添麻烦的话就去吧。’记事起的第一次出国旅行就是来中国，而且就是来上海。”

初中三年级，Mugi 第一次来到中国，“当时的中国和漫画中所见的中国截然不同。那时候还没有浦东机场，我是一个人到虹桥机场的。”

一个中学生初来乍到，人生地不熟，还没离开机场，就有五六个大人拥上来，问：“你是从哪里来的？”

“我也记不清是用哪种语言回答的了，回答说：‘我朋友会来接我。’”Mugi 笑着谈起当时的经历。

大人们一听立马说：“那得打电话呀！”巧了，他们正好有电话卡，现在买马上就能用得上，结果 Mugi 用一百块钱买了一张电话卡。那是将近二十年前，一百块钱是可以买很多东西的。

“打电话给朋友，朋友说：‘你是傻吗？’”那次的经历给她留下了很深的印象。

以画笔记录关于上海的一切

长大后，Mugi 和姗姗都考入了日本知名的武藏野美术大学。毕业后，她们一直从事绘画相关的工作，只是一人在日本，一人回到了上海。姗姗开设了自己的设计公司，就像最初欢迎 Mugi 来中国玩一样，她再次发出邀请，“要来我所在的公司工作吗？来我的公司一起工作吧！”

“她一直问我要不要和她一起工作，竟然问了将近一年。我的回答一直比较模棱两可。那时候我是自由插画家，无论在哪里都能工作，不在日本也可以。我觉得，也许作为在中国生活的插画家，能做些什么。这样想着，我来到了中国。”经过一番深思熟虑，Mugi 在二〇一六年辞掉了日本的工作，只身来到上海，入职姗姗的设计公司。

来上海生活后，她爱上了在街头漫步。“在街上走着，自然就会产生把看到的事物用绘画表达出来的强烈心情。虽然我的中文并不好，但也许通过绘画去传达的话，对方也能够理解。来到上海，想去传达关于上海的事，想画很多这样的画，所以开始了《上海绘日记》。”

大学时的 Mugi

春节观看电影《你好，李焕英》后画的漫画

Mugi 自称日本「贾玲」

《上海绘日记》是 Mugi 定期在推特（Twitter）上更新的作品，以插画形式记录她在上海生活的点滴。在她看来，“有只有通过影像才能传达的事物，有只有通过照片才能传达的事物，也一定有只有通过插画才能传达的事物。想把这些事物发掘出来，经过编辑后画出来。”她把在上海经历的一切，比如：跟不同的人聊天、认识新的朋友等，都画进插画里。《上海绘日记》画风可爱，情节生动，受到很多网友喜爱。

“一般是一张纸上画一个故事。素材少的时候，也会在一张纸上画三个左右的故事，这次买痰盂的故事，我想要画满一张。”她会先打草稿，决定要画的东西和其位置，“由当时发生的事组合起来，再相应地调整画中建筑的方向。”还要考虑视线角度等各方面因素，“我画得真的很乱，只有我自己能看懂这些凌乱的线稿。”

至于绘画人像的技巧，Mugi 表示：“过分参考照片不好。想非常写实地画出来，反而会抓不住那个人的特征，根据印象会比较好画。”她以节目组的拍摄为题创作了一幅插画，两三下便把摄影师 Mario 的神髓勾勒了出来，更获 Mario 表示：“和我本人一样帅啊！”

除了《上海绘日记》，她和另一位住在上海的日本漫画家一起画了少女风的漫画，将上海、苏州和杭州等地拟人化，变成娇滴滴的女孩子。“虽然‘上海’和‘苏州’还有‘杭州’是从很早以前就关系很好的女孩子们，但是‘上海’在开放之后渐渐变得时髦起来，‘苏州’有些嫉妒，但也想处好关系，说的是这样的故事。”

痰盂和地铁车票的“新用途”

Mugi 幽默可爱，还总是观察入微，能把大家没有意识到的东西画下来，也擅于从负面事物中找到美好的一面。至于在日常生活中，她偶尔也会迷迷糊糊。据说 Mugi 的方向感不是很好，就算在自己居住的小区里，也会像是在迷宫里一样，经常认不清楚路。

这次柚子和她见面时，本来约定在 Mugi 家的小区门口等，但是柚子到了地方却看不见人，问了半天，才收到 Mugi 的信息，说以为她们约的是另一个门口。最后节目组好不容易才见到匆忙赶来的 Mugi。

“那个……刚好进入了最终调整。”她说。

编导了然地问：

“是指房间的整理吗？”

“是的，大部分东西都藏起来了。这是这次拍摄我最担心的问题，实在太难了！”

可能经过了整理，当节目组来到 Mugi 的家时，并不觉得凌乱，反而温馨别致。房间里有很多关于老上海的藏品和可爱的小玩意儿，包括大白兔奶糖抱枕、草帽、旧地图，以及用来装外卖筷子的……痰盂。

“这真的是完全不顾虑中国人感受的使用方法。”Mugi 笑道。她还画过这样一幅漫画：抱着满满一痰盂筷子的 Mugi，让身边的人大吃一惊。

她给节目组看自己收藏的印有上海旧画报的书，而放书的竹椅是她在朱家角镇一个竹艺师傅的店里买的。“我和他说我在书里看到过（他的店），于是他很开心。”从朱家角镇回家的一路上 Mugi 都拎着椅子，她说：“拿在手上的重量让我觉得很幸福。现在淘宝什么都能买到，但是经过自己挑选然后带回家是非常幸福的事。”

柚子还在 Mugi 家里找到了南京地铁的塑胶圆形车票。她问 Mugi：“这是把地铁票直接带回来了吗？”

原来 Mugi 觉得车票上印的梅花很可爱。她说：“我买了很多很多地铁票，很多很多，回来的时候它们在口袋里哐啦哐啦地响。后来我就把这个作为从南京带回来的礼物送给朋友。”收到的朋友当然一脸疑惑，感到莫名其妙。

一个人的浪漫春节活动

采访 Mugi 时正值春节前夕，节目组问她会怎么过节，这才知道她的“春节习俗”是：“买除夕那天的绿皮火车票，乘着绿皮火车迎接新年，迎来新年的瞬间会在列车上。因为到那时候已经不在上海了，所以一路上可以看到很多地方在放烟花，看着烟花迎接新年。”

这是 Mugi 度过新年的浪漫方式。她很享受漫长的车程，傍晚上车，第二天早上才到达目的地。“真的很喜欢、很享受这样的旅行，每年都会去。”

再次被 Mugi 的描述打动的柚子，在春节过后，和 Mugi 一起展开了火车小旅行。这一趟旅程也被 Mugi 仔仔细细地画进了插画里。

一见面，两个人不约而同地戴上了花口罩，穿着应节的红衣服。

“今天努力打扮了一番。” Mugi 笑道。

柚子则表示：“自从见到 Mugi 之后，我受到了启发…… 买了很多东西。”

Mugi 一脸赞许道：“把自己的兴趣展现出来比较好。”

她们搭乘的是由上海开往西宁，途经南京的绿皮火车。一上车，车上播放的音乐充满了年味，让两个人十分兴奋。

“是从什么时候开始这样一个人坐火车过春节的？” 柚子问。

Mugi 回答道：“第一次在中国过春节的时候，想去桂林看看。坐在列车上，十二点的时候，却什么都没发生。原以为大家会一起欢呼，以为在餐车里，大家说不定会干杯庆祝新年，结果过去一看，什么动静都没有，非常平静。心想：明明现在已经过了十二点了，他们居然一句话都不说吗？这才发现原来没有什么特别的仪式。”心里的小期待落空，Mugi 重返自己的车厢，谁知就在这时，车窗外开始绽放烟花，一个接一个，声音也很响。Mugi 说：“这一幕给我留下了很深刻的印象，觉得自己乘车选对时候了。”

有了这次经历之后她就决定，每年除夕都要像这样乘着绿皮火车迎接新年。“到远一点的地方，景色也会渐渐变得不同。虽然车站大多建在比较繁华的区域，不过黎明的时候起身看看窗外的话，可以看到农村的景色。因期待沿途风光而踏上旅途，真好啊！”

Mugi 与柚子的铁道小旅行

火车的每一节车厢就像一个小型空间，既开放也隐蔽。柚子看看周围的乘客，说：“大家都在吃自己喜欢的零食。”于是她和 Mugi 在餐车经过时也买了好几样零食吃。

“这样真好，有一种在旅游的感觉。”看着不断变化的风景，吃着

各种零食，与来来往往的乘客聊天，Mugi 很享受这种火车之旅。

她们邻近铺位有一个女孩：扎着公主辫，穿粉蓝色 JK 裙，背着一个民谣吉他。女孩才十六岁，在职业学校上学，平时喜欢玩 Cosplay（角色扮演）。她的目的地是这趟列车的终点站——青海西宁，全程超过三十三个小时。

“你平时在这边上学吗？”柚子问。

“不是，我在河南郑州上学，放假来这边打工。”女孩说。

“那你离开家里去学习，不会寂寞吗？”柚子问。

“会很想家。但是想到我喜欢的东西那么多，也不能总问爸爸妈妈要钱，我就自己（打工赚钱）。”女孩说。

才十六岁就离家到外地上学，放假时独自前往江浙一带打工赚钱，再搭乘长途火车回家，女孩的独立和勇敢让柚子与 Mugi 十分佩服。柚子说：“我十六岁的时候，不会离开自己的城市，不会一个人坐

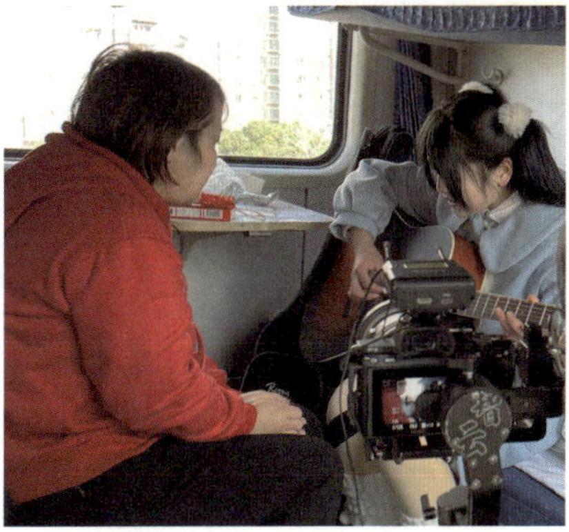

旅行中的 Mugi、柚子、吉他女孩（右图右）

卧铺。”十六岁的她只是一心一意地练空手道。那 Mugi 呢？“常去涩谷的卡拉 OK 呢，哈哈哈。”她大笑着说。

现在不去闯，一辈子就出不去了

Mugi 的闯荡大概要从三十岁的时候开始，她是在二字头的最后一年来的中国。那样的年纪，仿佛是每一个女孩的一道关口，有的会选择安然接受生命的安排，继续原本的工作，结婚生子；有的则终于下定决心，选择忠于内心想法，追求更璀璨的人生。

在火车上，Mugi 和妹妹打了一通视频电话。

“第一次听说 Mugi 要去中国的时候有什么感想？”柚子问妹妹。

妹妹说：“觉得这个人真有趣。最初听到她说的话是：‘我觉得日本不太适合自己，感觉去那里（中国）应该会发展得不错。’”

Mugi 早就忘了，“哈哈哈，我有说过那种话吗？”但现在想来，“也许当时并没有说错。”

妹妹说：“那时的姐姐就和现在的我年纪差不多，我也到了这个年纪，总觉得理解了姐姐的心情。”

Mugi 笑了，说：“有了现在不出去闯闯，一辈子都出不去了的感觉吧？”

“是的。你原本就喜欢中国嘛。”妹妹说。

Mugi 的想法得到了家人的全力支持。她笑着说起在动身前，去找年迈的爷爷“坦白”的事。“告诉他之后，结果他说：‘原来是这事啊。’他好像以为我是去传达结婚喜讯的，以为终于等到了，结果是去中国。”

柚子问妹妹：“姐姐一个人到中国来，你不会担心吗？”

“完全不担心。因为她本来就不是普通人。”妹妹觉得 Mugi 更适合待在上海。家人的支持和理解，也让 Mugi 能安心地在上海发展。

在异国他乡落地生根

火车旅行仍在继续。两个女孩吃完零食就开始吃自热火锅，这时 Mugi 想起了她带来的拌菜。“中国的食物味道比较浓，所以我会自己

买菠菜做拌菜。”

梅干拌菠菜，是典型的日本味道。日本人柚子觉得很好吃，中国人摄影师却觉得酸得受不了。这让 Mugi 想起了中日之间的饮食差异，“中国人去日本的时候，好像都觉得日本菜很咸，就像是放了很多盐的样子。”

而 Mugi 本身则吃不了辣，就算来了中国多年，仍然没办法习惯。她讲起自己在外吃饭时的烦恼 :“说要不辣的菜，端上来还是辣的。对他们而言是微辣和不辣，但对我来说还是辣啊。”

吃着饱含家乡味道的拌菜，不期然勾起了对故乡的思念。柚子问 :“在上海的几年没有很想家吗？不会想回家或者去其他地方吗？”

“最开始的几年想过还是回去吧，但是开始 City Walk 之后就改变了。介绍自己在做的事情，人们也很感兴趣，慢慢地和一些人结缘，通过这些，对上海产生了感情。大概因为这样，所以就不会想回去了。”Mugi 坦言道，一开始还曾因为没有朋友而哭过。

柚子很惊讶 :“是吗？感觉 Mugi 很会跟人打交道。”

“完全不是。”Mugi 说。

她最初也不适应在异国的生活，然而几年过去，充满好奇心又敏锐的她，逐渐发现上海充满人文气息的一面，也通过与人们的交流，逐渐融入了这个城市。她笑道："从日本回来的时候，有时会说'回国'。感觉自己已经在这里扎根了，在上海有很多朋友，也有像 City Walk 这样由自己组织展开的活动。做着 City Walk，又会有新的人脉联系起来，有着生根的感觉。"

火车到达南京，一路上的风景和点滴也已经留在镜头下，留在人们心中，留在 Mugi 的插画里。

"最后一个问题，你住在这里的理由是什么？"柚子问。

"我正在创造自己住在这里的理由。"Mugi 说，"自己本身就很喜欢画插画，在上海第一次有了自己搞创作的想法，所以有了《上海绘日记》。希望能通过更多的活动，传达和介绍这些文化，让大家了解我所做的活动，了解中国和上海。"

时至今日 Mugi 仍继续用画笔记录在上海的点点滴滴，让更多人了解中国的文化，认识在这里生活的精彩。

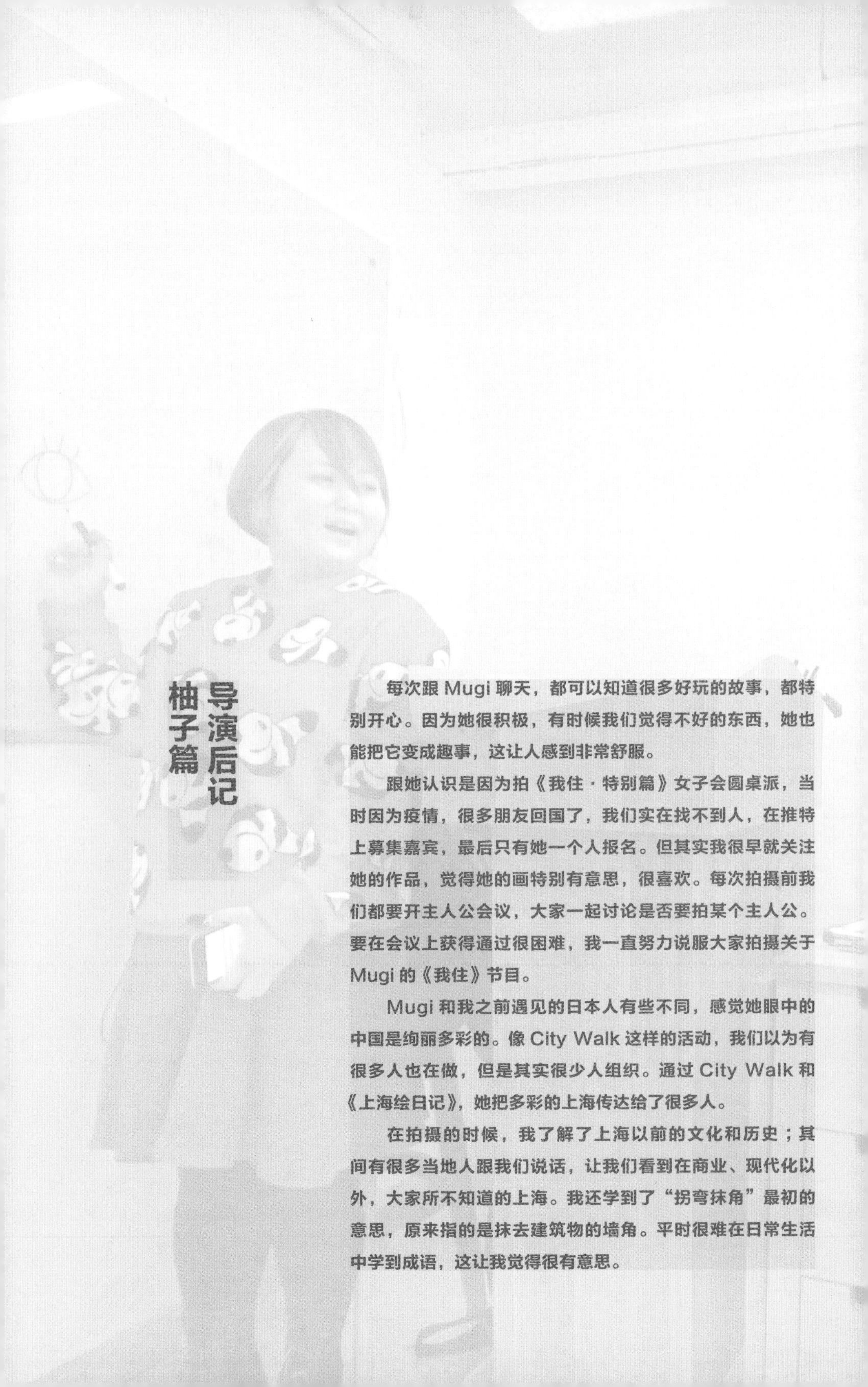

导演后记 柚子篇

每次跟 Mugi 聊天，都可以知道很多好玩的故事，都特别开心。因为她很积极，有时候我们觉得不好的东西，她也能把它变成趣事，这让人感到非常舒服。

跟她认识是因为拍《我住·特别篇》女子会圆桌派，当时因为疫情，很多朋友回国了，我们实在找不到人，在推特上募集嘉宾，最后只有她一个人报名。但其实我很早就关注她的作品，觉得她的画特别有意思，很喜欢。每次拍摄前我们都要开主人公会议，大家一起讨论是否要拍某个主人公。要在会议上获得通过很困难，我一直努力说服大家拍摄关于 Mugi 的《我住》节目。

Mugi 和我之前遇见的日本人有些不同，感觉她眼中的中国是绚丽多彩的。像 City Walk 这样的活动，我们以为有很多人也在做，但是其实很少人组织。通过 City Walk 和《上海绘日记》，她把多彩的上海传达给了很多人。

在拍摄的时候，我了解了上海以前的文化和历史；其间有很多当地人跟我们说话，让我们看到在商业、现代化以外，大家所不知道的上海。我还学到了“拐弯抹角”最初的意思，原来指的是抹去建筑物的墙角。平时很难在日常生活中学到成语，这让我觉得很有意思。

第二章

有梦想，就去追！

就是你——

导演

竹内亮

我们的初衷就是想把
日本文化传达给中国人，
把中国文化传达给日本人。

个人档案

住在南京的纪录片导演

家乡：日本千叶县

外号：假日本人、蹭叔（喜欢占便宜）

职业：纪录片导演

创办公司：南京和之梦文化传播有限公司

个人代表作：（NHK）《长江天地大纪行》，（南京和之梦）《我住在这里的理由》《东游食记》《南京抗疫现场》《好久不见，武汉》《后疫情时代》

爱好：喝亦竹（iichiko）烧酒、拍纪录片期间蹭吃蹭喝

口头禅：“没意思。”“比我帅吗？”“有没有钱？”

家庭成员：妻子赵萍、儿子赵纯（竹内纯）、女儿赵珉（竹内珉）

住在这里的理由：太多了，有朋友、有同事、有公司、有工作伙伴、有很多网友，还有家人。

亮叔的家乡在日本千叶县我孙子市。节目组抵达后，亮叔的母亲开车带大家到处观光。

“你不会觉得‘我孙子’这个地名奇怪吧？”亮叔问妈妈。

亮叔的母亲疑惑地问：“哪里奇怪了？”

“看吧，我妈不知道，一般的日本人不会觉得很奇怪。”亮叔跟节目组说，又用日语和母亲解释“我孙子”这个地名在中文里的含义，最后的结论是：“我是我孙子的骄傲！”

亮叔的母亲笑了。“谁知道啊，在日本可没人认识你。”

“在世界范围内我孙子最出名的就是我了，在全世界都有我的粉丝！”亮叔一脸自豪地说，随即笑着补充：“都是中国人，住在全世界的中国人。”

“这一集是《我住在这里的理由》有史以来最没意思的一集，因为对我来说没什么新鲜感。”

在《我住》踏入第一百期和第二百期的时候，节目主角变成了平时总在镜头前出现的导演竹内亮，也是节目粉丝们最熟悉的亮叔。

“每次我们拍《我住》时，主人公都会说：‘我的生活太平淡了。’但是拍出来挺有意思。这次拍我的生活，第一次感受到了《我住》主人公的心情。我的生活没啥意思啊，非常正常，就是工作、回家、休息。”拍摄期间，亮叔一直不太自信，因为“竹内亮”是他唯一没办法拍摄的题材，他不知道自己有什么特别之处值得记录下来，“感觉没什么意思。”

“没意思”“挺有意思”“很有意思”，这些都是他经常挂在嘴边的判断标准，任何事情到了亮叔这里，似乎都可以简单归类为“有意思”

和“没意思”。他喜欢一切“有意思”的事情，也希望给观众和粉丝带来“有意思”的影片。

不过亮叔本人的生活不但“没意思”，还很单调。平时不是外出拍摄、和客户谈生意，就是在办公室剪片、审员工剪出来的片子。

“你指导一下，我应该怎么办？”完全不知道自己有什么可拍的亮叔问摄影师，“我不想看片子，累了。”

可是话刚说完，他却认命地拿出手提电脑。“回家也要工作，好好拍一下我认真工作的样子。”

摄影师笑道：“好可怜啊。”

日本导演与南京姑娘的婚后生活

二〇一八年，节目组为拍摄《我住》第一百期特别节目，来到亮叔在南京的家，看看生活中的竹内亮和节目里的导演竹内亮有什么不一样的地方。

那时亮叔一家还住在妻子赵萍（萍姐）父母的家里。亮叔一推开门，众人就看到光着屁股的小女儿赵珉（竹内珉）前来迎接。让女儿回去穿衣服时，萍姐的母亲又说大孙子赵纯（竹内纯）一整天都没出房门，亮叔随即去敲儿子房门，生气地喊他出来。可是当儿子不耐烦地喊“等一下”后，亮叔马上熄火，骂不出来了。

亮叔与萍姐的婚礼、婚纱照

一阵鸡飞狗跳之后，亮叔在孩子们吵吵闹闹的声音中，走进了自己和萍姐的小房间。摄影师四处拍摄取景，只见房间里堆满了东西，没忍住，小声地说："比我家小。"亮叔无奈地笑了。

二〇〇七年，二十八岁的亮叔正是在这里迎娶在南京长大的萍姐。结婚当天，亮叔穿着大红色的衬衫，手捧鲜花，来萍姐家迎亲。"好害羞啊，现在脑袋一片空白。"

在屋外敲门时，他说："请开门。赵萍是、我的、老婆。"那时的他还只能勉强说几句充满外国人口音的中文。

当时小房间里还没有那么多东西，亮叔单腿跪下，握着萍姐的手，认真地说："我想跟你结婚。我会让（你）幸福的。"

婚后，儿子赵纯出生，一家三口在日本过着幸福而安稳的生活。直到将近第七年的时候，夫妻俩做了一个重要的决定。

《我住》的诞生

亮叔自二〇〇〇年在东京的视觉艺术学院电影艺术学科毕业后，便投身纪录片拍摄行业，担任电视台助理导演，参与拍摄多部海外纪录片。二〇〇四年当上导演后，他继续拍摄关于日本以及中国的纪录片，拿了不少奖项。他和萍姐便是在拍摄纪录片时认识的。两人相恋后，亮叔对拍摄中国题材的纪录片产生了很大兴趣，开始拍摄各种与中国相关的纪录片，像是《探寻中国麻将的起源》《脱下高跟鞋的村官》等，都曾在日本放送协会（NHK）播放。

二〇一〇年，NHK 的《长江天地大纪行》开拍，亮叔与《我住》的另一位重要人物：阿部力相遇。他们一起走遍中国青海、云南、四川、湖北、湖南、江西、江苏等地，看到了不同地方的风景。拍摄期间，亮叔对中国的了解越来越深入，也看到中日之间存在很多隔阂。当地人知道导演是日本人后，有的会问他："山口百惠还好吗？"甚至有人说："鬼子来了！"让亮叔很受打击，拍摄能够促进中日交流的纪录片的想法越发强烈。他对冬冬说："拍完《长江》，我们做一个给中国人介绍日本文化的节目吧。"这就是他拍摄《我住》的起缘。

拍摄《长江天地大纪行》时的亮叔（上图右一）

怀着拍摄中国纪录片的强烈愿望，二〇一三年，亮叔放弃了日本的稳定工作，和萍姐带着儿子移居中国南京。不过，萍姐一开始并不赞成一家人回中国的决定。

“有朋友跟我说：‘你真厉害，把日本老公都带回南京了，你有多大的魅力啊？’其实不是，是他自己想要到中国来做介绍日本文化的节目。”萍姐说。

亮叔也表示：“二〇一〇年拍《长江》的时候就想过来，但是她反对，因为当时有房子、有孩子、有稳定的工作，该有的都有了。反对了两年，之后她才同意的。”

“我没有办法说服他嘛。”萍姐道，亮叔的坚持打动了她，“那么多年了还没有放弃的一件事情，应该是他真正想做的事情，那就支持一下试试看吧。”

于是，两夫妻开设了“和之梦”公司，为拍摄纪录片做准备。为了支持丈夫的事业，萍姐当上了公司的“大当家”，以老板和制片人的身份承担起管理经营工作，有时还要担任亮叔的经纪人，让他能安心外出拍摄。

“给我钱的话，什么都可以”

来中国两年后，亮叔与萍姐、冬冬开始拍摄《我住》，走出了推动中日交流的第一步。《我住》推出后，艰难经营的公司总算有了起色，也接到了一些视频制作的工作。

在二〇一八年拍摄第一百期特别篇时，公司有约十名员工，他们很多都会说日语，也几乎都是《我住》的粉丝，因此工作气氛总是十分愉快。和之梦还会用特别的方式来增加员工对彼此的了解，加强凝聚力——他们每天都要开晨会。

“日本公司的话必须每天早上开会，大家要知道彼此在做什么，不然大家都不知道旁边的人做什么。”亮叔说。

但是对亮叔来说，开公司后更重要的是“钱”。同事向他汇报新项目时，他一直问：“给我们钱吗？”“给我钱的话，什么都可以。”“除了钱我什么都不会说了。我只会说钱、钱、钱、钱。”

“我就特别不喜欢他这种状态。”萍姐坦言，“我会跟他说，你是去拉赞助，但是你脑子里不能只有钱。其实他现在最大的压力就是人（公司员工）越来越多了。”

拍摄纪录片不是赚钱的工作，在实现理想的同时，还要赚钱给员工支薪，要筹集资金拍摄新节目，亮叔的压力十分大，不管做任何项

和之梦团队与央视主持人的合影（2021年）

中日两家的全家福

目，他都会十分紧张，为了赚钱，不允许失败。当节目组问赵纯：“你在节目里看到的爸爸和平时有什么不一样吗？”

“不一样！”赵纯说，“就是会笑啊，（在节目中）笑很多。”

镜头前的亮叔总是一副乐呵呵的样子，镜头背后的他，和每一个创业的中年老板一样，要为公司的大小事发愁。因此，只有在亲近的人面前，他才能流露出最真实的一面。比如，当问萍姐的父母对这位日本女婿的看法时：

“现在觉得不错，也不管事。”萍姐的父亲反复强调，“不管事。”

“没矛盾，我们发火也好，讲也好，就像没入耳，也不吱声，没脾气。”萍姐的母亲说，“跟中国男孩比，他有一个最大的弱点：不会来事儿。不像中国的男孩，把老丈人、丈母娘哄得开开心心的，他不会。”

“但是他对待工作是很认真的，能吃苦、认真。”萍姐的父亲说道。

成为中日友好沟通的桥梁

几年来，他们一家有不少变化：家里由五口人变成六口人——赵纯很喜欢的妹妹赵珉出生了；亮叔的中文变好了，也越来越“中国化”了，甚至有了“假日本人”的称号；以及随着不断在镜头前出现，有了很多粉丝，他开始注重外表了。

在拍摄时，他会问节目组要不要打灯，说打灯会把他拍得好看一点。每天早上送儿子上学前，他必须先仔细洗脸，把一团乱的鬈发打理好。晚上则会在家里敷面膜，因为之前遇到在化妆品公司任职的粉丝，对方说他完全没有偶像的气质，他就向对方要了点免费面膜不时敷一下。他还会去专门给男性理发的理发店修剪头发，为的是在回到办公室时，能换来女同事们拍着手兴奋地喊：“好帅！”

作为一个日本人，在南京工作定居，大概需要很大勇气。亮叔跟和之梦员工到当地有名的明城墙古迹拍摄时，曾指着中华门瓮城上摆着的一排仿制冷兵器，问：“这个是用来打我们（日本人）的吗？”

员工笑着回答：“明朝那个时候还不打日本人呢。”

对于亮叔而言，住在南京是他选择直面历史的一种方式。其实，亮叔出生当天，即一九七八年十月二十三日，正是《中日和平友好条约》正式生效的日子。而当他长大后，也在因缘际会下与中国有了越来越多的联系。如今，他最大的心愿是能成为中日友好沟通的桥梁。

“说一下你最喜欢中国的一点。认为中国最需要改变的一点。”节目组问。

亮叔答：“最喜欢中国的一点是‘随便’，大家不在乎别人做什么，自己想做什么就做什么，但是日本人不会这样，特别在乎别人怎么看自己。然后应该要改变的，就是作业太多了，给小孩的压力太大了。”

话虽如此，在监督儿子写作业时，亮叔十分严厉，他会一边剪

片，一边严肃地对儿子说：“今天之内必须得做完。爸爸今天要把作业做完，你也要把作业做完。”

对赵纯来说，来中国以后，爸爸最大的改变是陪伴自己的时间变少了，并且变得“超凶的，和节目里完全不一样。爸爸对我越来越严格了”。

亮叔与赵纯的心里话

五岁时来到中国的赵纯，既要适应与之前完全不同的环境，也要适应父母忙于事业的生活。和日本不一样的教育模式，让这个不爱做作业的小男孩更加想念在日本的日子。公司成立后，亮叔夫妻周末也经常要工作，偶尔，两个小孩会到办公室陪父母，等他们工作结束，再一起出去玩。虽然相处时间减少了，但是赵纯依然很支持爸爸的工作，也以爸爸拍摄的《我住》为傲，四处介绍给身边的人，连补习班老师也因此成了《我住》的粉丝。

老师说：“他主动跟我聊这个节目，很开心很自豪，爸爸妈妈做了一个这么好的节目。他会说：‘你知道最近的哪一期哪一期吗？’或者跟我分享幕后的故事。”

孩子对父母有着浓浓的孺慕与依恋，在赵纯心里，对爸爸印象最深刻的一件事是“我只要写完作业，爸爸就陪我去石头城玩”。他还能清楚地记得爸爸陪他玩了八十多次。至于忙碌的亮叔有时间的时候也会为家人做日式咖喱饭，因为儿子特别爱吃咖喱。

两父子十分相似，喜欢玩，会互相嫌弃，也不爱跟对方说心里话。赵纯说：“我不想说心里话，说心里话太让人害羞了。”于是他们只能通过节目组的镜头，向对方坦白内心感受。

赵纯说：“爸爸……谢谢你，工作那么忙，还把时间空出来，陪我一起玩。还有，谢谢你给我做牛肉饼和咖喱。你做的节目很好看，然后你的中文要加油，中文要像个中国人！工作……不要不小心点哪儿，（电脑里的文件）就全没了。太忙的话，就不能跟我们玩了。”

亮叔则说：“我也想陪他一起去玩，但是创业之后根本没有时间。他如果现在一直在日本的话，作业也很少，学习的压力也很小，因为日本的作业不多嘛，所以一直觉得很对不起他。但是中国的教育也有好处，因为日本的教育太轻松了……其实我觉得很对不起孩子，这个没有跟儿子说过。虽然（我们）很辛苦，赵纯也很辛苦，但是为了实现梦想，会一直努力下去。请……不是‘请原谅’，请理解我和赵萍的想法。我希望有一天他能理解。”

《我住》其实是一封情书

亮叔工作忙碌，在中国和日本来回奔波是他的生活常态。这天，他刚从日本回到南京的办公室，一进门便到处喊：“我亲爱的老婆在哪里？”

亮叔与萍姐

坐在会议室的萍姐受不了了。“得了吧！”

亮叔看到她，伸手想跟她拥抱，萍姐马上挥手退后，喊：“你不要碰我！不要碰我！大家都在，我就知道你肯定会这样的！”

如今，亮叔和萍姐既是夫妻，也为人父母，还是工作伙伴。要是两人都在南京的话，那就是二十四小时都在一起，中午也会一起吃饭。他们的相处十分有趣，对话时经常是亮叔说中文，萍姐说日语。不过他们聊的内容都是工作。

“吵架吗？”摄影师问。

亮叔直言：“每天都吵吧。”

两夫妻总是开着开着会就吵起来了，员工屡见不鲜。萍姐漂亮又亲切，十分能干，亮叔却总能惹得她发脾气。看过老板吵架的员工这样总结道：“导演挺聪明的，他不先发火，他会先把萍姐惹急，然后就会说‘算了算了’，一副屈服的样子。”

不过，在第一百期节目尾声，当节目组问亮叔“你住在这里的理由”时，亮叔说着说着就变成了对妻子的表白。

“一句话来表达我所有的想法：我住在这里的理由就是《我住在这里的理由》。《我住在这里的理由》每一集都是为了给粉丝们看，为了给员工们看，还有为了你做的。”亮叔说着看向身旁的萍姐。

萍姐十分惊讶：“我头一次听！为什么？”

“因为如果我没有跟你交往的话，就不会做这个节目了啊。”亮叔说。正是由于和萍姐相恋，才开始做关于中国的节目，因此，《我住》是“做给老婆看的。就算是我的情书吧”。

萍姐又开心又害羞，嚷道：“怎么了，那么突然，吓到我了。”

亮叔认真地点点头，说：“真心话，说真的，每一集每一集都是我的情书。”

萍姐笑道：“你是刚刚想到的还是准备好的？”

“不是不是，是一直都这么想的，但是我从来没有说过而已。”亮叔说。

亮叔经常说自己是个普通人，而他和萍姐的相处也像寻常夫妻一样，会互相抱怨，会吵吵闹闹，也会彼此支持，不离不弃。不管是在日本过着安稳的生活时，还是到中国创业遭遇资金紧张等各种挫折时，萍姐都坚定地站在亮叔背后，支持他朝梦想前进。每一集《我住》，都是亮叔追求理想的成果，也是他与萍姐爱情的证明。

在还能跑的时候就要全力奔跑

在家里剪辑节目素材时，亮叔说："我之前看了一部叫《大联盟》的电影，哭得可惨了。"

"为什么？"萍姐问。

"非常弱小的棒球队不断努力，逐渐变强，最后夺冠。自从开始做这个节目，我一直都乐在其中，虽然发生了很多事情，但是我真的很喜欢这份工作。你也感受到了吧？因为一直在做自己喜欢的事情，所以看到朝着梦想努力的人就会很感动。"亮叔说。

不过在萍姐的角度，"是啊，但是我累得想哭啊。"她问亮叔："你觉得我们的梦想什么时候能实现？"

亮叔却说："梦想还是不要实现比较好。如果梦想实现了，那么人生还有什么意义呢？我到了这个年纪，还能去追梦，是一件非常幸福的事情。"

萍姐期待地问："你觉得你应该感谢谁？"

"你的爸爸妈妈。"亮叔的答案出人意料，"所以我觉得，在我还能跑的时候就要全力奔跑。"顿了顿，说："我好像说了一句名言啊！"

和之梦的新办公室

萍姐失笑："哪有自己说出来的。"

"我是真的这样想的，如果不趁我能跑的时候全力奔跑，就太对不起爸妈了。所以我只能感谢这个环境，一直不断努力下去，对吧？"亮叔说。

寻找亮叔的过去

亮叔一直努力，一直奔跑，直到距离创业又过了差不多七年，和之梦的发展渐渐迎来了高峰。除了持续拍摄超过五年、拥有忠实粉丝的《我住》系列，公司正在播出的节目还包括与日本朝日放送合作、介绍日本明星动态的《和饭情报局》等。亮叔的工作从导演、剪辑，变成导演、审片、对外洽商，甚至作为 YouTuber 出道。一家六口也搬到了宽敞明亮的新家。

二〇二〇年二月初，为了拍摄第一九九、第二百期节目，主人公兼导演亮叔回到日本，重访位于东京浅草、第一集主人公曾恋寒工作的"爆笑似颜绘总本店"。曾恋寒早就不在店里工作了，倒是另一位中国店员还认得亮叔，问他是不是还住在南京，说："很多中国游客是看见了那个视频，找来我们店的。"

亮叔不由得感慨："时间过得好快啊！"

《我住在这里的理由》第一次拍摄

“现在跟四年前完全不一样。当时还只有两个人，我和老婆，现在人多了。”距离《我住》第一集播放已经过了四年，公司也由两个人，变成十个人，再增加到现在的二十多个人。如今再回到最初的起点，亮叔的感受是：“那个时候什么都没有，只是想做就做了。但现在不要回头看过去了。我不喜欢回头看过去。我想一直往前走，过去无所谓，过去就过去了。”

不过节目组对于导演的过去还是十分好奇。他是在怎样的环境里长大的呢？为什么会走上现在的人生道路呢？

从东京到亮叔的故乡我孙子市有近三十公里的路程，需要转两趟电车，再坐车回家。一个半小时后，亮叔带着赵纯和节目组从繁华都市来到田野乡间。“我孙子没有年轻人，要么学生，要么老人。我们家在我孙子最边（缘）的地方。”

亮叔每两个月左右就会回我孙子市看望父母。父母家里是典型的日式家庭风格，简约而温馨，到处都摆放着家人的照片，还有全家福：爸爸、妈妈、亮叔和妹妹。据说亮叔的妹妹和他长得并不像，曾经还当过模特，现在在欧洲生活。看着照片里年轻的亮叔，摄影师不禁感叹道：“你现在老多了。”

亮叔的妈妈却依然年轻，六十多岁的她有着少女的气质，粉丝都说她就像亮叔的姐姐一样。温柔的妈妈会在晚饭时为亮叔做他最爱吃的日本家常料理，也会给节目组展示亮叔的童年照，并欣慰地感叹：“还是婴儿的时候可爱呢，不觉得这张超可爱吗？”

儿子是导演，妈妈却有点抗拒镜头，吃饭时一直说：“我真的很在意，我们在吃，他（摄影师）在拍，好可怜。”

亮叔跟摄影师说：“她是非常典型的日本女性，跟我完全不一样，她非常客气。”说完又转头问妈妈：“为什么会生出我这样的人？”

亮叔的母亲也很疑惑。“我也觉得很不可思议。他这个样子到底像谁啊？”

亮叔看看身旁的儿子。“不过他（赵纯）也跟我和赵萍完全不像。”

赵纯马上喊："像的！"他指着父亲总结两人的共通点："做事半途而废。"

半途而废的年轻岁月

亮叔从小学四年级开始打棒球，还曾在我孙子市的比赛中获得冠军，但是因为参与的棒球部需要维持平头发型，爱美的他在小学毕业的同时，也结束了棒球生涯。后来他学过吉他，现在房间里还有一把吉他。"为了受女生欢迎学弹吉他，但是没有什么效果，所以忘记了。"

相比之下，当导演、拍摄纪录片，已经是他坚持时间最长的事情了。不过，晚餐后，需要审片的亮叔却一直瘫在沙发上看电影。经摄影师提醒才匆匆说："对对对，我要工作，要看片子。我要看三个片子。"然后人依然一动不动，嚷着："绝望！不想看片子，想看电影。"

于是他一边心不在焉地工作，一边看电影。这时，大半辈子都在兢兢业业工作的亮叔父亲终于下班回家了。看到难得出现的儿子，父亲不动声色地调侃道："欢迎回来，不过好像马上就要走了。"他还为儿子的"半途而废"给出了最关键的证据。

当摄影师问："他和萍姐交往的时候，爸爸没有反对吗？"

"没有，他把女友带回家里的时候比较反对，心想：为什么要带女友回家啊？感觉他又不会和对方结婚，结果没想到真的结婚了。"

年轻时的亮叔经常"带女友回家"，把女孩子介绍给父母认识，然

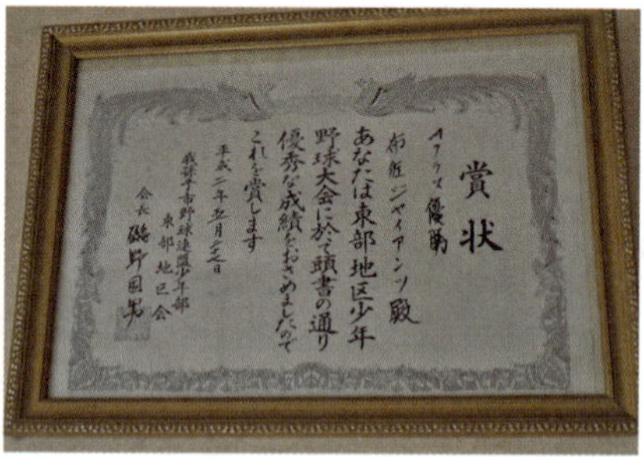

亮叔小学时参加棒球比赛获得的奖杯及奖状

后分手，又带新的女孩子回来。亮叔的父亲不胜其烦，就跟儿子说：“不要带女友回来！”

“真的很麻烦，带了那么多女友回来和家里人打招呼，我已经随便他了。但没想到他真的结婚了，原来他还是有认真的时候的。”对儿子换女朋友的行为早就习以为常的父亲，没想到他居然安定了下来。

“也没想到他去了南京以后变得这么出名吧？”摄影师问。

亮叔的父亲笑了笑说：“完全没想到，真的不敢相信。”

二十岁就被赶出家门自立

两位老人是在去了《我住》三周年粉丝见面会后，才了解到儿子在华人社会里已经小有名气，走在街上，也会像明星一样被粉丝认出来，并且要签名、求合影。这些成就都被内敛的父亲看在眼里，难得地赞道：“真厉害，这也是工作取得的成绩，挺好的。”

和父亲聊着天，亮叔忽然想起学生时代的一段经历。他年轻时曾为报社送过一段时间报纸，原因是：“我爸一直跟我说：‘到了二十岁就给我从家里出去。’二十岁的时候还是学生，中国人绝对不会说这种话吧？所以才会去送报纸。”

“不要说得好像是我的错一样。”亮叔的父亲说。

“不是你的错，是托你的福。”年轻气盛的亮叔真的因为父亲的一句话，在二十岁时搬出去住了。“送报纸有工资拿，又给我提供住的地方，还会给我助学金，是当时能解决所有问题的唯一手段。”

不过，虽然亮叔的父亲嘴上说着要儿子离家自立，态度却并不强硬，“真把你赶出去的话肯定很辛苦，会担心你要怎么生活啊。”

但是他还是放手让儿子独自闯荡。这样的经历，也让亮叔迅速成长。“通过这件事，我第一次对自己有了信心，感到只要努力的话总会有办法的。我现在也跟纯说：‘你到了二十岁就从家里出去。’”

和三十年前一模一样的家乡

离家以后，亮叔前往东京上学，毕业后也留在东京发展。他的房间里还挂了一张海报，他解释道："这是我曾经做过的一个节目，NHK 的《日本垂钓之旅》。"

二十四岁当上导演之后，他一直在寻找自己的拍摄风格。这个风格也许就是"没有台本"吧。亮叔在拍摄《长江天地大纪行》时就基本上没有准备台本，这个风格一直延续至后来的《我住》。每次拍摄前，节目组只会大致了解一下主人公的背景资料，然后展开拍摄，其间无论遇到什么，都会如实记录，充满了未知的趣味。这样的纪录片也许无法深入探究每一个主人公的心路历程，却能展现每个人当下最真实的面貌和生活状态，也是《我住》最吸引人的地方。

"那你还想回日本吗？"摄影师问。

"不想，一点儿都不想。"亮叔说，"感觉日本没有变化吧。中国电视台，现在不停地开发新的节目模式，但日本电视台的节目跟十年前、二十年前都差不多。制作公司不敢做这些网络短视频，怕，而且不知道怎么做。因为一直做给老人看的节目，所以他们只知道老人喜欢的东西，没有研究过年轻人看的，这一点很可惜。所以我有的时候很怕，如果我没来中国，一直在日本待下去的话，我现在在做什么。"

亮叔又带节目组游览了我孙子市。市内最高的楼是一幢高八层的房子，站在顶楼，放眼望去，家乡风景一览无余——一幢幢日本传统的独栋房子，远处比较高的房子则是他的初中，然后是大片农田。

在我孙子市最高的楼房顶楼

“我小时候觉得（这里）特别高，因为只见过这栋楼，不知道其他的世界。”他在二十岁离开家乡后，才看到了更多的风景。

“好怀念啊！”亮叔感叹道。

摄影师问：“会想回来吗？”

“根本不想。”亮叔随即说道，“我突然觉得从这里看到的风景，跟三十年前一模一样，完全没有变化。中国人的话，三十年没回老家，（风景肯定）完全不一样吧。但是你看我的老家，三十年前和现在一模一样，我真的有点受打击了。”

同样三十年如一日的，还包括他最爱的美食。

这天晚上，结束工作的亮叔带着儿子和节目组来到我孙子车站内的荞麦面店，品尝他从小吃到大的美食。亮叔介绍道：“我们现在去吃我最爱吃的我孙子美食。我孙子唯一的全国有名的美食。”

荞麦面上放了一块比手掌还大的炸鸡，面堆得高高的，一碗二十块钱。

“把这个肉放在这个汤里，我比较喜欢这样。”亮叔教儿子怎样能吃到他最爱的味道。“小学、初中、高中、长大了之后、现在，一直在吃这个。”

吃着温暖的晚餐，记忆也随着香味飘荡。这家店从一九六〇年开始营业，亮叔像赵纯那么大的时候经常在这里吃面，现在带着儿子来吃，他说：“有点奇怪的感觉。自己小时候吃的东西，我的孩子也吃。”

虽是家人，却生活在完全不同的世界里

隔天，亮叔带儿子去了以电影《你的名字》取景地而出名的岐阜县，探望住在那里的祖母。亮叔上一次来到这里，已经是七年前的事了。

他们先来到叔叔的理发店。亮叔的爷爷、奶奶、叔叔，都是发型师，他们的理发店经营了将近一百年。现在的理发店还是和亮叔离开故乡前一样。“我小时候一直在这儿剪头发，好熟悉的感觉。在这里看漫画是小时候最开心的事情。”

亮叔就像小时候一样坐在椅子上，叔叔一边嚷着他的头发特别难弄，给钱都不想给他弄，一边细心地为他剪头发。

亮叔还见到了堂弟竹内慎吾、竹内悠。他揽着竹内慎吾，开心地说："我们小时候就长得很像。我对他们俩的印象就一直停留在小时候，现在见了，也还是停留在那时候的感觉。"

他给家人看工作时和日本艺人的合照，堂弟笑道："第一次真心觉得你厉害啊。"

第二天，亮叔和赵纯见到了八十九岁的奶奶。奶奶看着长大了的孙子，一脸惊讶地说："完全认不出来了啊，我还以为是别人家的孩子呢！"

奶奶在爷爷去世后一直独居，在她家里，亮叔看到一张写着孙子住在哪间酒店、什么时候来看她的纸，不写下来的话她根本记不住。

叔叔说："有时候，从某种程度上来说，还不如幼儿园小孩。"

奶奶笑着自嘲："真让人受不了，我这个老奶奶。"

他们翻开旧相册，看亮叔小时候的照片，聊起往日的回忆。亮叔听着听着，思绪却渐渐飘远。

这里的生活宁静安稳，却不是他想过的日子。"跟亲戚们见面之后觉得，（我们）生活的世界完全不一样。他们一辈子在岐阜县，没有出去过。他们理解不了我现在做的事情。我也不能理解他们一辈子住在这里，一辈子做同样的事情，我受不了。但是这没有好与不好，是个人的选择。”

离开时和堂弟告别，亮叔说：“估计我说让你来中国玩，你也不会来。”

堂弟笑道：“我会来的。”

“绝对不会。”亮叔肯定地说。

时间、地理环境等现实因素，其实并不会让人产生距离，但是截然不同的生活方式和思想变化，却会让人们渐行渐远。就像大部分人只认识搞笑的导演竹内亮一样，在家乡生活的家人们，也不了解亮叔现在做的事、他在中国的知名度，以及他的梦想和成就。

亮叔的绝秘“黑历史”

几天后，亮叔一个人回到东京，继续投入忙碌的工作。如今业务增加了，公司却人手不足，他每每都要亲自前往日本，和当地公司洽谈合作项目。这天他就有三四个会议，其中包括和老客户松下电器的。

“刚开始做节目时，去日本企业拉赞助，跟现在完全不一样。那时候没有人理我，因为大家都不知道我们嘛，‘你是谁啊？你干吗？’态度很冷漠。但是只有松下，从一开始就尊重我们，赞同我们的想法，所以真的很感谢他们。”亮叔感激地说，“真的非常好说话，所以我特别喜欢他们。”

忙了一天，早餐、午餐都来不及吃。直到下午四点会议结束，亮叔才到便利店买了两个三角饭团，站在店门口吃了起来，边吃边感慨道：“不好吃。”随即想起自己的一举一动都会被镜头记录，又说：“不行，以后要拉便利店赞助的时候会麻烦。”于是他在金钱面前屈服了，对着镜头说：“挺好吃的，便利店的饭团怎么这么好吃！”

晚上，节目组见到了亮叔年轻时的好朋友：制作公司董事长矶村直彦、不动产公司董事藤森何意、电视节目导演菅野诚。亮叔说：“他们是我学电影时的同学，是我真正的好‘闺密’。”然而，四个男人一桌酒，不用说，这就是一次“吐槽大会”。

“关于竹内亮的过去，有什么好玩的事情吗？”摄影师问。

“他喜欢穿背心，喜欢穿甚平（日本传统家居服，现在也被人当睡衣穿）。穿着甚平背着单肩包，或者穿着背心就去联谊。”亮叔的好友说。

“我当时还觉得这样是最帅的打扮呢！”亮叔的直男打扮让人不忍直视。

“以前在学校是那种优秀的学生吗？”摄影师问。

亮叔在朋友们开口前便说：“多夸我、多夸我。”

不过他们的回应是：“印象中就没有在学校里存在过，给人感觉很轻浮。怎么说呢，认真是很认真，也有一边送报纸一边上学，但是到了晚上就会去六本木 ARK Hills，和当时的女朋友约会。”

“那有过多少女朋友呢？”摄影师问。

“五十几个来着。”这个数字让节目组万分惊讶。

亮叔很无奈，说：“粉丝们都说想要听听我以前朋友对我的看法，所以我想你们三个是正经人，应该会说我的好话。”

“那你找错了，你也完全不是这种人啊！我们完全不正经，完全找错人了！”一阵笑闹后，朋友们还是说：“不过他是一边赚钱一边上学的，从这点来说，他的起点就和我们不一样。自己的人生自己负责，比较有责任感。”

只可惜亮叔还没从赞美中回味过来，朋友又说："等一下，大家不要搞错了，他能成为这样的人是因为他老婆。要是没有他老婆一直引导的话，他马上就会去做离谱的事了。"

仔细想想，要是没有遇到萍姐，要是没有来中国，要是没有开拍《我住》，现在的亮叔，大概还在东京，过着为日本电视台拍传统纪录片、喝酒、追女孩子的日子吧。

要一直拍下去，直到生命结束的那一天

日本的行程告一段落，摄影师好奇地问亮叔："你不住在这里的理由是什么？"

亮叔有点意外，想了想，说："日本没意思，没有变化。第二个理由是，中国非常有意思，因为变化很大、非常快。我是一个好奇心很强的人，变化越大就越觉得有意思、越开心的那种人。"

"你对现在的生活还算满意吗？"摄影师问。

"满意，特别满意。"亮叔说。未来他想继续扩大公司的规模，"我的目标员工人数是两百人。我想看到底两百人的公司是什么样子，就是好奇。"

"你打算拍到多少岁才退休？"摄影师问。

"到死为止，或者直到我不能动为止。"亮叔说，"因为我最大的爱好是拍片子。但就算我不能动，也可以做审核、策划什么的。"

从日本回南京后不久，中日两国的新冠肺炎疫情开始越来越严重。眼看日本年轻人对防疫丝毫不在意，为加强人们的防护意识，亮叔制作了一条介绍南京抗疫大小事的视频《南京抗疫现场》。为了追求真实性，拍摄时同样没有台本，一路上能拍到什么，需要亮叔和节目组随时"发现"。他还在 YouTube 制作了节目《亮叔 in 南京》，向日本观众介绍中国热门话题，把中国好玩有趣的东西传达给日本年轻人。对于节目效果，亮叔并没有预期，他说："不知道点击量多不多，估计有几百吧。"

没想到，《南京抗疫现场》在一夜之间登上日本雅虎网站首页，

更受到日本各大电视台转载，在中国也引起不小的反响。其后视频还推出了英文、韩文等不同语言的版本，授权各国媒体转载，亮叔成了“网络红人”，在一年里接受了三百多家媒体采访。白天来到公司，电视台的人已经等着他了，之后一个访问接着一个，两点才吃上午饭，吃了几口就又有媒体来了，直到晚上才好不容易能喘口气。

摄影师说："累了吗？每天重复做同一个事情，做好几遍。"

"累了。从前天到现在接受了十几家媒体的采访，一直说同一个内容，但是值得高兴的事情。"亮叔说。

他没有将成功归功于自己。每次在接受媒体采访时，他都会说："我没想到会在中国这么火，因为我只是拍了自己的日常生活，对于中国人来讲应该只是很普通的事而已。我只是拍了身边的故事，应该被点赞的是八百五十万南京人。"

后来，和之梦推出了《好久不见，武汉》，还有二〇二一年的《后疫情时代》，让全国人民认识了这位来自日本却心系中国的导演。如今亮叔的微博粉丝数已经多达四百九十万了。

"亮叔你这种情况在娱乐圈叫作'出道即巅峰'。"和之梦的同事笑道。他们觉得亮叔突然走红，肯定会飘飘然。

"不会膨胀，这个不会的。如果我是二十七八岁的话，肯定会膨胀，必须得膨胀。但是现在四十多岁了，还是要考虑公司的事情、公司的发展。"他想的是如何让更多人认识和之梦的节目，如何拍摄更多好作品，加深中国人和日本人对彼此的了解。

我住在这里的理由是什么

曾经一次次"半途而废"的亮叔，为什么能一直住在南京呢？

"第一百集的时候，我说过《我住在这里的理由》就是我住在这里的理由，为了做这个节目而在南京。但现在变了，我现在在南京的理由太多了，有朋友、有同事、有公司，还有工作伙伴，还有很多网友，还有家人。这个就是我住在这里的理由。"

拍摄纪录片辛苦又不赚钱，和之梦一路走来，几度资金紧缺，每每都是依靠粉丝的支持渡过难关，亮叔和萍姐由衷地感激粉丝们。由于知名度提高了，《我住》得到更多关注，也让他们十分开心。

有的人会问，《我住》已经拍了两百多期，还有什么可以拍的吗？该结束了吧？

但是对于亮叔来说："我们不能不拍啊，还有素材啊。就算马上没

亮叔与他的作品海报

有了，我们也会想办法继续做下去，因为我们的初衷就是想把日本文化传达给中国人，把中国文化传达给日本人。我们想做这个节目的初衷，一点儿都没有变。所以到我们倒闭为止，或者到员工没了为止，或者到没有粉丝为止，我们会一直做下去。”

每集最多不超过三十分钟的纪录片，看似如日常生活一样的平淡，却影响深远。曾经有粉丝留言说：“如果以后我成功了，有人问我是怎么开始学日语的，我会说因为我喜欢上了一个叫《我住在这里的理由》的纪录片。”

而《我住》只是一个开始，往后还会有更多纪录片，展现亮叔对中国和日本的观察，诉说着他对两国人民的情谊。

萍姐问亮叔：“那第二百集的时候，说一下，我住在这里的理由是什么？”

“我住在这里的理由啊……”亮叔看着萍姐，说，“就是你啊。”

萍姐开心地笑了。

老板后记
萍姐篇

从我认识他到现在已经十几年了，他一直都喜欢纪录片，估计也会一直喜欢下去，不会变。

他认准了一个事情，就一定要把它做到极致，不管什么事情都是这样。在工作上，他是典型的日本人，特别注重细节、很讲究。比如视频的节奏，他觉得多了一秒，节奏就会完全不一样，就会要求把多了的一秒剪掉；一些能表现主人公细节的特质，他也会要求一定要加进去。至于在生活上他反而什么都无所谓，丢三落四，感觉像是两个人一样。

但是，不管是工作还是生活，不管遇到什么人，他都会平等地对待，不会因为对方身份很高他就很卑微，也不会因为对方是普通人就很高傲，他对谁的态度都是一样的。这一点说起来简单，可是我觉得，能做到的人应该是不多的。包括我自己，有时候也会对某一类人有先入为主的想法，他好像是没有的。

他是创作型的人，有什么想法就想马上实现，动不动就说：“我有一个想法……我想这样做。”这时我就会觉得：天啊，又来了！有时我会觉得他的一些想法不切实际、成本太高，或者时机不对，会考虑得多一些，但要是他很坚持，解释半天也不听的话，我就会很“抓狂”。这就像是他一直在往前冲，而我要拽住他。因为如果我不拽着他，我们都往前冲的话，估计公司早就倒闭了。但是要是没有他的冲劲儿，可能公司也不会有什么发展，这也是一种互补吧。

为中国摇滚乐做出更多贡献——

乐队鼓手

Hayato

中国让我变成一个摇滚明星，
我得感谢中国的摇滚乐，
应该多回馈，得还情。

个人档案

住在北京、走遍全中国的乐队鼓手

家乡：日本冈山

职业：乐队鼓手

合作乐队：新裤子、海龟先生、咖喱 3000 等

性格特质：有洁癖

爱好：吃美食，拍摄美食，旅游，在家里浪漫地喝红酒

理想对象类型：接受范围比较广，但是性格强势、完全不让步的女性不行。

住在这里的理由：为中国摇滚乐做出更多贡献。

吃饭的时候，亮叔问瘦削的 Hayato："你怎么保持身材？"
"因为我平时晚上不怎么吃主食。" Hayato 说。
"没有运动吗？" 亮叔问。
"运动……" Hayato 做起敲鼓的动作。
打鼓是个体力活，因此就算没有运动、爱吃美食，Hayato 依然身材精瘦，双臂有力。微博上甚至还有人留言说："希望 Hayato 今年能长胖。"

二〇一九年的夏天，是属于乐队的夏天。音乐综艺节目《乐队的夏天》自五月底起播出，节目囊括了摇滚、金属、朋克、民谣等不同音乐风格的三十一支优秀乐队，以表演的形式参与晋级比赛，角逐"中国乐队的 HOT5"。随着节目走红，参与的乐队纷纷受到乐迷关注，拥有了更高人气。其中有一位鼓手，因为同时出现在两支乐队："海龟先生"和"新裤子"里，知名度随之暴涨。这位就是来自日本的鼓手 Hayato（木藤隼人）。

Hayato 可以说是《我住》中国篇里人气最高的主人公之一。虽然作为鼓手，他总是出现在不太会被观众注意到的舞台后方，但是只要激烈的鼓声出现在音乐里，戴着头箍、随着音乐节奏帅气地甩着及肩头发的 Hayato，绝对能吸引你的注意力。

帅气的长相和高超的打鼓技巧，使他在不怎么听摇滚乐的年轻

演出中的 Hayato

人间也很受欢迎，出门总能遇到粉丝兴奋地找他合照，人气很高。亮叔和节目组每每抵达 Hayato 和乐队的演出场地，都能看到大批女粉丝，令亮叔十分羡慕。

亮叔问：“为什么喜欢 Hayato？”

女粉丝说：“我觉得他打鼓打得挺好的，而且长得帅啊！”

另一个女粉丝说：“超级爱！我觉得他是一个非常敬业的鼓手。”

她们对着镜头大喊：“Hayato 最帅！”“Hayato 超帅！”

为了学中文而来中国

亮叔问 Hayato：“在出演《乐队的夏天》之后，有什么改变吗？”

“最大的改变，是粉丝关注度比以前提高了很多。比如说我的微博，在出演前粉丝数大概有三万人，现在（二〇一九年）的粉丝数已经有十万八千人左右了。在这一两个月里突然增加了。还有，变得经常会在马路上被人搭话。”现在 Hayato 的微博粉丝人数已经超过三十万了。

“真好啊，你肯定赚了很多钱吧？”亮叔问。

“公司可能赚了。”Hayato 淡淡地笑笑。

“你的工资是固定的吗？”亮叔问。

“固定的，所以跟我没关系。”Hayato 是个跟普通人一样的“打工仔”。“但是因为演出多了，所以可能……（做手升高的动作）。”

“赚的还是多了。”亮叔说，“涨价了吗？”

“涨了一点点。”Hayato 谦虚地说。

当然，作为一名职业鼓手，帅气的长相只是锦上添花，Hayato 扎实的打鼓技术才是他立身的根本。他同时担任几个乐队的鼓手，与很多中国乐队和音乐人合作，面对风格迥异的乐队也能保持高水平发挥，体现出极高的音乐造诣。

不过，Hayato 一开始并不是为了打鼓而来中国的。在二〇〇〇年左右，十八岁的他听从舅舅的建议，来中国留学。“因为他觉得我学习特别不好，他说：‘以后中国一定会（发展）起来，你要好好学中文，这样将来有工作机会。不然你在日本不行。’”

亮叔笑了。“可是十八年前其实（中国）还没发展吧？”

Hayato 点点头。“但他是做贸易的，所以很早很早就知道中国的发展（前景）。”

他来北京学习中文，在一次表演中，机缘巧合地被红极一时的瘦人乐队主唱发掘，邀请他加入乐队担任鼓手，Hayato 从此走进了中国的音乐界。由于在中国留学、工作，生活了很长时间，他的中文说得非常流利，普通话发音甚至比不少中国人还要纯正。尽管如此，拍摄期间除非精神很好，不然他很少主动开口，表情也不多，偶尔会勾起嘴角笑笑。但是只要亮叔和其他人提问，他都有问必答，十分坦诚。

跟着“著名美食家”寻找地道美食

这天，Hayato 和海龟先生一起来到贵州省贵阳市参加一个音乐节。正式演出前一天，乐队先到演出场地彩排。其间亮叔发现了一个有趣的细节：Hayato 会拿胶带，把两张叠起来的纸巾贴在鼓面上。

彩排结束后，他问 Hayato：“我不太清楚刚才那个餐巾纸有什么效果，制音（阻止鼓面震动）吗？”

“对，制音。”Hayato 一边收拾鼓棍一边说，“因为有时候它的声音特别长，在我不需要声音那么长的时候，把它（胶带）贴上，它（鼓声）就短了。”原来这是鼓手都会的小技巧。

离开演出场地后，乐队一行人开始商量晚上吃什么当地美食。而最后做出决定的，居然是队里唯一的外国人。

“可以吃火锅类的吧，各种火锅。豆豉火锅也挺好吃的，虽然臭。”Hayato 积极发言。

“为什么大家都在问他呢？”亮叔疑惑地问。

“因为我是著名美食家。”Hayato 笑着回答。

“而且他可以找到当地最正宗的小吃店。不是旅游的时候大家会吃的那种，他可以找到本地人爱吃的店。”一旁的经纪人说。

Hayato 热爱美食，还热衷于拍摄美食。他的微博大多是美食照

Hayato 发的美食照

片，而且经常是在深夜时分，大家临睡前才发布。Hayato 认为，拍摄美食是他的主业，业余时间才是和朋友们一起打鼓玩音乐。

“著名美食家”最后带大家来到一家特色的豆豉火锅店。众人坐下，Hayato 便自动拿起菜单和笔开始点菜。

亮叔愕然。“啊？你来点吗？”

Hayato 盯着菜单，点点头。“我来点。”

其他人都听他的意见，因为他们相信他“美食家的直觉”。乐队贝斯手蒋晗说：“我们乐队就是他一个日本人带着我们几个中国人在中国到处吃。”

菜上桌后，Hayato 举起相机拍拍拍，然后马上发微博。这一天，他们吃的是汤底红彤彤、闻起来有股异香的豆豉火锅，十分重口味。同样是日本人，Hayato 吃得津津有味，亮叔却觉得这是“绝对不能吃”的超辣“惩罚”。

晚风徐徐，Hayato 和乐队的伙伴们在街边大排档大吃火锅，最

与海龟先生成员蒋晗（左）

后，还盛了几勺融汇所有精华的汤汁浇在白饭上拌着吃。亮叔惊恐地看着他拌饭，问：“好吃吗？”

“绝对好吃！煮了这么多东西。”Hayato 吃了一口饭，满足地咀嚼着，“太好吃了！”

亮叔叹道：“你比中国人还中国人。”

酒足饭饱，亮叔问他们，觉得《乐队的夏天》有没有给他们的生活带来什么变化。蒋晗说：“我们没什么变化，但是出去别人对我们有点变化。也会变得忙一些。”

“没有觉得‘我很厉害啊’什么的？”亮叔问。

蒋晗摇摇头。“因为我本来就觉得我很厉害。”

Hayato 和亮叔笑了。亮叔指着 Hayato，说：“他刚才也跟我说了，没有什么变化，很淡定。”

蒋晗认同。“对啊，因为他也本来就很厉害。”

“对！”Hayato 哈哈大笑，自信地说。

为台上的五十分钟累积充足的力量

第二天白天，Hayato 又坐车出门了。在车上，他跟亮叔说前一天晚上还在酒店房间的浴缸里边喝红酒边泡澡，放松身心，十分享受。

“每天喝酒吗？”亮叔问。

“差不多每天，因为我经常失眠。”Hayato 说。

“为什么失眠？压力大吗？”亮叔问。

“压力可能比较大，主要是工作太密（集）了。”Hayato 说，“节目刚刚结束嘛，会有各种大大小小的商演。”

“这是肯定的，有可能今年是你人生中最忙的一年吧？目前来看。”亮叔笑道。

“对，而且是两个乐队。”Hayato 也笑了。

因为新裤子和海龟先生都在《乐队的夏天》里取得了很高的人气，同时兼任两支乐队鼓手的 Hayato，工作行程排得满满当当，每天奔波于全国各地，过着“空中飞人”的生活。从他给出的演出时间表可以看到，从九月三十日到十月六日的七天里，他每天都要到一个新的城市演出，南京、广州、昆明、桂林、上海……

“这怎么去啊？”亮叔说。

“一直在路上。”Hayato 笑笑，他已经逐渐适应繁重的工作和紧密的行程，也会忙里偷闲，抽时间在演出的城市旅游和品尝美食，释放压力。

这天他一早出门，便是去了青岩古镇闲逛。他喜欢看有年代感的东西，像古建筑、古城风景。“以前没有那么忙的时候，为了吃美食，会特意多留两天，然后一直吃一直吃。除了音乐，唯一的爱好就是吃，或者旅游。”

虽然他总说打鼓是副业，但是距离晚上演出还剩两小时的时候，他回到酒店，认真地为演出做准备——换演出时的服装：一件大露背背心；佩戴各种装饰品：铆钉手环、铆钉颈圈，颈圈上吊着一条粗铁链。

亮叔开玩笑地说：“狗狗的感觉。”

谁知 Hayato 说："这是狗用的。这个并不是人用的，是在宠物店买的。"他以前演出的时候，还曾像小狗一样蹲着，让人牵着铁链，后来被经纪人阻止，只好遗憾地放弃了这样的表演。

换好衣服、梳妆打扮好，Hayato 便和其他人一起前往演出会场。

晚上八点，终于轮到他们上台了。当天一共有九首歌，将近五十分钟的表演，Hayato 打鼓的样子潇洒帅气，让粉丝们更加疯狂。连亮叔也在看了一场演出后秒变"迷叔"，不停地说："真是太帅了！"

"我们究竟能走到哪一步"

因为长相帅气，他的女性粉丝也是最多的。演出前就一直有人喊："Hayato 我爱你！"演出后，粉丝们也久久不愿离开，等待乐队坐旅游大巴离开场地时夹道欢送，乐队众人朝他们挥手道别。

亮叔问吉他手黄巍："你们乐队最受女生欢迎的人是谁？"

"肯定是 Hayato！"黄巍笑着指向 Hayato，"而且他不光受女生欢迎，还受男生欢迎。"经纪人也在旁边说："男女通吃。"黄巍大笑补充道："老少咸宜。"

粉丝们的爱热情又激烈，众人回酒店的路上，就有粉丝的车一直追在旅游大巴后面，让没见过这种场面的亮叔和摄影师吓了一跳。

与海龟先生成员（左一黄巍、左二李红旗、右一蒋晗）

"先去派出所停一下。"开着玩笑的 Hayato，却在红灯停车时举起手机，向跟车的人示意，然后转身坐好，喃喃自语道："能看到吗？"

"你给他们看了什么？"亮叔问。

Hayato 把手机屏朝向镜头，上面是四个大字：注意安全。

"你觉得他看见了吗？"他还在纠结。

Hayato 对粉丝很好，出门遇到粉丝询问可否合照，总会点头答应；会担心跟车的粉丝的安全；在贵阳时，他还约了几个购买乐队周边产品的粉丝，把商品亲手交给他们，一一合影留念。

亮叔问："这样跟粉丝直接接触不觉得危险吗？也不是危险，不会有跟踪狂之类的吗？"

"偶尔会碰到感觉比较危险的人……"Hayato 皱眉想了想，说最可怕的一次，是乐队明明没有公开住宿的酒店，他的房间里却莫名其妙冒出来了一个人，"大概是一直跟着我，知道了酒店位置，然后跟前台说：'我是某某的朋友。'得到了房卡，进了房间。"

"太吓人了！这已经是犯罪了吧？"亮叔十分震惊。

不过只要粉丝不做出过分的举动，相信他仍会继续和他们交流，毕竟乐队正是由于粉丝的喜爱和支持，才能走到了今天。

"最关键的还是能不能持续这个状态吧，（在）这个热度过了之后……"虽然人气大涨，但无论是 Hayato 还是乐队其他人，都没有因此而飘飘然，他们感谢粉丝的喜爱，同时十分冷静。这其实是有原因的。

"我以前就听说过很多乐手的故事，看着他们一路跌宕起伏；也有到了现在这个岁数的关系，看着现在的人气，反而只会冷静地去思考'我们究竟能走到哪一步'这样的问题。所以，虽然现在会在微博上看见很多'好棒''好喜欢你'的留言，也只会一边思考着不知道一两年后还是不是这个状态，一边回复留言。"Hayato 说，"越是这个时候，越不能嘚瑟。"

虽然是外国人，也没有正式加入这些乐队，但是 Hayato 和其他音乐人一样，经历、见证了各个乐队发展的风风雨雨。十几年的漂泊，体验过热烈追捧，也感受过沉到谷底的滋味；赚了点钱，也曾经穷得吃不上饭。如今将近“四十而不惑”的他，为人处世渐渐变得沉稳。

“彭磊（新裤子乐队主唱）也在节目里说过……”他歪头想了想，“是彭磊，还是庞宽？说：‘我们要的是留下。’”

对于 Hayato，海龟先生或者新裤子乐队里的这些音乐人来说，综艺节目带来的热度不会给他们带来改变，因为他们经历了太多起起落落，已经学会处之泰然。

“我追求的是‘唯一’，而不是‘第一’”

四个小时后，凌晨时分，Hayato 收拾好行李，离开了酒店。他要前往安徽省芜湖市，参与乐队新裤子的演出。

“你睡了几个小时？”坐在车上，亮叔问身旁半梦半醒的 Hayato。

戴着口罩的他迷迷糊糊地说：“快一点的时候睡着了，然后闹钟定的三点五十。”

搭车到机场，搭飞机，再搭车前往新的酒店，Hayato 一路上昏睡不醒。他直言，越是接近四十岁，就越会思考整天舟车劳顿、高度繁忙的生活还能过多久。“其实现在已经是一边觉得很辛苦，一边坚持。虽然还能撑住，但是很辛苦，不知道能撑到什么时候。”

亮叔（右一）、Hayato（右二）与新裤子乐队合影

与新裤子乐队彩排

密集的演出，对他的体力和精神都是很大的考验。前一天晚上演出后，他回到后台，蹲在地上发了一阵呆，才慢慢走回供乐手休息的帐篷。

令疲惫的他焕发生机的是芜湖的美食。Hayato 从前一天晚上演出开始前就没有吃饭，到达芜湖后，他立刻叫了当地的美食外卖：蒸饭，以及烧卖、豆腐花。他把一个个外卖盒拿出来、打开；饭盒盖子用来放从塑料袋里拿出来的大烧卖，仔细地排成一行；杯装的豆腐花插上粗吸管。摆好盘后，还嗦嗦手指尝尝味道。

看着满桌地道美食，亮叔说："完全是中国人。"

Hayato 习惯帮身边的人准备吃的，拆饭盒、准备筷子等做得十分熟练，他说："可能受了家里的影响吧，我家里就是……喜欢招待客人，尤其是我姥姥，有人来了她就会做各种准备，一会儿问：'你吃这个吗？'再过一会儿再问别的。"

Hayato 的童年时光大多是和热情好客的外婆一起度过的，但是因为忙碌的演出行程，他已经许久没有回日本了。

"我姥姥……快差不多了。她一天比一天（衰弱）。我们经常视频聊天，我能感觉到她每天变得更……衰弱的样子。所以，我每天都会想，万一，明天（姥姥）死了，万一后天……每天会想这些。"Hayato 强作镇定地跟亮叔诉说着自己对外婆的担忧。

"你要回去吗？"亮叔问。

"回不去，因为工作太忙了。"Hayato 说，"也是一种烦恼吧。"

过度疲累的生活，似乎令他这天早上分外感性，不过一旦抵达演出场地，他就会敬业地为晚上的演出做准备，仔细检查每一个鼓的情况。这只是他繁忙工作中的一天，但是对于当地的粉丝来说，却是终于能看到偶像的特殊日子。因此，Hayato 绝不允许自己因为私人原因而松懈。他在每一场表演都拼尽全力，忘我投入，燃烧所有的激情，将最好的一面展示给观众。

"我追求的是'唯一'，而不是'第一'。就是我想给人惊喜，而不仅仅是收到掌声，想要让人们看到我就傻掉了。"Hayato 说。

那么，和他合作的音乐人，对他又有怎样的评价呢？

海龟先生的主唱李红旗说，当初邀请 Hayato 成为鼓手，是由于他是他们认识的人里打得最好的一个，“要找就找最好的嘛”。黄巍很喜欢学女粉丝那样尖声喊着“啊，Hayato！Hayato 我爱你！”不过他也认真地说：“能跟这样优秀的乐手一起合作，我非常荣幸。这是实话。我对他评价很高。”蒋晗则装着一脸不耐烦地嚷嚷道：“烦死了！两个乐队都是他，到哪儿都能看到他！每次演出排练，回过头都是他。”

至于 Hayato 在二〇一二年经由朋友介绍而加入的新裤子乐队，主唱兼吉他手彭磊对他的评价是：“他比较无聊。”

“无聊吗？”亮叔疑惑。

主唱兼键盘手庞宽笑道：“你要是两年前拍他，肯定特别好。”

彭磊开玩笑地补充道：“每天都有不同的姑娘。”众人大笑，彭磊接着说道：“现在不行了，比较老实了，不敢了。”

亮叔曾经问 Hayato：“你打算结婚吗？”

Hayato 皱眉，摇摇头说：“目前没有。也不想（结婚）。”大概每一个音乐“男神”都是一样，是不需要结婚的。

只有不断练习，才能做出帅气的动作

演出结束了，Hayato 回到北京，难得地休息一天。他的休闲活动是：去排练室打鼓。

他带节目组来到他加入的另一支乐队：“咖喱 3000”的排练室。不忙的时候，他都会在这里教学生打鼓。亮叔当然不会错过学习打鼓的机会。Hayato 从拿鼓棍的方式教起：以拇指、食指捏着鼓棍，其余三根手虚握着就好，不要整只手用劲握着鼓棍，这样打起来就不灵活了。然后开始学敲鼓：重点是踩底鼓的同时帅气地甩头发。可惜的是，虽然是由 Hayato 亲自指导，但是笨手笨脚的亮叔还是学不会如何帅气地打鼓。

亮叔看着 Hayato 边转鼓棍边敲鼓，特别羡慕，想让他教自己简单又帅气的动作。Hayato 想了想，说：“想帅的话，还是得好好练吧。必须得有付出，才能有女粉丝。”舞台上的帅气都是辛苦练习的汗水造就的。

Hayato 精湛的技艺，和他的家庭背景以及他从小的努力分不开。他第一次打鼓是在两岁的时候，小时候，Hayato 对学乐器并没有兴趣，在父亲的强迫下，他更一度非常讨厌打鼓。

Hayato 说："我亲爸是鼓手，他把打鼓作为业余爱好。他跟我妈以前是一个乐队的，玩乐队的时候怀了我。我九岁、十岁的时候，父母离婚了。我一离开我爸，就各种尝试放弃（打鼓）。我妈也同意了，可以不学（打鼓）了。"

直到初中，摇滚乐在校园流行起来。当时流行视觉系乐队，初三的时候，几个想组乐队、参加学校表演的同学，找到了 Hayato。"我不知道他们从哪儿听说我之前打过鼓，他们问：'你能不能帮我们打一场？'我试了一场，那天感觉跟之前被逼着学的时候完全不一样，特别兴奋、特别高兴。然后受了刺激，之后就停不下来了。"

一次偶然的登台机会，让 Hayato 感受到了舞台的魅力，自此爱上了打鼓，下定决心认真学习。现在，曾经放弃打鼓的 Hayato，开始把打鼓的乐趣不断传递给年轻人。

每天只有一碗米饭和酱油

眼看教会亮叔打鼓无望，大方的 Hayato 决定请亮叔去吃他在北京最爱的日本料理。喝了一口啤酒后，和亮叔一样"啊"地感叹了一声的 Hayato，倒有点日本人的样子了。

其实本来这天他是有工作安排的，只是临时取消了。"我一般闲了，反倒特别焦虑，所以这样（忙碌的生活）挺好。"

亮叔笑道："因为你曾经穷过。"

"以前在瘦人乐队的时候，特别穷。最穷最穷的时候，一天只有一碗米饭和酱油。早上先不吃，中午吃一半，晚上再吃一半。"Hayato 说，真正依靠打鼓过日子的，也只有这几年而已。可能因为当年吃不饱的记忆太深刻，现在的他才会对美食那么执着。

亮叔笑道："现在有钱了，发财了。"

"随便（吃），随便（吃）。" Hayato 豪爽地说。

"今天请我吧，可以吗？" 亮叔趁机谋求福利。

"没问题！还用问吗？随便（吃）。" Hayato 特别大方。

最后 Hayato 果真一个人去付了款，"我说好的。男人说好的事情必须做到"。

人气鼓手"一尘不染"的家

吃饱喝足之后，Hayato 带节目组回到了他在北京的家。只是，想进入他的家门并不容易。节目组要脱鞋，换好拖鞋，才能入内，连带出去的行李箱，Hayato 都要拿抹布仔细擦干净，才能拿进家里。和他打鼓时给人的狂热印象不同，回到家里的 Hayato 有"超级洁癖"。

"上地毯最好不要穿拖鞋。"节目组拍摄时，Hayato 忽然客气地开口说道，"地毯是最干净的，所以我每次都脱鞋。"

于是，正站在地毯上拍摄墙壁上各种与音乐有关的海报和装饰的摄影师，与正瘫坐在深灰色布沙发上，脚踩着地毯的亮叔，忙不迭地脱起鞋来。

差不多每天都要喝红酒的 Hayato，家里当然常备红酒。"每次都

Hayato 邀亮叔在家中喝红酒

一箱一箱地买。夏天的话，我会先放进冰箱里，就可以喝冰的。”

“那来一杯吧。”亮叔说。

在没有演出的日子里，Hayato 最喜欢一个人在屋子里喝酒，享受难得的片刻清闲。他关上客厅的灯，只开了一盏小射灯，茶几上点起了的烛火，在音响播放的悠闲音乐声中，和亮叔一起喝着他最爱的红酒。

“好浪漫啊。”亮叔感叹道。

“大叔跟大叔的浪漫。”Hayato 笑道。

喝了一口酒，沉醉在微醺气氛中的亮叔说：“这样直接就能让女孩沦陷。”

在迷人的烛光中，Hayato 和亮叔分享了他的梦想，“成为一个在中国摇滚乐历史上比较关键的人物”。

“不想变成突然出现，火过一阵子，又消失了（的人）。我不希望自己是这样的人。”萦绕在 Hayato 脑海的，始终是“能否一直留下来”。在他看来，“人最火的时候，你干什么都行，有人支持，所以其实这个（人气大涨）不是特别重要。我年轻的时候，刚去瘦人乐队的时候，也是这样的……可以说是迷失了自己。”因为得意忘形过，他现在才会越发冷静。

那么，对于 Hayato 来说，他住在中国的理由是什么呢?

采访中

“虽然我已经学过语言了，（但是有）不同语系、文化、习惯的人会喜欢你……这种跨界的感觉，我觉得是很浪漫、很厉害的。中国让我变成一个摇滚明星，我得感谢中国的摇滚乐，应该多回馈、得还情，所以我还是比较愿意为中国的摇滚乐做贡献，留下更多东西的。”这也是他一直留在中国的意义。

身为外国人在中国做音乐本来就不容易，十几年来，Hayato 和不同乐队排练磨合，体验人生的起落，渐渐走出了自己的路，得到音乐伙伴与乐迷的喜爱和佩服。为了追求自己的梦想，实现人生的意义，表达对粉丝的感谢、对家人的思念……他满怀着各种心情，站在舞台上。今天，Hayato 也在用尽全力地打鼓。

导演后记

亮叔篇

Hayato 看起来挺冷漠的，但是真正交流的时候，真的挺平易近人的。

他现在已经完全融入中国社会了，这种人挺少见的。就算像他一样待了十几年，但还是没融入中国社会的人也挺多的，《我住》其他所有的主人公，都没有像他一样那么融入中国社会，Hayato 的朋友、工作伙伴全是中国人，这让我很佩服，他很厉害。

我现在基本上也没有跟日本人交流了，工作、生活都是跟中国人在一起，已经没有“中国人”“日本人”的概念了，我的概念只是“朋友”“伙伴”而已，日本人和中国人完全是一样的。Hayato 估计也是和我一样的状态。

他的乐队在中国非常火，那么有名，大家都知道，但是他很低调。Hayato 现在在日本。前段时间我打电话跟他聊过，他特别难受，因为工作都在中国，朋友也都在中国，在日本什么都做不了，他特别希望能够早日回到中国。

点亮演唱会的精彩——

舞台灯光师

早川绫子

虽然我不是日本一流的灯光师，
但我想尽自己的能力，
让一些没看过演唱会的人
也能看到一场像样的演唱会。

个人档案

住在北京、长年在全国各地奔波的舞台灯光师

家乡：日本东京

职业：舞台灯光师

曾合作歌手：赵雷、陈粒、谢春花等

住在这里的理由：家人和事业

后来冬冬问她："很喜欢工作是吗？"

"对，我喜欢工作。"早川没有半点犹豫，"因为没有这个的话，我没有别的特点。我也没有什么能做的事情，如果不做灯光、不工作的话，那我（好像连）当妈妈也没有资格，没有明确的地位。工作能给我一个（位置），'我是灯光师'，我可以这样说嘛……如果没有工作的话，就有点太（让人）害怕了，没有安全感，连我是谁都不知道了。"

二〇一八年，四川成都，首届"仙人掌音乐节"现场。

这是一个被不少摇滚乐迷视作"圆梦"的音乐盛事，汇聚了大量摇滚乐队和音乐人。节目组拍摄时正值著名音乐人朴树在台上演出。朴树演唱了他的代表作之一《平凡之路》。跃动的灯光，令这首"平凡"的歌变得万般绚丽，场内气氛热烈。

在狂热的气氛中，一头短发、一身休闲打扮的早川绫子，依旧认真地工作着。她盯着乐谱，听着场上的音乐，根据不同的曲风和旋律，准确地拨弄身前操控台上的一个个按键。随着她利落的手法，一盏盏灯光在最适合的时机闪亮，场馆的氛围随之不停变化，令乐迷更加投入。

这不仅是音乐人的舞台，也是早川绫子，一位来自日本的灯光师的舞台。一直用灯光活跃演唱会气氛的她，宛如一位魔法师。

演唱会结束后，在场的观众，甚至亮叔，都还沉浸在刚才的精彩演出中，而早川唯一的想法却是："演唱会能顺利结束真的太好了！"她说："先回后台吧。"

亮叔失笑。"你好淡定啊。"

早川笑了。"因为这些事每天都做啊……就很平常。"

热火朝天的音乐节现场，于她而言只是每天重复的工作，她早就习以为常了。

来中国十多年的女性灯光师

早川住在北京，不过为了记录她的工作与生活，亮叔、冬冬和节目组从南京出发，先去四川成都，再前往山东曲阜、莱芜，最后才到北京。身为舞台灯光师的早川，工作时需要配合不同歌手的演唱会舞台，前往中国各地。在拍摄期间，她便要跟随著名民谣歌手，在十九天里于山东十七个城市进行巡演。

这次巡演前后历时十二年，要在全国三百三十四个地级市开演唱会，给去不了大城市的人带来真正的音乐和高质量的现场演出。在"山东站"之前，早川已经跟着团队走过了中国很多城市。

"我们有好多人……二十……他的乐队就有十二人，然后还有像我这样的灯光师、VJ 师和负责音响的人员……"早川与亮叔、冬冬等人在山东曲阜的酒店碰面。她说，应节目组的要求，没有整理房间。于是打开房门，偌大的五星级酒店房间里一片凌乱——电视开着，桌上是两台笔记本电脑和一堆电线，电脑里的画面是灯光控制台，而电视呈现的正是模拟的灯光效果。

眼尖的冬冬却从一堆杂物里看到了一包烟。"你会抽烟？厉害厉害。"

早川腼腆地笑了。"这也没什么。"她是《我住》里少数"烟不离手"的女主人公。

"你完全就是中国化了吧？来中国多久啊？"冬冬问。

"我是二〇〇三年来的。"至今将近二十年了，所以早川的普通话说得颇为流利。"一开始完全没打算来中国……但在日本感觉特别压

工作中的早川

抑嘛，受不了那种有很多规则的（生活）。”

早川高中的时候非常喜欢参加摇滚音乐会，因此对舞台美术很感兴趣。然而，要在日本学习舞台美术专业，必须先考入美术大学，可是早川的素描技术“一点希望都没有”，只能退而求其次，选择了同样是舞台幕后工作的灯光专业。毕业后，她投身灯光行业，一做便是八年，其间一直希望成为独立的演唱会灯光师。但是日本注重论资排辈，理想迟迟未能实现，让她萌生了去国外闯一闯的想法。

一开始她想去泰国，就在这时，有一个朋友告诉她：“我有一个认识的人在中国做这个行业，你要不要过去看一下？”于是二十七岁的早川来到了中国。不承想，一见到那位日本前辈，对方就安排她负责一场规模上万人的演唱会，这还是她第一次独立负责如此大型的灯光工作。

“我本来想着是过来玩的。当时像我这样的人，在日本绝对不可能做那么大的演唱会，自己单独操作的机会绝对是没有的，我特别紧张。我做了一场之后，对方说：‘巡演定了。’接着第二场定了，第三场定了，第四场定了……然后我就回不去了。”早川说着说着就笑了。

遇上伯乐，于是千里马有了舞台

工作认真负责，使早川渐渐在中国的舞台界有了名气。她给赵

工作中的早川

雷、陈粒、谢春花等民谣歌手都做过灯光。二〇一五年，现在的团队找到了她。两人第一次见面，团队主理人却没有提出任何对于灯光的要求，而是说了一番话，让早川至今印象深刻。

“他跟我说的是：‘你做好工作，需要什么东西？’我说我要的是提前定一下曲目，现场版的音乐也是需要的，歌词也是需要的，还有乐队的站位是需要的。他说：‘这个没问题，现在已经有这个习惯每次都给。还有没有别的？’（我说）没有。‘那好吧，如果有什么需要你一定要提前说，我都给你。但是事情做完之后，如果你失败了，或者出了问题了，也别拿这些当借口。就是因为什么什么东西没有，所以做不到，别说这些借口。’我一听这个，就特别喜欢他，我们的想法特别像。”早川笑道。

此时的早川已经在中国待了十二年，见识过大大小小的演唱会舞台。由于国内普遍没那么重视舞台效果，主办方往往只是看中她的日本人身份，觉得聘请来自国外的灯光师能给演唱会撑门面。这是为数不多对她提要求的人，让她十分惊喜。与此同时，早川的敬业精神也深深打动了团队的同事们。

那么，在演唱会中灯光师究竟是怎样的角色呢？

在亮叔跟着早川开车前往下一个会场时，早川谈起了接受拍摄的原因。“平时我连拍照都不喜欢，所以看到你们联系我，就犹豫了半

手捧鲜花的早川

天，真的是不想被拍……但现在在中国舞台演出这个行业里面，很多人都不重视灯光。”

“为什么呢？”亮叔问。

“为什么？”早川倾身向前，问坐在前排的团队成员，“为什么呢？”

其中一人说：“因为他们这个行业跟另外一个行业一样，就是音响行业。我们以前会遇到很多演出，他们音响行业的会说：‘响了吗？’我们会说：‘响了。’‘OK，响了就行。’然后灯光那边会说：‘亮了吗？’‘亮了。’‘亮了就行。’也就是说，他们没有受到重视。”

“所以我想的是，首先让观众重视（灯光），之后就会对票房有影响，票房上升之后，主办方才会重视灯光的问题。”早川认真地说。

灯亮了就行，效果如何无所谓，这是舞台行业的常态。早川想让更多人认识到舞台灯光的重要，从而让演唱会主办方重视舞台艺术，这样才能令更多观众看到精彩的表演，于是一直居于幕后的她，再三思考后，还是接受了拍摄。因此，节目组有幸记录了她从设计舞台灯光到完成正式公演的整个工作过程。

灯光师的一天

为了尽快赶到下一个城市：莱芜，早川的午饭只能在高速公路的休息站解决。团队几乎每天都在奔波，开车辗转于各个地方。不过到达目的地后，他们再次住进了当地著名的高级酒店。

“你们住的宾馆每次都是这么好的吗？”亮叔感叹道。

“对的，这是团队订的……说是做好工作，要有好的环境休息。”早川一边迅速地整理行李和房间，一边说。

“我们员工看到的话会骂我的。”每次拍摄都带员工住便宜的快捷酒店的亮叔十分羡慕。

提供最好的住宿条件，是因为团队的工作时间长、压力大。在这些没有专业演唱会场地的小城市里，每个场馆的环境、设备都不一样，怎样于有限的时间内随机应变，以有限的设备打造完美的舞台和最好的灯光效果，向粉丝们展现专业而高质量的表演，对早川来说是非常大的挑战。

刚把行李放好，她就去了这次演出的会场。由于要仔细检查灯光设备，她每次都是团队中最早去现场查看的人。

但是一进入场馆，她就叹了一口气，说：“想错了想错了，我想的不是这个。”

场馆是一个大会堂，像学校礼堂，或者开大型会议的时候会用到的场地，显然不是举行演唱会的理想地点。这意味着早川要推翻之前定下的方案。“打击挺大的。”她喃喃地说，“还要重新做。”

由于之前的演唱会会场在酒店里面，基本上没有照明设备，他们便用自带的器材。但是这次的会场已经安装了舞台灯光，必须使用场内的设备，所以早川得重新设计一套灯光方案。面对晴天霹雳般的打击，她很快振作起来，从供电系统开始，到灯光、地板等细节，一一检查确认。

早川的检查很仔细，因为舞台上的小细节随时可能会对灯光效果产生影响。比如这次，她发现舞台的地板太光滑，一旦打了灯，就会反射灯光，难以达至她期望的昏暗的舞台效果。她甚至提出买地毯铺在舞台上，但是好像不太现实，最后还是只能靠调整灯光来解决问题。

在莱芜会场检查灯光及设备

不过对于跟着早川跑来跑去的亮叔来说，就只有一个发现：“（礼堂）里面竟然没有空调，太热了！”

“我们是安装（设备的），就不给开。”早川说，“还要待一晚上。”

亮叔惊讶地说：“真的吗？在一晚上都没有空调的情况下。”

早川点点头说：“对。但这个还好啦，室内嘛。如果是室外演唱会的话，有蚊子什么的，又下雨又刮风，也是在一个小帐篷里工作……”艰苦的条件，早就把她锻炼出免疫力了。

她问亮叔：“你是不是被吓到了？每次遇到这样的情况，我都会问自己：'为什么选择了这样的工作？'特别是晚上的时候，更加会这样想，天气又热、蚊子又多。"这大概是她对工作唯一的抱怨。

检查完会场的情况，早川才赶往餐馆与团队会合。在路上，她好奇地问冬冬："在中国做演员和在日本，有很多不一样的地方吧？"

冬冬坦言："的确有很多不同。如果都要以日本的做法为标准的话，还挺累人的。感觉日本有点太较真儿了……虽然这样也挺好的。"

早川笑了，说："但是不会变通，很死板。"

她在日本做灯光师的时候，工作的场所虽然小，可是设备更加完善。"有一些日本的灯光团队来到中国，如果他们想按照在日本的做法来做，肯定会遇到各种各样的问题。他们不擅长适应新的环境，比如要改掉一直以来的做法。"

在中国工作十多年，早川早就锻炼出应对各种突发情况的强大心脏，面对恶劣的条件仍然能十分淡定，尽力做到最好。对于舞台灯光，她要求一丝不苟，这也是巡演的舞台一直深受粉丝们喜爱的原因之一。

舞台魔术师的心愿

爱笑、眯着眼睛笑的时候十分亲切的早川，性格果断、大方、稳重、干脆，既能和以男性为主的舞台团队打成一片，在工作时也有着女性的细致平和。至于抽烟的时候，又有一份豪爽的气派，是个强悍的"大姐姐"。

这样的特质很受如今女性的欣赏，但在"必须和大家做同样的事情"的日本社会，一点都不"可爱温柔"的她就显得格格不入，这也是她离开日本的最大原因。早川记得，初中的时候，朋友们会自己做饼干，用可爱的包装袋装好，互相交换。"看大家天天那样玩，肯定是有意思嘛，（但）我也做了之后……这有什么意思，太麻烦了！明明就是外面买的更好吃！"

那么，早川觉得什么有意思呢？

晚饭后，她回到了没有空调的会场，安装和调整照明设备。中途抽烟小憩的时候，她跟节目组说："现在看舞台是这样的，一点感觉都没有。但明天关了灯，乐队上台了，然后给他们灯光，有了观众，那和现在的感觉完全不一样。我特别喜欢那个感觉，一个地方突然间变成了另外一个地方，要结束了，开个场灯，又回到了现实世界，像个魔术似的。"她仿佛在诉说一个最美好的故事。

"魔术师。"冬冬说。

早川点点头，眼里光芒闪烁，"魔术，真的是像魔术。"

一支烟的时间过去，"魔术师"回到会场，一直工作到深夜。终于结束工作的时候已经是将近凌晨两点，亮叔和冬冬早就瘫在场馆座椅上睡着了。

回酒店的路上，亮叔感叹早川的工作辛苦，她却笑着说习惯了。

"每天都这样子？"亮叔问。

"每天都这样子。"早川笑道。

"我一天就受不了。"亮叔早就被这奔波劳碌的一天折磨得筋疲力尽。

"从客观看是越来越受不了了，"早川大笑道，"主观就觉得习惯了。我的工作一直是这样，没什么新的感受。（不过）给外人一一解释自己的工作时（就感觉）越说越难受。"

工作的辛酸是不能提及的，不说的时候，咬咬牙就过去了，一旦跟人诉说、停下来回想，才发现走过了多么艰辛的路。可是早川并没有过多抱怨，因为她心中有更远大的追求。

在她看来，根据不同的场地和设备设计灯光，"就好像是突然让你去陌生人的家里，打开冰箱，用里面剩下的食材，做正式的宴会套餐一样"。

亮叔笑道："这个比喻真好。"

"而且要在很短的时间内，做出一百个人分量的菜，而厨房里都是家庭用的厨具，只有一些小的平底锅之类的，所以现在我只能舍弃一些细节。我现在考虑的是，让这宴会套餐看起来像点样儿。"现在的她，只想在有限的情况下努力做出让观众们感动的灯光表演。

"虽然我不是日本水平一流的灯光师，但我想尽自己的能力，让一些没看过演唱会的人也能看到一场像样的演唱会……如果有的人眼光很高，可以去日本看一下，在日本有很多很厉害的灯光师。（现在我做的）算是一个‘入门篇’吧，我们拼命为粉丝准备一个‘入门篇’。”

“这种想法真的很棒。”亮叔说。

为了万无一失而付出加倍努力

第二天，演唱会将在晚上开始，早川又是早早来到场馆工作。在一天之内，她利用场地的灯光和团队自带的灯光，在这个本来用作开会的会场做了一个演唱会级别的专业灯光系统。

节目组来到时，会场外面已经有不少粉丝在排队等候进场。而这时的早川，还站在会场中央的控制台前，一遍遍地操控灯光，做最后彩排，模拟演唱会期间的灯光效果。

“一直在工作，一直保持这个姿势没有变过。”她笑道。

亮叔惊讶地问：“一直？你不热吗？”

“非常热！我都赤脚工作了。热得无法忍受。”早川说。众人低头，看到早川光着脚。

看着她不断调整灯光，仿佛在心里奏着演唱会的曲目，亮叔问：“现在你的脑子里一直在放要演出的歌吗？要把他们的歌全都记住吗？”

“也没记住。”早川有一个写满了笔记的歌词本，“但了解他的音乐在哪里变化，一边看一边做（灯光效果）。”

很多灯光师为了方便，会根据现场音乐即兴操控灯光。早川则选择事先做好全部灯光程序，以求在现场能百分之百配合音乐人的演出。这大大加重了她的工作量。比如为了这场演出，她就要制作五百多种灯光程序，花费大量时间。

冬冬战战兢兢地提出了疑问：“我不太了解，也许按专业的角度来看，能一眼看出来，但是普通观众看的话，（提前准备或即兴发挥的分别）应该不会那么的明显吧？”

早川却不这样想：“我觉得肯定能感觉到的。如果是推错了那零点五秒、一秒，那感觉就挺（难受的），自己的感觉就不仅仅是半秒，

‘完了！’的感觉会特别强。有些歌特别快（她边说边示范灯光狂闪），然后突然停（这时大部分灯光熄灭），要是（音乐停下来）灯光还在闪，就时间来说的话，可能多闪了半秒或一秒，但那个气氛实在是让人受不了！感觉这样的话自己都要腿软了。”早川做着腿软难受的动作，笑着解释道。

为了避免打断演唱会节奏和气氛尴尬的局面出现，她选择每次提前做好准备，宁愿多花时间，也要确保万无一失。

就这样，等她做好全部准备工作，离观众进场只剩下二十分钟了。场内做准备的工作人员里，只剩下她一人。

开场前，她想找个地方抽根烟，休息一下，却遇到了同样是工作人员的“粉丝”找她合照。

那是负责会场显示屏的工作人员，他说：“崇拜早川老师很长时间了，早川老师做的灯光很有意境。我看她的那个南京跨年演唱会的灯光，做得非常非常好……和整个音乐的意境、契合度是非常高的。因为国内现在很多视觉灯光的冲击感非常强，但是和音乐的整体匹配会差点。”

“我觉得她蛮厉害的，”亮叔也说，“在没有做过演唱会的会场，把一个完全是为了开会的会场变成了很好的演唱会会场，魔术师嘛！”

早川不好意思地笑了，谦虚地说：“还是感谢团队老板吧，他不带那么多器材的话，这里就还是一个会议的场地嘛。”

无论如何，她默默付出的努力，还是被人看在眼里，让人由衷崇敬。

“认认真真地工作，对得起自己的良心”

又是一支烟的时间过去，她来到后台，准备晚上的正式演出。至于晚饭？一盒外卖炒饭足矣。

“太惨了！”亮叔感叹道。

“没有惨啊，这不挺好的吗？”早川十分知足。虽然她的工作能走遍全中国，但是对她来说，只有搭车、工作、在酒店休息、工作的过程，没有闲逛的时间，唯一的不同就是盒饭的味道。“辣一点的呢，是来了四川，甜一点的呢，是来了南方，不给我米饭给我馒头，这又是另一个地方，只有这样的差别。”

晚上，演唱会正式开始。会场内人山人海，在后台的早川，配合着乐队每一首歌的节奏与旋律，施展她的“灯光魔术”。

演唱会尾声，舞台屏幕上出现了参与演唱会的工作人员的名字。歌手在台上做最后答谢：“我们多数人来自南京，还有一些来自上海、北京，我们的灯光师早川绫子，她来自日本，所以我们是一个来自各地的团队。我们第一次来莱芜，不知道你们喜欢什么，我一直跟我们的乐队说，我们只要把自己的工作做好，认认真真地工作，对得起自己的良心，其他的，说实话，我也无能为力。谢谢你们！”

早川在听到自己的名字时，便默默抹起了眼泪。最后，台下众人欢呼，掌声雷动，早川抽了一张纸巾，把头埋进双手里，无声地大哭起来。

演唱会圆满落幕，结束一天工作的早川点燃了烟，朝镜头笑笑，又扭开头，抽起烟来，平复着一时激动的心情。

一直旁观的冬冬低声说道：“花了一天多的时间准备，这样就结束了。”

后来冬冬问她：“很喜欢工作是吗？”

“对，我喜欢工作。”早川没有半点犹豫，“因为没有这个的话，我没有别的特点。我也没有什么能做的事情，如果不做灯光、不工作的话，那我（好像连）当妈妈也没有资格，没有明确的社会身份。工作能给我一个（位置），‘我是灯光师’，我可以这样说嘛……如果没有工作的话，就有点太（让人）害怕了，没有安全感，连我是谁都不知道了。”

工作带给她踏实生活的自信心，灯光师的身份让她在社会上立足。当她找到了工作的意义，人生也因此变得圆满。

时隔两个月的团聚

工作结束，早川终于在两个月后再次和家人团聚。因为工作的关系，她经常要到外地出差，和家人聚少离多。难得回家，早川的丈夫张勇和儿子张煜曦提前一个半小时就到了北京机场迎接。张煜曦一见到妈妈，就紧紧拉着她的手，两人用日语叽叽喳喳说着话；张勇接过她的行李，陪伴在侧。这时的早川，流露出充满柔情的一面。

亮叔说："你老公好年轻啊。"

张勇比早川小十二岁，样子显得很年轻。早川看了看丈夫，说："看起来年轻，但（内心）里面是老爷爷，比我老。"

早川和张勇在六年前结婚，她怀孕时，为了不给周围的人添麻烦，加上工作环境和日常生活中很少认识怀孕的女性，结果她直到孩子快出生了还坚持工作。

"当时我没有跟别人说我怀孕了，不想让大家知道……当时都没想到，会有这样的'东西'出来。"坐车回家时，张勇抱着儿子，早川挨着两父子，握着儿子的手，笑着说道。

张勇补充："（怀孕）八九个月还爬那么高的架子。"

如今，他们在北京郊区租房，和张勇的妈妈住在一起。

灯光师住的房子是怎样的呢？是不是特别讲究灯光？早川的家就跟普通的中国家庭一样，客厅里有很多孩子的玩具、日用品，墙上贴满了小孩子的作业、图画，窗边挂着衣服，东西很多但不凌乱，很有家庭气氛。节目组将镜头对准天花板，上面只有一个平平无奇、没有任何花纹的圆形吸顶灯，十分朴实。

"我心疼啊！孩子太累了。"

张勇的妈妈一直默默支持忙碌的夫妻俩，自己独立承担照顾孙子的任务。亮叔问她累不累，她说："还行，也不累。虽然忙活儿点，但是挺开心的，还是开心的时候多。"

张妈妈完全不在意早川忙于工作，也不介意要一个人照顾孙子，让亮叔觉得很难理解。在日本，无论是多么优秀的女性，只要结了婚、生了孩子，大多只能选择回归家庭，就算还能继续工作，也不可能像早川这样一出差就是两个月。亮叔问张妈妈对于儿媳妇忙于工作、无法照顾家庭的看法。张妈妈的反应出乎了所有人的意料。

“我心疼啊！一看到她整天说（要忙），我都要流泪了，我一点没有帮上忙。”笑着笑着，张妈妈眼中隐隐有了泪光。

“你帮了很多很多忙啊。”亮叔说。这时，孙子张煜曦指着奶奶的脸，说：“你哭了！”

早川忙说：“没有你，我没法工作嘛。”

张妈妈带着哭腔说：“孩子（早川）太累了。”

早川笑着按了按婆婆的肩安慰她，张煜曦仍在一旁天真地喊：“奶奶都哭了！这么开心你怎么哭了？”

张妈妈道：“奶奶激动呀。”

“对呀，妈怎么哭了呢？”早川一边笑着安慰，“哎呀别哭了。”一边抽纸巾递给张妈妈。

张妈妈平复心情后，说：“我感觉（早川）就像我自己的女儿一样，我也没有女儿，就这一个儿子，我俩相处得特别好。”

早川说：“如果我是在日本，想这样工作，肯定会有很多人骂我的，也没有人支持我。”

“你看接孩子的时候，有好几个都是日本人，人家在家都不干活，

早川与丈夫和儿子在一起

穿得漂漂亮亮的。我这媳妇也不打扮，一天光忙着工作，累的……”张妈妈心疼地说着，早川听得大笑起来。

亮叔问坐在两人中间、一直沉默的张勇：“那你呢？你觉得像她这种工作很忙的老婆怎么样？”

张勇想了想，笑道：“那种天天在家，每次出门都要化一个小时妆的那种，我肯定是受不了的。”

回到家的早川，卸下了“女强人”的气场，和儿子在床上玩闹时，脸上洋溢的是工作时没有的、温暖柔和的、属于母亲的笑容。

拍摄结束，早川一家在门口送别节目组。在张煜曦催着早川陪他玩的叫声中，亮叔问了她最后一个问题：“你住在这里的理由是什么？”

早川想了想。“因为他们，是他们。”她笑了，丈夫和婆婆也看着她微笑。“家人啊！”

“所以以后也会（一直）待下去？”亮叔问。

早川点点头，儿子在一旁拉着妈妈说：“快，走啊，去玩。”

亮叔无奈笑道：“好吧，你去吧去吧，跟妈妈一起去玩吧。”

在节目组看来，早川是真正的女强人——为了告诉更多观众舞台灯光的重要，不喜欢镜头的她接受了采访；为了获得社会的尊重，投身比平常人要付出更多努力的工作，甚至因此牺牲了陪伴家人的时间。她曾多次表示自己不是一位合格的母亲，然而，她向人们展现了现代母亲能带给孩子的另一种力量：如何独立自主地开创自己的事业，认真地对待工作，成为一个优秀的人，为更美好的未来做出努力。

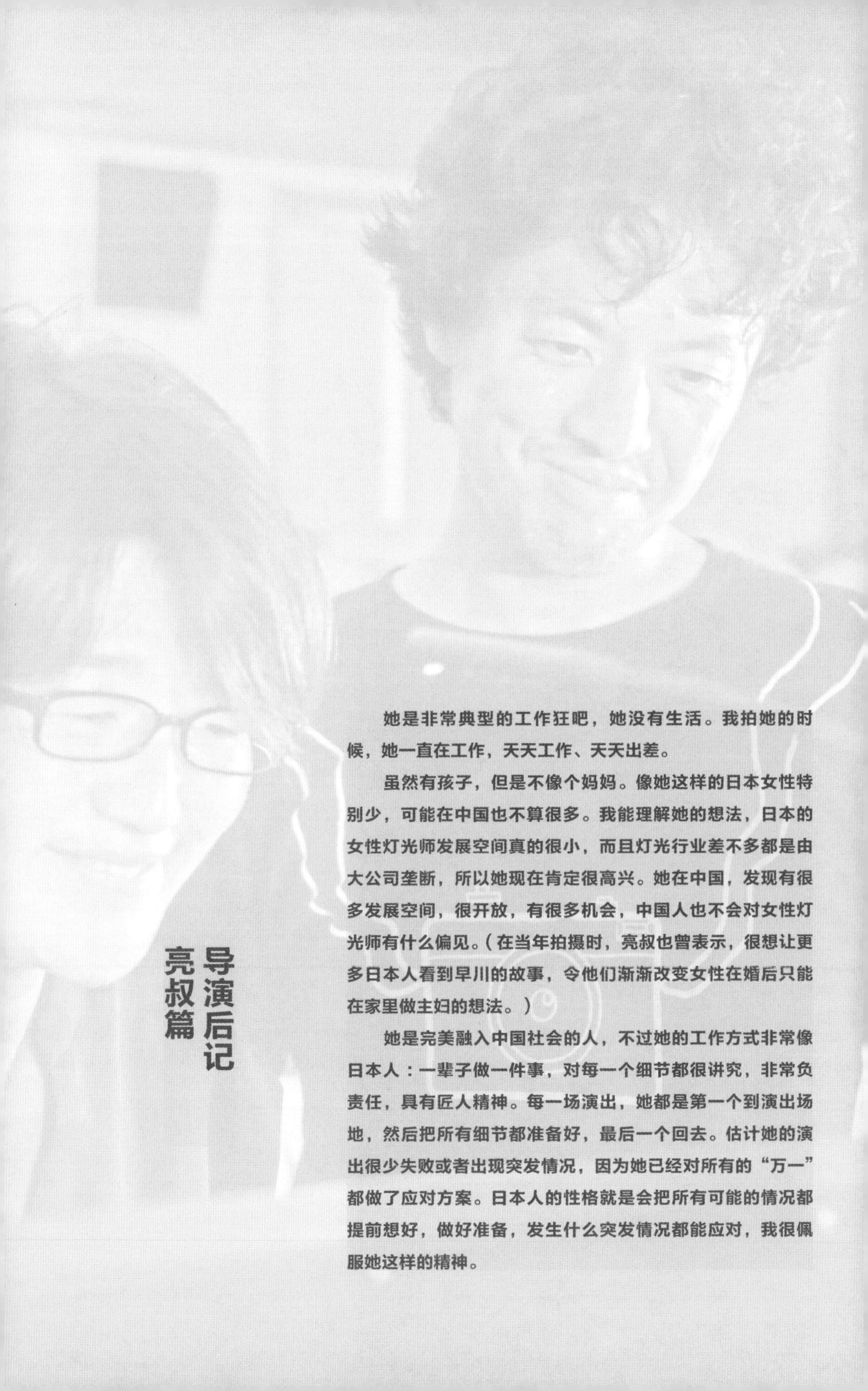

导演后记
亮叔篇

她是非常典型的工作狂吧，她没有生活。我拍她的时候，她一直在工作，天天工作、天天出差。

虽然有孩子，但是不像个妈妈。像她这样的日本女性特别少，可能在中国也不算很多。我能理解她的想法，日本的女性灯光师发展空间真的很小，而且灯光行业差不多都是由大公司垄断，所以她现在肯定很高兴。她在中国，发现有很多发展空间，很开放，有很多机会，中国人也不会对女性灯光师有什么偏见。（在当年拍摄时，亮叔也曾表示，很想让更多日本人看到早川的故事，令他们渐渐改变女性在婚后只能在家里做主妇的想法。）

她是完美融入中国社会的人，不过她的工作方式非常像日本人：一辈子做一件事，对每一个细节都很讲究，非常负责任，具有匠人精神。每一场演出，她都是第一个到演出场地，然后把所有细节都准备好，最后一个回去。估计她的演出很少失败或者出现突发情况，因为她已经对所有的“万一”都做了应对方案。日本人的性格就是会把所有可能的情况都提前想好，做好准备，发生什么突发情况都能应对，我很佩服她这样的精神。

美丽的风景和幸福的家庭——

摄影师

大川健三

我现在在这里
只是一个偶然的幸运，
这份幸运是从
人际关系中得来的。

个人档案

住在丹巴的摄影师

家乡：日本

职业：摄影师

住在这里的理由：最初的原因是摄影，然后是因为在这里拥有了幸福的家庭。

节目组拍摄时正值汶川大地震十周年纪念日前夕，亮叔问大川先生那时候的经历。

“当时我在从四姑娘山回丹巴的车子里。在车里面虽然没有什么强烈摇晃的感觉，但从山上掉下来很多石头。”他坐在副驾驶，石头正好砸到旁边。“砸中离副驾驶车窗十厘米左右的地方，千钧一发。如果砸到车窗的话就危险了。”

大川先生经历了命悬一线的紧张时刻，实在是相当惊险。

在与主人公见面前，亮叔和节目组搭乘长途客车，由四川成都驶往甘孜藏族自治州的丹巴县。这是他们唯一的交通工具，车程九小时。

一路上尽是青山绿水，中途停靠时，亮叔和来自城市的助手第一次看到绿得透明的河水，兴奋地喝了好几口。那是由海拔四五千米的墨尔多神山山顶上流下来的雪水，所以清澈又凉爽。

亮叔要去见一位住在丹巴的日本人。不过让他觉得更有吸引力的大概是：“美人谷，有藏族美女的地方。”

丹巴美人谷位于巴底乡，因为这里的女孩子长得比较漂亮而得名。在《钦定四库全书》里，丹巴有“东女国”的名号。很多喜欢中国的日本人都知道美人谷，来过这里的日本人应该不少，当地的告示牌上也设有日语指示。虽然亮叔期待与美女相遇，不过据当地人说，美人谷的美女都到外地发展了。

大川先生作品《羌寨》

从拍摄照片到选择移居

下午五点，节目组终于抵达目的地。启程时很兴奋的助手，已经随着海拔提升晕得迷迷糊糊。亮叔则早就看腻了青山绿水，被漫长的车程折磨得双眼无神。“所以很厉害啊，一个日本人，住在这里，什么都没有，到底他过的是什么样的日子？”

一下车，主人公便在路边等着他们了。他穿着衬衫西裤，戴着帽子和眼镜，摘下帽子，是一头花白的短发——大川健三，是这住着很多藏族人民的丹巴县里的唯一一位日本人。

"你住的地方还真够偏远啊。"亮叔感叹道。

"如果能在车里睡着的话就不会觉得很远。"大川先生和蔼地笑道，"如果对这里的风景感兴趣，一直看的话，就会觉得要很长时间。"

大川先生作品《四姑娘山》

他带节目组来到当地的藏族餐厅，品尝藏族人的家常菜以及“本地风味的乌冬”。一坐下，大川先生随即从背包里拿出自己的摄影集。

“我本来是来这里拍山的照片的。”他把摄影集递给亮叔，“我以前出版过两本四姑娘山的摄影集，印了一万五千册，很早以前就已经卖光了。”

四姑娘山位于小金县，距离丹巴约三小时车程。一九九一年，还在日本大企业里上班的大川先生来四姑娘山旅游，看到了神秘而美丽的四姑娘山后，深深地迷上了这里的风景。他认为四姑娘山兼有黄山和阿尔卑斯山的山岳之美，更有最具中国特色的水墨山水之美，当时就决定将来要到中国居住，用自己的后半生来记录这片山川的美丽。二〇〇〇年，大川先生辞去了非常喜欢的工作，孤身一人来到丹巴，完成自己与四姑娘山的约定。

此后，他一直在四姑娘山拍摄，除了自费出版三本摄影集，也向日本和中国的杂志投稿。十几年来，他所拍摄的丹巴和四姑娘山的照片被很多旅游指南选用，这些照片也得到四川政府的高度评价。由于他为宣传丹巴和四姑娘山做出了杰出贡献，因此拿到了中国给外国人的“外国人永久居留身份证”，可以一直留在这片他深爱的土地上。

为了拍摄理想的照片不顾一切

翻着摄影集，亮叔问大川先生：“你最喜欢的照片是哪一张？”

“我最喜欢的照片啊，这张，全世界只有这里有这样的风景。”

大川先生最满意的照片是《倒沟山和羊满台海子》，然而这张照片的拍摄过程异常困难。“当时去这里花了整整三天。冰河期的时候，在海拔四千五百米的地方有很多的冰河，冰河交替或者是融化的时候，就会形成很多这样的冰面湖。这些都是可以大概预测到的。”

根据预测的海拔高度，大川先生在山上到处寻找心目中的取景地点。数次守候，花了整整三年，才拍摄到最理想的一幕。

大川先生作品《倒沟山和羊满台海子》

为了拍摄四姑娘山最美丽的一面，他付出了很多正常人难以理解的努力，比如照片《南壁滑翔伞》里驾驶滑翔伞的正是大川先生本人，他连续三次上山拍摄，头两次均以失败收场，第三次终于成功了，可是他却不慎掉进山谷，摔断了手臂。

“你应该还去过不少山区吧？”亮叔问。

大川先生点点头，说：“去过不少地方呢。世界上有太多好地方了，当然是走不完的。”

这天，大川先生打算带节目组去一个他非常喜欢的摄影地点。他用每按一个键就会自动播报的老年手机打电话预约车子。半小时车程后，众人来到了一个几乎看不到人的村子里。周围一片冷清，助手笑言这里是“没人谷”。

为了寻找最好的摄影角度，大川先生走进一间民宿的院子里。

“老板在不？照相可以不？”他的中文不知是带有四川口音还是日本口音，让人听不太明白。

得到老板许可，大川先生到处找理想的拍摄角度，“从这个角度拍感觉不错。”他用胶片相机拍了起来。

大川先生作品

大川先生作品《南壁滑翔伞》

“和平是最好的”

他拍摄的是距今已有数百年历史的土司官寨。土司官寨是以前这一片地区的管理者（土司）生活的地方，为碉楼式的建筑物。走进官寨遗迹，墙上是极具历史价值的画：西藏早期历史上的古国——象雄古国时期传下来的女神像。“在嘉绒（指的是墨尔多神山一带），只有这儿有这幅画。”大川先生介绍着。

画中是掌管生命的女神，她左手掌着赋予生命的神药，右手手持掠夺生命的箭矢。画面下方是一行藏语，意思是守护着这片土地的山神。

“最高的那座是哨塔吗？”亮叔问。

“不，那是神殿。”大川先生娓娓道来，“在古时苯教（传承古象雄文化的宗教）的世界观中，世界被分为九层，第九层是神住的地方，平民是住在从下面数的一二三四层，国王应该是第六层。”他抬头看看官寨顶部，赞叹不已：“这建筑可真漂亮！在丹巴有很多这样的石塔，最久远的大概有一千二百年的历史，地震都震不倒。”

据他所说，这些建筑都是由石头建成、用泥来固定而已，却屹立了千百年不倒。不过在二〇〇八年的汶川大地震之后，土司官寨的顶部就缺了一个角（辟邪的地方）。

大川先生又让节目组观察建筑物的窗户，众人发现上面突出来的木桩共有九根。“因为九是吉利的数字，Lucky Number！”

他对藏族文化有深入研究，这一趟旅程让来自城市的节目组广增见闻。

“你为什么对藏族文化这么感兴趣呢？”亮叔问。

“我以前拍照的地方主要是喜马拉雅山一带，自然而然地对当地居民的文化产生了兴趣。作为一个日本人也觉得这些文化很有趣。”大川先生一直在研究藏族文化，他说，数百年来，无论周围的环境如何变化，这个村落依然能够把本身的文化保存下来，那是因为“这里的领主奉行‘和平主义’。古时蒙古南下，（领主）在很早的阶段就投降了，然后顺从他们，所以才一直保持到现在。”在他看来，“本来就不应该挑起战争，无论怎么说，和平是最好的。”

前半生是为工作拼搏的“企业战士”

大川先生对藏族文化和美人谷的热爱，也许缘于童年时埋下的种子。他从小在寺院里长大，独特的成长环境给他留下了深刻的印象。十岁时，有人拿了一张西藏布达拉宫的照片给他看，开阔的土地和宏伟的建筑让他十分受触动，从那时起，他就萌生了去中国看看的念头。

工作后，大川先生在日本一家大型上市公司担任技术人员，负责开发电脑系统。他的表现十分出色，还获得过专利和发明奖。这位典型的工作狂，和其他在二十世纪七十年代支撑日本经济高速发展的人一样，为了工作，甚至牺牲了自己的日常生活和人际交往。

“拼搏了二十多年，也就是所谓的‘企业战士’。其实，无论是什么工作，只要你足够投入，就都会觉得很有趣。你也是这样吧？现在的工作很有趣吧？”大川先生问亮叔。

“是的，毕竟是自己喜欢做的事情。”亮叔说。

“这才是最重要的。如果足够投入的话，就会开始觉得结婚什么的无所谓了，也不会想去吃好吃的东西，不会想去玩了。我不抽烟不喝酒，不玩弹珠游戏机。”那时大川先生的生命里“单调”得只有工作，而唯一的一束光，来自旅行和摄影。

只要一有假期，大川先生就背着相机去世界各地拍摄高山的照片，在大自然的环境中放松紧绷的神经。一九八五年，他有了一个月的休假，终于来到中国，看到了心心念念的布达拉宫。不过大川先生最喜欢的肯定还是四姑娘山。当时的四姑娘山在世界上没有什么名气，大川先生找不到地图，也不懂当地的语言，只能凭着自己的经验和直觉，徒步寻找绝境之地。这里与外界截然不同的历史、文化和风景深深地吸引着他，他感觉到，这里将是他后半生的归宿，于是他下定决心移居丹巴。

“你几岁的时候辞去了日本那边的工作？”亮叔问。

“五十岁的时候。”大川先生说。

“不是退休年龄吧？”亮叔问。

“不是。为了去海外开始第二人生，有计划地辞去了工作。辞职的时候我还哭了呢。”大川先生做着掩面大哭的动作，笑道，“当时去和同事打招呼，说：‘今天我就离开公司了。’说着说着眼泪就出来了。”

辞职时完全没想到自己竟然会哭出来的大川先生，现在回想往事，仍会眼泛泪光，那大概就是他对过往的留恋。随后他毅然奔向“第二人生”，带着多年积蓄来到丹巴重新开始。

一见钟情的爱情故事

在藏区有很多像四姑娘山这样美丽的高山，为什么大川先生会钟情于它呢？

“主要是因为人际关系吧。一直以来我都对这样的高山地区还有藏族文化很感兴趣。我来了四姑娘山很多次，逐渐在这里交到了一些朋友，与（四姑娘山）管理局也开始有了一点交情。慢慢地，开展工作变得容易起来，我就自然而然地习惯这里的生活了。一般的话，外国人在这里是生活不了的。”大川先生说。

语言不通、生活习惯不同、文化差异，外国人在这里的生活充满了各种不便。大川先生能在这里定居，是因为亲切的人们接纳了他，“我现在能在这里是一份偶然的幸运，这份幸运是从人际关系中得来的。”

大川先生是丹巴的名人，在菜场买豆腐时，女摊贩看到跟在大川先生后面的亮叔，问：“你的家乡人吗？”

买肉时，和他相熟的女摊贩会问：“回来了，你不是在成都吗？”随手又给这位老顾客送了一块猪肝。

不过对于大川先生来说，最大的幸运，应该是遇到了可以相伴到老的那个人。

二〇〇〇年六月的一个下午，大川先生刚结束拍摄，就在街边一家餐厅与一位有着柳叶眉、丹凤眼、性感红唇的标准丹巴美女相遇。这位美丽的丹巴姑娘邀请饥肠辘辘的大川先生共进晚餐，而大川先生之后总是邀请她担任摄影模特，互相吸引的他们，渐渐走到了一起。

1985年8月，摄于拉萨

2011年，摄于四川省甘孜藏族自治州丹巴县

“你对你老婆是一见钟情吗？”亮叔问。

“是的呢，因为她挺漂亮的。”大川先生腼腆地笑了起来，一脸甜蜜自豪，“毕竟可以做写真的模特。”

“你当时找她做模特的时候，是类似这样说的吗？‘明天还可以继续来吗？’”亮叔问。

“这你都能知道啊！”大川先生大笑，看来全世界男人追求女孩子的方式都是一样的。“当时还想着：‘如果能顺利就好了’呢。”

大川先生的太太

大川先生给节目组展示他在将近二十年前为太太拍的照片。

亮叔称赞道：“这样看真的是一个美人啊！”

二〇〇一年情人节，大川先生拿出居留证、劳动许可证和一大堆摄影作品来到她面前，向她“推销”自己。虽然她的家人难以接受身为日本人的大川先生，但是这位勇敢的姑娘还是坚持嫁给了他。后来他们有了一个儿子，一家三口一直在丹巴过着幸福的生活。而为了保护家人，如今他已不再让他们出现在镜头里了。

“为了四姑娘山我什么也不在乎”

那么，对于大川先生来说，他住在这里的理由是什么呢？

“最初的原因是摄影，拍摄独特的自然环境和了解当地文化，当然我现在也还在努力。同时，幸运的是，我在这里拥有了家庭，过着普通的家庭生活，换言之，挺幸福的。”大川先生满足地笑了，“与以前在日本当‘企业战士’的时候相比，这是一种不一样的幸福。我应该会一直在这里生活下去吧，就是这样。”

他腼腆地笑笑。“没说出什么名言来真是不好意思。”

大川先生平实而谦虚，似乎只是一个来丹巴拍摄的普通外国人，只有从三本摄影集、他手上的永久居留证，以及当地人的评价中，才能让人看到一点点他为了这片美丽风景的付出。

在土司官寨附近遇到当地的乡亲时，对方热情地和大川先生拥抱，感激地说：“我们很早就认识了。他对丹巴美人谷文化的深度研究、宣传推广，对我们这个地方的发展有很大的贡献。对全人类的和平，他有非常大的贡献。”

虽然现在大川先生因为得了滑膜炎，已经很难再去最爱的四姑娘山拍照了，但是他依旧在为丹巴和四姑娘山的宣传与保护而不断努力。他曾说：“为了四姑娘山我什么也不在乎。”而他真的用自己的后半生做到了这一点。

导演后记 亮叔篇

大川先生是典型的日本爷爷，他身上有非常日本上班族的一面——超级认真，很有礼貌，讲究细节，也不怎么开玩笑，不像我那么随意。

大川先生很喜欢美人谷，那里的风景真的很漂亮。之前收到了他的邮件，里面是介绍美人谷各种各样风景的照片，他还一直在拍摄。大川先生就像一个观察者，虽然在美人谷待了很久，但是他就像学者一样，不断观察、研究当地的风景和民族文化。虽然老婆是藏族人，但是他没有融入中国人的社会，他只是爱上了老婆和那里的风景而已。

都是缘分

生活艺术家

上条辽太郎

人生就是玩吧……
重点还是这一生玩了多少、
享受了多少，
在享受的过程中，
可能才会发现各自的使命。

个人档案

住在云南的生活艺术家

别名：六（Ryo）

家乡：日本千叶县

职业：生活艺术家

家庭：妻子上条绫子、大儿子上条和空、二儿子上条结麻、三儿子上条天梦

生活方式：以“自然农法”自给自足。

大胆举动：三个儿子都是夫妻二人在家里自己接生的。

住在这里的理由：都是缘分。

上条出了一本书，书的封面有个“六”字，冬冬问是什么意思。

“我叫 Ryo 嘛。有人问我的名字是什么，我说 Ryo，大家觉得听起来是‘六’，所以就叫我‘六’。”他把书送给冬冬，还主动给他签名。

冬冬笑了，说：“明明没要签名。”

绫子说：“中国朋友买了之后都会说‘签个名吧’。”

上条想了想，说：“中国人比较喜欢签名吧？日本人不会要签名。”

冬冬说：“日本人其实也想要，但是不好意思说。其实很想要的。”

就这样，冬冬拿到了一本签名版的《六：一个日本人在大理的耕食与爱情》。

云南大理。

冬冬和萍姐带着节目组在一条偏僻的小村落里兜兜转转。这一片全是老旧的砖房，外墙斑驳，还可以看到油漆剥落后裸露的砖墙。在一扇看起来和周围的农家没有任何区别的红色铁门后面，是住在大理七年的日本人上条辽太郎和他的妻子绫子，三个年幼的儿子和空、结麻、天梦。

绫子打开门后，马上说：“麻烦稍微等我一下，孩子哭了，我要去抱一下。”

绑着蓝色头巾，身穿蓝色布衣、内搭灰色连帽衫，肤色黝黑、蓄着长胡子，一副艺术家打扮的上条从房间里走出来，向众人问好。抱着小儿子天梦的绫子和节目组道歉说家里很脏，大儿子和空与二儿子结麻在院子里跑来跑去。

冬冬举目四望，眼前是两幢两层楼高的矮房子，中间有一个大大的庭院，院墙外有树林、有农田，远处是高山。“真的是住在一个很了不得的地方啊！”

日本家庭在中国归园田居

上条一家是特别了不得的家庭，他们每天都在耕种、酿造、玩音乐中度过。上条多才多艺，家里吃的、用的，大多是自己做的，生活自给自足。节目组一到，他就提出带他们去酿酒。

走进大厨房，他从蒸锅里拿出一个大布包，里面全是蒸熟的米。

“今天打算用十五公斤米来做味噌，用十公斤米来酿酒。”他翻着米，让空气进去，和空跟结麻在一旁盯着看。“每次做这个的时候，他们都会说想吃。”

酿造是等待食物成长的旅程，受食材、手法、温度、湿度的影响，每个家庭酿造出来的味道都不太一样。“我觉得家里有只存在于这里的菌类，因此自家制的发酵食品会有自家的味道，我觉得这就是乐趣所在。通过制作发酵食品，菌类也在这里安了家。这样房子里看不见的菌类，也在家里做着各种工作，处理我跟绫子之间的问题，让我们过得更幸福；有时候也会让我们吵架。虽然是看不见的力量，像这样一边相信着这种力量一边生活，感觉还挺神秘的。”

上条家的菌类小精灵十分忙碌，除了要成为味噌，还要变出酒来。上条自学了日本酒的酿造方法：把加了曲霉的熟米放进袋子里，三天后，酒曲就完成了。待酒曲发酵一个月左右，即可制作清酒。

他开了一瓶自家酿制的酒给众人品尝，冬冬试喝后点点头，称赞道：“真不错，比普通日本酒的味道更浓。”

绫子笑道：“听喜欢酒的日本人这么说，真开心。”

萍姐好奇地问他们：“为什么会自己酿酒？是想拿去卖吗？”

“刚开始是想自己喝。”绫子说。

“因为酒都卖得挺贵的嘛，如果有人来聚会的话，自己买酒，要花很多钱。”上条补充道，“也可以用来物物交换，自己喝或者拿来招待人都可以，很开心。”他腼腆地笑了。

绫子说：“是作为一种兴趣。”

“兴趣是工作，生活也是工作。”上条说。这大概是很多人都向往的生活态度。

说到兴趣，绫子问冬冬喜欢什么类型的音乐。冬冬想了想，说：“没什么特别喜欢的类型，就是喜欢音乐，喜欢听音乐。”

于是上条放下手中的工作，从房间一角扶起了一段比他还要高的长木条，“我这里有一些乐器，会跟孩子们一起（演奏）。这叫迪吉里杜。”

迪吉里杜（Didgeridoo）是一种古老的澳洲乐器，一般是以桉树（尤加利树）制成，呈木管状，通过吹奏产生共振，从而发出声音。而上条的迪吉里杜是他自己制作的。

除了迪吉里杜，他还自学了其他乐器，比如敲鼓。他偶尔会去做DJ，用自己制作的乐器奏出的音乐，加上电子音，合成动感的电子音乐。这可能是他与现代社会最接近的一面。

上条在制作迪吉里杜

激昂的音乐是上条的好伙伴，在他家的小仓库，上条一边榨油，一边用小音箱播放自己创作的电子音乐，他说：“（听着）这样的音乐榨油很快。”配合倒亚麻籽、摇晃亚麻籽的动作所发出的充满节奏感的声音，就像是在仓库里进行小型演奏会一样。

“这在日本是难以想象的，在日本不可能有这么大量的亚麻种子。”上条说。在热烈的音乐声中，他展现着另一项技能：榨油。

上条有一台手动榨油机器。冬冬尝试了一下，感觉特别花力气，便说：“现在的机器都是用电了吧？”

“对，但是这个亚麻籽油，所有的油，必须要冷榨，不然里面的营养会被破坏。”上条解释道。榨完油的亚麻籽还可以磨粉，“磨粉以后我们（拿来）喂鸡。鸡会特别好吃。”他说着说着便笑了，问冬冬：“有没有杀过鸡？要不要明天……”

“不要吧。”冬冬没想到话题突然变成了杀鸡。

“我家养了两年的老鸡，差不多不下蛋了。”上条说。

就这样，他又带着节目组去看养在院子里的鸡。看着十几只毛色各异的鸡在院子里闲逛，他说“我觉得明天……就它吧，黑色的它吧（杀了来吃）。它应该听得懂。”

喂完鸡就去捡鸡蛋，鸡蛋拿出来的时候还是暖和的。

“鸡有的时候在上面生。”上条顺着矮墙上了鸡棚顶，然后沿着两层楼高的院墙走到接近屋顶的地方，又捡了一个鸡蛋。

上条家的鸡特别自由，除了上屋顶下蛋，还会在树上睡觉。“有一些农场会切掉它们的（翅膀），我家肯定没有，所以它们会飞。”捡完鸡蛋的上条，就这样站在矮墙上，自在地跟众人聊了起来。

遵循自然之道

上条在家附近租了一块农地耕种，节目组跟着他一起去收割蔬菜。“一般种地是用挖的，这个地五年没有挖过，一般不拔草。我割草是用镰刀砍掉，然后放在这里（旁边）。”上条拎起地上的枯枝，“其实这个以前都是杂草，然后越来越碎了，就变成了肥料。”

“我的地一般不施肥，没有有机肥，什么肥料都没有。”没有肥料，依靠枯枝败叶提供养分，上条的田地看起来和一般的农田不一样。“用这个农法种田的话，一般不知道哪里有菜。”说话间摄影师就一不小心，踩到了混杂在一片枯叶间的菠菜。

节目组还在田地里看到被老鼠咬了一口的番茄。上条说：“一般（人家的地里）都会放老鼠药，不过猫之类的会一起被毒死，我们家没放，所以老鼠都往我们家跑。”

上条奉行的是“自然农法”，强调不施肥、不洒农药、不挖地，尊重并顺应植物的自然生长规律，与自然一起耕作，可以说是人与自然和谐相处的最高境界。

尊重自然的安排，包括顺应季节来耕作，吃当季的蔬菜。

“冬天的话，基本上不要吃夏天的菜，夏天的菜一般是凉性的。现在有很多女孩不能怀孕啊之类的问题，可能是（因为）现在在超市里我们可以买到各个季节的菜。夏天的菜是有颜色的、好看的，冬天的菜就都是绿色的，不怎么好看，所以一般做菜的人喜欢用夏天的菜，因为看起来好吃。不是完全不要吃，吃得少一点，冬天吃那种凉性的，身体会越来越冷。”这是来自上条的忠告。

带着从田地里采摘的新鲜蔬菜，上条一家开始制作晚饭。放了自己腌制的梅干的饭团，用刚捡回来的新鲜鸡蛋做的煮鸡蛋，韭菜、洋葱、萝卜做的饼，每天都喝的味噌汤和酱料辣油也是自己熬煮的。把菜一一放在宽敞庭院里的正方形大桌上，配上自己酿造的清酒，在大理的蓝天白云之下，这顿饭吃得温馨而惬意，令住在城市里的节目组

大丰收

既新奇又享受。

吃饭的时候，孩子们积极地帮忙夹菜盛汤，哪怕动作笨拙，夫妻俩也不在意。

“我会要求他们好好吃饭，比起别的家庭可能会严格一点，会让他们坐好、背挺直，好好吃饭。虽然这么说，我自己的餐桌礼仪也没有很好。”上条表示，“幸运的是，我十八岁后就没有在公司工作过了，所以不像日本社会那样，那么注重上下级关系和礼仪，在日本公司工作的人还是会很注意。”他边吃边说。

追求自己喜欢的生活并不是一种逃避

上条也是在城市里长大的孩子，不过随着年龄增长，他开始向往简单的田园生活。大学期间他在日本各地的农村旅行，学习以自然农法耕种、开拖拉机等农活。工作赚到的钱让他可以一直四处游历，渐渐从环游日本，扩大到环游全世界。他走过了很多地方，也学到了各种技艺。

二十二岁的时候，上条来到中国大理，待了一个月之后，为了能赚些钱继续住下去，他又去了泰国学习按摩，结果在泰国遇到了人生中最重要的人——绫子。几个月后，上条回到大理，高兴地告诉朋友：我会按摩了，我有女朋友了！

那时的绫子也是背包客，有着共同语言的两人一起开启了他们的旅途。走到内蒙古时，绫子怀孕了，他们便决定回到大理安家。二〇一二年，上条夫妇在大理定居，租了一个小院，租金一年一万元。他们在这里养育了三个孩子，几乎完全依靠自给自足生活，到节目组前往拍摄时，一家人已经在大理住了七年。在远离都市的静谧村庄里过着与世无争的生活，就像是置身世外桃源一样美好，令冬冬打从心底里羡慕。

不过与此同时，也有很多人质疑他们远离城市、探索自由的生活方式。上条与绫子都没有在公司工作的经验，因此有些人会在网络上留言，认为他们这样的生活就是在逃避现实，甚至直接质问："那你的意思是生活在城市里是错的吗？"让他们感到受伤。

"其实每个人的生活方式都不一样。"上条解释道，"我并没有说我们这种生活方式是好还是坏，（面对这些质疑）虽然我嘴上这么说不在意了，但是心里……"

绫子补充道："被这样说也觉得没有办法，因为我们没有真正步入过社会。如果我们步入过社会，然后放弃，再去选择这样的生活方式，那些在社会上拼搏的人或许会更认同我们的想法。像我们这样没接触过社会的人，过着这样的生活，还过得这么开心，有些人看不顺眼也是很正常的。"

"有一些人在城市里，生活得很不容易。"上条说。

"说实话我们真的是很幸运的人。父母亲也都能体谅理解我们。"绫子说。

面对的是说刮风就刮风，说下雨就下雨，不会跟任何人讲情面的大自然，生活带给他们的磨砺不比这世上其他人少，可是夫妻俩仍然十分感恩，因为他们能够按照自己的意愿，选择远离城市自由地生活。

"我们遇到的人都很好。不幸运、不幸福的人实在是太多了，所以我觉得幸运的人，应该努力去追求自己喜欢的生活。如果你是一个幸运的人，请一定要去做自己喜欢的事情。"

与教师专业擦肩而过的固执青年

晚上，众人在院子里围着篝火聊天，绫子和冬冬说："你猜我们的婚礼是在哪里办的？是在夏威夷办的。"说着便让上条去拿他们的结

婚礼现场

婚照，笑得很开心。

不拘小节、随兴而为的上条夫妇，居然有个颇正式的婚礼。

“结婚典礼是在公园办的，在一个叫 Magic Island 的公园里，是我们自己决定的地方。住在夏威夷的朋友拿了音响之类的器材来，音乐也是我们自己决定之后录制的，跟别人说这个音乐要在什么时候放。主持人是两家的哥哥。”绫子说。

“所以结婚仪式其实没怎么花钱。礼服也是在日本买的，然后带过去，整个结婚典礼都是自己安排的。”上条说。

冬冬看着结婚照上梳着脏辫（Dreadlocks）的上条说：“你很适合脏辫啊。”

没想到这句话引出了上条年轻时的往事。“我从十八岁以后就没有剪过头发。我从十八岁开始旅行，所以有很多人觉得我没有上大学，但是我是上过大学的，因为我想当老师。”

绫子却说：“最后读到四年级的时候，要参加教育实习，去了教育实习的学校后，对方说：‘如果不剪头发就不允许参加实习。’结果这个人就放弃了考教师证。无法理解，对吧？他妈妈拼命劝他，说：‘那你这四年读下来是为了什么啊？’我听说后，觉得这个人是不是傻啊？白花了多少钱啊！”不过，最后绫子还是笑着说道：“他就是这么顽固的人。”

被放养的三个小娃娃

顺应自然的上条，养育孩子的方式也跟一般人不一样。他的育儿方法就是“放养”，让孩子们自由成长，积极引导他们参与各种家务农活，让他们既能学着独立，也能学会关怀与感恩。

看到结麻在院子里跑来跑去的时候一头撞在木椅上，脸上出了血，却一声不吭，刚和他吵了架的和空忙跑过去查看。上条问了问儿子的情况，确定他没事之后，却笑了起来。

萍姐不禁问：“爸爸……爸爸不去做点什么吗？”

“他没事的。”上条说，“看着很可爱呀，忍着痛的样子。”

儿子们从小就会帮父母的忙，才四五岁就能拿着剪刀剪草，收拾树枝，特别乖巧可爱。

“要从力所能及的事开始，让他们学会做事。”上条说。

当然，这样的放养是有风险的。“结麻这根手指被削掉过一次，他（把手指）放进了自行车（单车）的轮子里，然后老大就骑了，然后（做瞬间削掉的动作）……这个（小指）手指头少了一点点。那个时候我带着两个孩子在这里，我老婆和三儿子小天在日本，我就决定回日本，带着他掉的手指，就冻一下，带上飞机，然后就去了。”上条笑道。

结麻的小拇指已经长出来了，但还是有点歪。“所以弹吉他比较麻烦。”节目组觉得这不仅仅是弹吉他麻不麻烦的问题，上条笑笑说道：“还是可以，应该有办法。”

有时候两个小男孩也会在厨房帮忙准备食材，他们乐于做家务，从洗菜到切菜，都做得有模有样。可看着那么小的孩子笨拙地使用菜刀，让身为母亲的萍姐特别担心。“虽然你们应该也是注意看着的，但是这样让他们在旁边帮忙干活，有时候我们看起来还是会觉得很危险。”

“你觉得很危险，但是其实你看，我家的第三个孩子小天，已经知道这个地方或是那个地方危险，像是火啊之类的，他知道什么是危险的。当然有的时候，他没能完全注意到，所以还是需要我们帮忙。”上条说。让年幼的孩子放胆尝试，也是对他们的尊重，“因为我们尊重他们的独立性，虽然他们是小孩。对人需要抱有最基本的尊重，也应该有最基本的注意，让他们自己去做，在他需要帮助的时候去帮，这样是最好的。”

绫子也说：“还有就是要让他们理解。只是跟他们说‘这样不行’的话，小孩子是不能理解的，但是大人们都只会说‘不行’。不跟他们解释清楚的话，他们有很多事情还是理解不了的。”

为了让孩子对身边的一切有更多了解，上条也会让他们观看动物变成食物的全过程。“我觉得应该让他们知道，动物是怎么被杀死的。”

在他杀鸡时，孩子们围在一旁聚精会神地看：斩鸡头、烫水拔毛。他们还在一旁玩起了鸡头。

“用水烫过后，就可以用手拔掉，很简单。”冬冬和孩子们在上条的指示下，一起挤在小盆前拔鸡毛。“以前也是这样操作的。”

拔完鸡毛后，上条对儿子们说：“吃了是可以长身体的，来给鸡道个谢。”

小孩子们齐声大喊：“谢谢！”

后来，冬冬问上条夫妇对于三个儿子的期许。和大多数家长都不同，他们对孩子“没有希望，没有要求”。

“只要能健康地长大就行了。别骗，别偷，有爱，就好了。”他们说。

“我不强迫他们也过这样的生活，他们自己选，他们想在城市里生活的话，我觉得还是可以的。但是我希望（就算）在城里生活，他们也知道菜是怎么种、大米是怎么种的。”让孩子自然成长，有能力自由选择未来的方向，为自己负责，是上条给予他们的最大的爱和培育。

乡村里的世界级盛宴

为了让儿子们认识外面的世界，感受多元文化，也为了和好友相聚交流，上条会不时地在家里举行派对。来自世界各地的朋友们聚集在这里，他们在上条的厨房制作自己的家乡美食，用自己种的蔬菜制成意大利薄饼，连烤薄饼的泥窑也是自己搭建的。冬冬也在小助手和空与结麻的帮助下，做了他最拿手的日式咖喱，获得众人的一致好评。

夜幕降临，上条家院子里燃起了篝火，喜欢玩音乐的上条会和弹吉他的外国朋友一起演奏自己创作的动感音乐，小朋友们在院子里尽情玩耍，其他人或坐或站，谈笑风生，谁饿了就自己去厨房盛点饭吃，随意又悠闲……很难想象这样的画面出现在中国一个偏僻的村庄里。冬冬感叹道：“中国大理变成了一个国际会所。”这是生活在城市里的人很难感受到的自由与惬意。

偶尔，上条会开着他的“敞篷车”（一辆红色电动三轮车）到城里逛市集。因为在当地小有名气，他经常会遇到这样的事：“有的人向我们打招呼，但是我们却不认识他，只能回一句‘你好’。”

“重点还是这一生玩了多少、享受了多少”

节目组趁他们难得进城，邀请他们在外面吃饭，以表谢意。这个举动甚得绫子欢心。“主妇每天都在家做饭，能在外面吃饭感觉好开心。”

冬冬问她，觉得在大理生活最不方便的地方是什么？

“没有可以听我用日语发牢骚的人。”绫子捂着嘴笑道，“我其实是很爱诉说的人，有很女性的一面，很想说话。日本女性不是会经常抱怨老公的吗？但是感觉中国人不大会这样。”

萍姐忙道："会说的、会说的，我也会说。"

绫子说："日本女性之间会说：'这让我很生气！''我懂。'说完就舒服了。不知道为什么，但是就是会很爽……我属于很能忍耐的……"

被抱怨的上条听着太太的话，笑道："干吗装得跟大和抚子一样。"

绫子反问："我不是吗？"

"你是怎样的人，我都是知道的。"上条笑着说。

绫子有着日本女性的特质，抱着孩子的她，是一位温婉的母亲。可以想象，如果没有遇见上条，她可能会在背包周游世界后，便回到日本勉强过起"正常人"的生活，泯然于繁华都市。但是和上条相遇相恋后，他带着她奔向了更加自由而快乐的人生，两人夫唱妇随，自给自足，甚至自己生孩子，却活得肆意潇洒。

当被问到住在大理的理由时，绫子说："没什么理由……不知道是什么理由。真的没什么理由。"

上条也是这样说。

想了很久之后，绫子说："简单来说，就是喜欢，因为喜欢这里。"

"其实这个是缘分嘛，缘分是我（用起来）最方便的一个词。"上条是这样理解的，"为什么你住在这儿？为什么我种地？为什么我过这样的生活？为什么我有三个孩子？为什么我遇见她？为什么我遇见你们？为什么你们来到这里？都是缘分嘛。这个事说不清，经历过后才知道的。"

上条有着最自由的灵魂，在山野丛林间如鱼得水，仿佛是大自然的孩子。与其说他选择了在中国居住，不如说他是在漫游的路上正好停留在了大理，一个能让他与自然共存的地方。那么未来呢？

绫子说："等和空十二岁，小学毕业了，就打算离开中国，暂时是这么打算的。到那时和空和结麻会写中文，能看懂中文，到了那种不会轻易忘记的程度，然后偶尔回中国的时候，还能找中国的朋友玩。等他们将来掌握中文后，还想让他们学英语，所以到时会离开中国。"

冬冬看着这与众不同的一家人，感慨良多，他问了他们一个在之

前的节目中从没问过的问题：“对你们来说，人生是什么？”

“人生？人生就是玩吧。对我来说，就是玩吧，除了玩没别的了。”上条说，“不管我说了多少听上去感觉很认真的话，说了多少自以为是的话，重点还是这一生玩了多少、享受了多少，在享受的过程中，可能才能发现各自的使命……绝对会发现自己的使命、自己该去做的工作的。”他转向太太笑道：“阿部先生的这个问题，问得太深刻了吧。这不是能简单回答的问题。”话虽如此，上条给出的答案，却是很多人不愿承认的真理。

上条的人生，就在耕种、玩音乐、养鸡、酿造、煮食、养孩子当中度过，“这些都是我的工作，甚至睡觉也是我的工作，我不认为只有赚钱的事是工作。对我来说，工作就是生活。”

什么是人生？我们总希望给人生下定义，结果反而给自己带来许多无形的压力与折磨。人生哪有答案，生而为人，本就是为了在世上体验一番，只要好好享受，就完成了最大的使命。

二〇二〇年，上条一家离开了大理，搬到浙江省建德市山清水秀的富春江畔。孩子们日渐成长，他们每天都要搭渡船，到江的另一边上学。上条则继续他的农耕生活。

“种地和做音乐，我应该会做很多年，会越来越有经验，这是很美的生活。”

导演后记 萍姐篇

我觉得上条是个哲学家。他们的生活其实跟普通中国人是一样的，去看病也是去当地普通的医院，买菜也是到普通的菜场。虽然他们一家都是日本人，但是特别融入当地的生活。

我在拍摄之前，觉得上条可能是很随意的人，以为他是受妻子影响才有了如今的想法。接触之后才发现，上条非常有影响力，他可以说是改变了绫子的人生。上条非常明白自己想要的是什么，不管周围的人说什么，也会坚持去做。他太强大了，什么都能自己学，什么都能自己做。敢想的人很多，但很少人敢做，他不但敢想敢做，而且还做到了，这让我很吃惊。要我为了达到目的而放弃很多东西，我可能做不到。我觉得他们应该是很有毅力的人。

他们对孩子的教育也很有魄力。其实三个孩子都是日本籍，明明可以带他们回日本上条件更好的学校，但他们并不想让孩子接受所谓的“很好的教育”，而是想让孩子理解生命、接触大自然。他们的做法猛地一听确实很奇怪，但是接触下来，就会发现有他们的道理。他们明确知道自己想给孩子怎样的教育，也能承受别人的非议，心理状态非常强大，能力也很强。我对他们就只有佩服，真的很佩服。

第三章

一步一个脚印，时间会证明我们的付出

为了学生必须留下——

日语老师

川端敦志

今后请每天非常努力地学习、
努力地参加活动，
如果有一天机会到来，
你们一定能发挥自己的能力。
你们一定要有这样的自信。

个人档案

住在赣州的日语老师

家乡：日本东京

职业：日语外教（外国人教师）

就职学校：赣南师范大学

曾获嘉许：庐山友谊奖（江西省授予外国籍教师的最高奖项）

爱好：弹吉他、养乌龟

喜欢的菜式：麻婆豆腐

结婚对象：工作

住在这里的理由：无论是对于我自己来说，还是对于学生来说，我都必须待在这里。

早上六点，下着小雨，冬冬和川端老师撑着伞，走在校园里。

“你几点起床的？”冬冬问。

“两点起床的。”川端老师说。

冬冬惊讶地问：“为什么起来得那么早？”

“要做上课的准备。”川端老师每天都会清晨起床，为当天的课堂做最充分的准备。

冬冬和节目组在大学校园里兜兜转转，每经过一间教室，都要趴在门口、窗边看一看。确定教室后，他敲敲门，门一打开，看到一位戴眼镜、梳着三七分头发、两鬓斑白、身形微胖的老师，这是在赣南师范大学教授日语的老师川端敦志。

川端老师身后的女学生看到冬冬，惊讶得瞪大了眼；教室里的学生们顿时起哄欢呼，十分兴奋。冬冬第一次感受到了《我住》粉丝们的热情。

赣南师范大学（赣南师大）位于江西省赣州市，创办于一九五八年，以前叫赣南师范学院，二〇一六年更名为赣南师范大学。节目组也是在这一年来到了赣南师大拍摄。学校有约两万名学生，在拍摄时，选修日语专业的学生一共二百七十人，其中不少是江西本地人，也有来自其他省市的，像川端老师开门时，站在他身后瞪大眼的女学

在上课的川端老师（2021年3月）

生王荻便来自北京，因为高考失利而来了这里。

之前王荻联系节目组，说：“我们的外教是川端敦志老师，他去年还获得了江西省授予外国专家的最高奖项：庐山友谊奖。”据说川端老师十分有趣，节目组就决定前来拍摄。

连日本人也感到困难的日语课

川端老师慈眉善目，一副标准的老师模样：穿着洗得发灰的衬衫、米色西装裤，脖子上挂着计时器，衬衫口袋里插着笔。他让节目组进入教室，然后指着冬冬说：“我来介绍一下，我知道其实不介绍也可以。这位是？”

学生们齐声大喊：“阿、部、先、生。”

随后川端老师便对冬冬说：“现在你也到一个组里，和大家一起学习吧。”

冬冬一愣，问：“学习吗？”

川端老师点点头，冬冬听话地找了个位子坐下，一个日本人学起了日语——和学生们讨论起来。

学生们并不能闲聊，因为今天要学的是日本古典文学作家芥川龙之介的短篇小说《罗生门》。川端老师在黑板上写了文章大纲和思考题，让学生们分成三个小组讨论，再汇报自己对文章结尾的见解。

即使冬冬是日本人，看着手上的小说，也感叹道："内容好难啊！"不过前一刻还愁眉苦脸的学生们，到了下一刻汇报时，却让川端老师眼前一亮。

"我在日本教这篇文章的时候，日本学生谁都没有想到你们所想象的结尾。其实我也不知道真正的答案，但是只要大家觉得这样说有道理，就可以了。"在课堂最后，川端老师对学生这样总结道。

"给他们机会，他们能做很多事情"

下课了，川端老师穿上风衣，把教具等杂物放进塑料袋里，一手拎着袋子，赶往下一个场地。节目组抓紧机会了解老师的基本情况。

"老师来中国多久了？"冬冬问。

"来了十三年了。"川端老师曾在上海、天津、河南等地的学校任教，今年是他来赣州的第三年。

正聊着天，川端老师却突然说："我也没有想到大家想象的《罗生门》结尾，所以说，我是一边教日本文学，一边学日本文学。"他仍沉浸在上一个课堂里，兴致勃勃地分享自己的感受。

下一节课在走廊上进行。川端老师说："接下来要练习一首叫《船歌组曲》的民谣。"

这一首连日本年轻人也不怎么知道的民谣，是学生们即将在日语节上表演的节目。他们搬来日本大鼓，其他的人排成几行，朝着走廊外的操场敲鼓唱歌，边唱边配合歌曲做动作。

看完学生们气势磅礴的表演，冬冬赞道："太棒了，很酷啊！"

"其实如果是现场表演，会更酷一些。"川端老师说。这一切都是学生们设计的，他们自己决定唱哪一首歌，自己构思表演动作。"如果老师或者学校不去压制他们，给他们机会，他们能做很多事情。我不会把我在日本教书的经验用在这里，我只是在想能为他们做什么，怎么让他们更有精神。"

川端老师（中）在天津时

川端老师（中）与学生

无论是课堂上的小组讨论，还是课外的演出练习，川端老师都给予学生自我发挥的机会，这是他在中国任教十三年所累积的经验之谈。

一周三天不吃午饭的老师

午饭时间到了，学生们甚至节目组都去食堂吃午饭了，但川端老师还在给学生们补课。他专注地倾听学生练习口语，在他们停下来的时候温和地笑着鼓励他们继续。

“老师，你不饿吗？”亮叔问。

“饿啊。”川端老师按着肚子，坦然地笑道：“饿了，真的饿了。”

可是饿肚子不重要，在他看来，如果一下课就走，然后跟学生说：“你们要努力。”学生是不会听话的。因此他坚持每个星期抽三天，利用午饭时间给学生们补课，陪伴他们一起学习。

他会根据学生的程度使用不同的教学方式，比如在教授基础班的学生时，会让学生站起来做课间操，大声练习最基本的语音。川端老师上课时十分投入，喊着喊着，发现镜头凑到眼前，才意识到正在拍摄，忍不住害羞地笑了起来。学生们一阵大笑。

爱吃肉的素食者

好不容易终于能休息一下了，节目组邀请川端老师去吃午饭。来到麻辣烫店，川端老师选择的却都是蔬菜和菌类。为了能以最好的状态面对学生们，喜欢吃肉的他却没有挑一点肉。

冬冬愕然：“不吃肉和上课有关系吗？”

“据说肉发挥的力量是瞬间力，而不是持续力，我想要持续下去。”川端老师说。

“是因为一天要上很多课吗？”冬冬问。

“不只是一天，要持续很多年很多年。”所以，川端老师成了素食者，确保自己能长期维持良好的状态。

凌晨起床，一大早便去学校上课的川端老师，并不是每天都精神十足。因此他更讲究吃饭、喝水、睡觉、运动这四方面的平衡。“根据最新的医学研究成果，精神健康和身体健康是同一个东西。不在乎身体健康的人，将产生精神健康的问题。同样，精神不健康的人，有一天身体也会不健康。”

为了调整自己的状态，川端老师有时会打坐。他解释道：“什么都不做，安静地坐下来，让自己静静地观察自己的样子。这个和宗教没有关系，我想有很平静的心灵、头脑、身体，人就会自然而然地变精神了。”

已经四十多岁的川端老师每天的生活都围绕着工作，下班回家了也会继续思考教学上的事情。他没有结婚，没怎么交朋友，休息的时候也很少出去玩，逢年过节大家都放假了，他还是留在学校。他笑言，自己“跟工作结婚”了。

“这是典型的日本工作狂啊。”亮叔在了解川端老师的日常生活后，只有这样的感受。他问川端老师：“你年轻的时候更帅吧，肯定很受女生欢迎对吧？”

“年轻的时候是的。”川端一怔，笑着说，“我年轻的时候有很多问题，不能说，如果说了，估计学生谁都不会接近我了。”

冬冬好奇地说：“只和我们说吧，我知道导演肯定会剪掉的。”

最后节目组只留下了川端老师的一句话：“在日本的小说里出现的好人，很多都是年轻的时候做过很多坏事，然后洗心革面变好的，所以人不做一些坏事，成为不了好人。”

无论他年轻时有多“坏”，现在能成为专注教学、一心为学生奉献，连眼神都充满了慈爱和力量的好老师，当中肯定经历了不少历练。

日本老师对孔子的向往

晚上，学生们为节目组准备了一个欢迎会。他们都在日语课上看过《我住》的节目，因此看到节目组后十分兴奋。虽然准备时间只有几小时，但是大家毫不马虎。晚会以穿蒙古族服装的女同学跳蒙古舞开场，接着有掰手腕等各种游戏，还有颁奖礼。主持人穿了日本浴衣和中式旗袍，盛装打扮。精彩的节目、礼堂里坐满的学生们，让节目组十分感动。

冬冬说：“我真的没有在国内受过这么热烈的欢迎，我觉得赣州的朋友特别地热情。”

而在川端老师的角度，这一场由学生们自己组织筹备的欢迎晚会，对他们自己来说也很有意义：

“也许大家觉得，赣南师范大学不是什么有名的大学，但是，如果你们每天学习、参加日语兴趣组的活动，平时都很努力地去练习的话，这样的活动很快就能组织起来。谁也不知道机会什么时候会来，不能看到了机会再准备。今后请每天都非常努力地学习、努力地参加活动，这样如果有一天机会到来，你们就一定能发挥自己的能力。虽

参与教职工排球比赛（后排中）

指导学生备战排球比赛（左）

然不是在有名的大学学习，但是努力的话，这样的活动也能举办得很好。你们一定要有这样的自信。”

润物细无声，川端老师利用每一个机会锻炼学生的能力，鼓励他们努力学习。他表示，自己来中国的理由有很多，因为喜欢汉字、喜欢吃麻婆豆腐等等，而当中最大的理由，是他对孔子教育理念的向往。一个人到底需要怎样的教育？不同的教育方式是否会令人生产生改变？这些都是他一直思考的问题。

“要组织学生们愿意去努力的课才行”

第二天一大早，川端老师便回到学校，给学生们上排球课。

他曾是日本排球名校选手，现在一周三次义务给校内的排球队进行训练。上课时，他发现学生们的步伐凌乱，在跟他们讲解的时候，摄影师听到川端老师的话，联想起自己擅长的羽毛球，便提出建议。川端老师一听，欣然接受摄影师的意见，更请他来教学生们羽毛球的步伐。

“真没想到能得到你的指教，谢谢！”摄影师教完后，川端老师真诚地躹躬感谢道，“今天你们能来看我们训练实在太好了！”

训练后，同学们手拉手匆匆赶去上课。节目组在校园里取景，冬冬和亮叔看到了让他们十分震撼的画面：一大早，学校各处都是学生，他们或站或坐，纷纷捧着书晨读，四面八方都是朗朗读书声。

在日本，很多学生在上大学期间都是以打工为主，这样专注读书的人几乎没有。根据日本全国大学生活协同组合联合会在二〇一七年搜集的统计数据显示，有约一半的日本大学生每天读书时间是零分钟。因此，看到赣南师大的学生大清早便在校园里晨读，冬冬和亮叔十分感慨。

“中国的大学生太用功了。我们应该向他们学习。”冬冬说。

节目组还曾拍到这样的画面：川端老师走向教室的路上，学生们跟在他身后，手捧教材，一直跟他对话、问问题，每一双眼睛都认真地看着老师，闪耀着求知的光芒。

“中国的学生和日本的学生有什么不同的地方吗？你觉得现在中国的教育制度怎么样？”节目组代微博上的粉丝提问。

川端老师说：“提问的人可能认为日本的教育是很好的教育，但是其实日本的教育存在很多问题。说是好事也是坏事，日本的教育给学生一种肉眼看不见的、要附和别人的压力，想去国外挑战的年轻人越来越少，很多年轻人都宅在家里，他们一直接受的教育是，如果不和大家做同样的事情，就不能在集体中生存下去，要消除自己和别人的不同。”

因此，川端老师在教育学生时，会给他们提供更多机会，让他们主动挑战、发挥自己的能力，并利用各种方式，增加他们在日常生活中接触和运用日语的机会。“我觉得，让学生记住课本上写的东西和自己知道的东西，这样的课很无聊，要组织学生们愿意去努力的课才行。我接受你们的采访，也是因为你们过来，会给学生们一个努力的动力。我认为这也是教师的工作。”

于是，继邀请摄影师教学生们羽毛球步伐后，在大一学生的表演课上，川端老师顺理成章地邀请冬冬指导其中一组学生练习诗歌朗诵，为下周的比赛做准备。冬冬看着胆怯的学生们轻声细语地“朗诵”，指导他们，“先把声音发出来，用喊的也可以”。

冬冬让学生们反复练习，又给他们示范如何在声音里加入感情。而这时，川端老师却搬了一套桌椅，坐在教室外面的走廊上，默默观察着四周分组练习的学生们。

他说，老师应该培养学生主动思考和发挥创意的能力。“如果只考虑眼前的话，我把一些经验教给他们，让他们下个星期发表一下，会很省事。但是想到到了大三，这些学生能有多少创造力的时候，我就觉得应该让他们自己琢磨怎么去表演。”

不直接指导，而是默默守护，让学生在自由的环境中自行领悟。这是川端老师一直以来奉行的教育理念。

跟工作结婚的工作狂

在中国待了十多年，川端老师所思所想的都是如何更好地教育学生。但是鼓励独立思考、主动学习的教育方式，有时可能会让一些人难以接受。面对不同的意见和态度，川端老师坦言他也会感到为难。“比如学生作业写得不认真、不用心的时候，我会觉得：天天这样上课也没有用啊，就会很难受。”

有的时候，他甚至想着想着就睡不着了。“那样的时候我看看书，或者找一找我和对方彼此能妥协的地方。我最近觉得‘不一样’并不是不好的事，大家的想法都不一样，才有在一起的意义……学生的人生和我的人生是不同的，在日本，老师和学生之间往往也会发生矛盾，这是理所应当的。”

于是他会尽量抽离自己的情绪，更客观地对待每一天的课堂。川端老师引述“现代管理学之父”彼得·杜拉克（Peter Drucker）的话：学生并不笨，尽管每个老师的教学法、方法、理想不同，但是学生们能感觉到这位老师很努力，也会知道从这位老师身上学到了什么。“当然不可能人人都拥有和我一样的目的，这样也不太现实，但是，我相信学生能理解我是用怎么样的心态来教书的。”

学生的眼睛是雪亮的，川端老师尤其受女学生欢迎。

“我觉得川端老师很萌、很可爱。”一位女学生说。

还有一位女学生说起了和川端老师一起吃饭时的趣事：“日本的习惯不是不能剩菜吗，川端老师就秉着那个精神，把配菜的辣椒和主菜一起吃，因为他想着不能剩。但是他吃了以后又觉得很辣，我们老师就忍不了了。我们就跟他说，其实这个是可以不用吃的。”

冬冬问她们：“你们希望他早点结婚吗？”

“当然希望啦！”她们说。

听说外国教师每两三年就要换一个新城市，亮叔最初以为，川端老师说自己“跟工作结婚”，只是因为还没遇到合适的人，直到问他：“准备什么时候结婚？”

川端老师笑了笑，然后认真地说："我也许不会结婚。"

亮叔一愣，"终身吗？"

"终身不会结婚。"川端老师肯定地说。

他解释道："学生要是有突发的事情需要和我商量，我可能会取消和妻子事先约好的事，而且不止一次两次，会一直有这样的情况。"

亮叔听着听着猜道："你是有过这样的经历吧？"

川端老师笑了，说："是的，之前经历过。"这是他与前女友的曾经。

"你觉得学生比你自己重要吗？"冬冬问。

"最终还是自己最重要，学生的幸福与不幸福，和我的幸福与不幸福息息相关。"川端老师说。

"为了学生不结婚，中国有这种老师吗？"亮叔问摄影师。

"理解不了。"摄影师说，"我们中国人就是希望能平衡。"

"他是希望你结婚。"亮叔补充说。

刻意营造孤独的环境

川端老师到过中国很多地方，认识了不同的人，但是他每天都会感到孤独。而这种孤独，某种程度上是他刻意营造的。

"可能原因在于我的性格，我决定在工作的地方尽量不交朋友，学生也不例外。因为假如在工作上有什么问题、需要严格要求学生的时候，要是对方是朋友，就有点难开口。我认为，很多人会觉得朋友给自己提建议的话会很烦。"川端老师觉得，"我来中国不是为了交朋友而是为了工作，因此我要和周围的人保持一定的距离，所以我故意造出一个孤独的环境。不过我觉得孤独才能让我反思。历史上的圣人：释迦牟尼、耶稣、苏格拉底、孔子，这四个人都曾被弟子背叛，所以我这样的人被人嫌弃、觉得很孤独是理所当然的。"

在国外工作和生活，也让他不断思考日本的历史、自己的身份，以及在国外工作的意义。"我觉得'孤独'给了我一个再学习的机会。"

这天晚上，节目组来到川端老师的教师宿舍。直到这时他们才知道，川端老师为了教育放弃个人幸福，宁愿孤独地生活的极端想法，

赣南师大校园

与他的童年经历有关。

“我家有很大一个问题。”川端想了想，然后才说，“我是在一个没有家的孩子们聚集的学校里长大的。那里的孩子中学毕业后，必须自己生存下去，就连高中也去不了。所幸的是，我的学习成绩和排球都不错，得到了高中推荐入学的机会。没有这些机会的孩子们只能找夜间的工作。”

他看着自己的同伴们因为没有机会，走向了不同的人生。“在进入社会之前，如果受到了对自己、对社会产生负面认识的教育，人会变成什么样，我感觉这样的事并不完全和我无关。”

因此，当节目组问他住在这里的理由是什么的时候，川端想了想，说：“也许听起来很傲慢，我觉得我必须要待在这里。无论是对于

2015年获江西「庐山友谊奖」

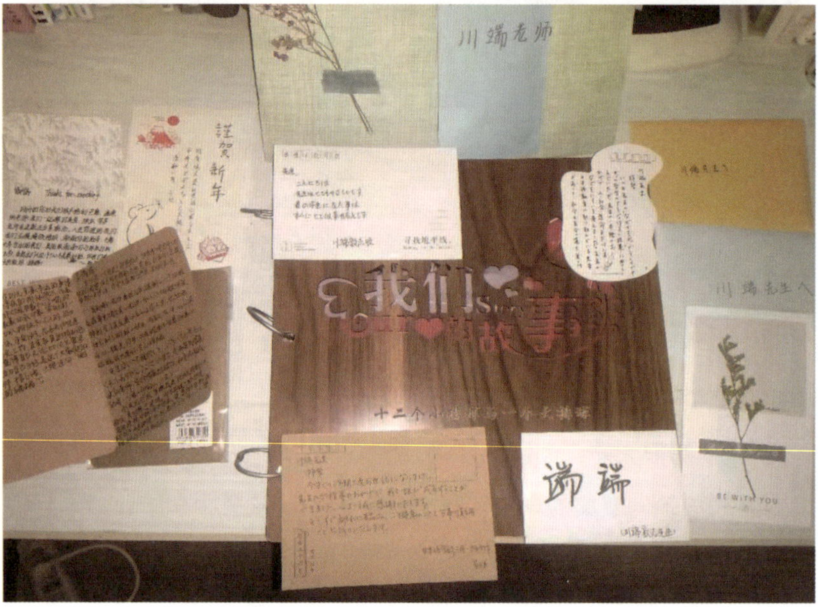

毕业学生的来信

我自己来说，还是对于学生来说，我都必须待在这里。”他顿了顿，又笑着说：“还有一个理由，我喜欢吃麻婆豆腐。”

“麻婆豆腐？”冬冬问。

“我一直想尝一尝中国真正的麻婆豆腐。”川端老师又流露出了可爱的一面，“我会被奇怪的地方所吸引。”这大概是因为日本人对于麻婆豆腐真的爱得深沉吧。

直到上最后一课之前，都要朝理想的方向前进

访问快结束时已经是晚上十点了，川端老师却仍要工作。他每天晚上会在笔记本上写下对当天工作的反省和要继续保持的地方。比如，他对前一天晚上欢迎会的总结是：

主持：准备、练习都 OK

流程：时间掌握得好

准备：应该感谢三年级

观众：能准时开始

收拾：应该让一年级做

做好总结，川端老师才完成了一天的工作。不过他休息不了几个小时，就又要起床，为第二天的课堂备课了。

中国有很多日本老师，但是川端老师绝对是当中特别的一位。为了学生，他选择与工作结婚，坚持吃素，每周三天不吃午饭给学生补课，每天两点起床为上课做准备……每一天每一天，他都在用心教导学生，鼓励他们勇敢尝试。多年来全心全意为学生奉献，令他获得江西省优秀外国教师的嘉许，但是，对他来说，这远不如学生们给他寄的信更让他高兴。

川端把获得的奖牌和多年来学生们的信、和学生的合照都放在一起，妥当收藏。现在这些学生不少正在日本发展，以后说不定《我住》里也会出现他们的身影。

当节目组把川端老师的珍藏一一拍下来的时候，老师一直凝视着它们沉思。亮叔问："你一边看一边在想什么呢？"

川端老师仍然沉默地看着。

亮叔想了想，试探地问："是根本没在看吗？"

川端这才回过神来。"我没在看，我在想刚才赵小姐（萍姐）说的要让学生们背书。阿部先生也说了，不能只是让他们朗读。"

亮叔说："我以为他在看这些资料，在怀念，结果不是，是在想明天上课的内容。"

摄影师断言道："他肯定不是那种人。"

川端老师笑了。

亮叔觉得，中国大学生和日本大学生的学习态度完全不一样，中国的大学生在上课时认真听讲，下课后积极学习，也许川端老师在日本任教的时候不曾有过这么大的成就感，才令他分外投入吧。

在节目组于二〇一八年以书面形式回访时，川端老师表示："我还没感觉到真正的成就感，我想实现的工作还没真正完成，恐怕我一辈子也实现不了。我听说过，怀有巨大梦想的人在向着梦想前进的途中就结束了人生，我深刻地觉得这番话是真的有道理……说到学习方面，学生开始积极追求课本以外的内容的时候、追求我给他们的课题以外的内容的时候，我才觉得做老师真好。可能要到在中国上最后一节日语课的那一刻，才会感觉到真正的成就感吧。"

导演后记 亮叔篇

川端老师超级腼腆！他是个超级典型的日本人——非常认真的工作狂。通过川端老师能够学习到日本人的优点。很多日本人来中国后，多多少少会中国化，本来拥有的属于日本人的特质都慢慢消失了，但是他一直保持，对工作态度认真，对待每一个学生都非常公平，是非常负责任的一个人，就像是上个时代的日本人一样。

川端老师对每一个学生都超级热情、超级负责任，有这样的老师肯定好呀！如果是在日本当老师的话，他是不会满足的，因为要是遇到不负责任、对老师不热情的学生，那就只有单方面的交流。中国学生对老师非常热情、尊敬、崇拜，他们能有双向的交流，他应该很有成就感吧。

是命运的安排

林冠生态学教授

中村彰宏

其实昆虫并不只是有害的，
它们非常重要。
如果没有昆虫，
世界会变得非常糟糕。

个人档案

住在西双版纳的林冠生态学教授

家乡：日本神奈川县

职业：中国科学院西双版纳热带植物园研究员

特长：全副武装地爬树

住在这里的理由：是命运的安排

亮叔问："如果你家里有虫子，你不会打死它们吗？"
Aki 教授说："蟑螂的话我会打死，想都不用想。"
亮叔笑道："你这样不行啊！"
Aki 教授不以为然。"这是两码事。"
"这样啊，"亮叔说，"那蚊子的话杀死就行了？"
"对，要杀死，我才不会让它吸我的血！"虽然做着研究昆虫的工作，在家里的时候，Aki 教授对"研究对象"仍会毫不留情。

西双版纳傣族自治州位于云南省西南方，其西南与缅甸接壤，东南与老挝相连，地处热带边缘，北边又有高山阻挡南下的寒流，一年四季气候温暖潮湿，成为中国热带生态系统保存得最完整的地方，动植物物种十分丰富。这里最有名的景点之一，是"中国科学院西双版纳热带植物园"（中科院植物园）。中科院植物园面积约一千一百公顷，距离中缅边境仅二十多公里，是"集科学研究、物种保存和科普教育为一体的综合性研究机构和国内外知名的风景名胜区"。不过当亮叔一下车，放眼望去，就只有一个感想："除了森林之外只有我们。"

在这片广袤的森林里，有近三十个研究组，"驻守"着数百位来自全球不同国家的研究员和研究生。亮叔和节目组千里迢迢来到这里，为的就是寻访当中的"林冠生态学研究组"组长、日本教授中村彰宏（Aki 教授）。

位于云南省的中科院植物园

跟着“大变态”去森林玩耍吧

Aki 教授皮肤黝黑、打扮随意，说话语速很快，笑起来莫名带有一股“邪气”。除了鼻子上架着的细框眼镜，他看起来实在不像是做学问的人。当有新的志愿者来到，他会一边用眼镜布擦着眼镜，一边自我介绍说：“你好，我叫‘大、变、态’。”

“我总是这样，比如有人说‘你是教授啊！’的话，我都会说：‘不是，我是大变态。’人家就会想，你到底在说什么？”这样的自我介绍方式令人震惊，他却说：“把‘变态’的影响力推向全世界吧！”

这位“学者”看起来似乎有点奇怪，让人不禁对他的研究内容感到好奇。在中科院植物园的网站上，是这样介绍林冠生态学研究组的主要研究方向：“跨纬度 / 海拔梯度的群落学；林冠 / 林下尺度的生态

食物网—物质循环；林冠／林下群落对全球气候变化的响应……”看不懂吗？那么换个简单点的表达方式：研究住在树木上的昆虫生态。

昆虫是世界上物种最丰富的动物类群之一，天上地下、无处不在，是生物进化史中最重要的动物类群。当中有蝴蝶、甲虫等漂亮的物种，而更多的是屎壳郎、蚂蚁、蜉蝣、飞蛾等让人厌恶甚至害怕的，它们都是Aki教授的研究对象。

和其他待在实验室里的研究人员不一样，林冠生态学研究员需要到野外观察、接触研究对象，因此Aki教授工作的地方不是在办公室，而是在森林里。

和Aki教授一起走在路上，要有随时停下脚步的准备。比如，当看到屎壳郎推着种子过马路，一辆车轧过，屎壳郎却安然无恙时，他便会停下来盯着虫子仔细观察。

“这个种子的壳非常硬，你摸一下就知道了，这种子就跟石头一样硬。它是怎么在跟石头一样硬的种子上开了个洞的呢？（虫子和种子）应该已经分不开了。”说着就在路边坐了下来，摆弄手上的虫子，“你看，完全戳进去了。很厉害吧？好有趣。”

Aki教授专心地玩着虫子，突然虫子掉了，种子和虫子分开了，“对不起！掉下去了，对不起！”他跟虫子一个劲儿地道起歉来。

教授的教室在热带雨林里，他骑着摩托车带亮叔前往上课的地方，一看到自己的学生，便跟他们大声打招呼，又魔性地大笑起来。

这天的课程是设置陷阱：制作各种机关捕捉昆虫。学生们要把用黏土做成的假青虫放在森林里不同的位置，第二天再来观察有没有别的动物在“毛虫”身上留下痕迹。

“其他动物咬上去的时候，大概会知道是假的。虽然咬过之后动物离开了，但是会留下牙齿印，这样我们就能大概知道是什么动物咬的。通过这样的方式，就可以看出一个地区的捕食率是多少。”Aki 教授向节目组讲解看似好玩的实验背后的生态意义——“全球假毛虫计划”由瑞典农学院的科研人员发起，Aki 教授被邀请参与实验。研究成果还登上了著名的学术期刊《科学》(*Science*)杂志。后来，他又在多本国际级学术杂志上发表了几十篇论文，从助理教授升为教授。

在课堂上，Aki 教授带领学生们设置了各式各样的陷阱：鱼坠、巨型弹弓、纱网、自己发明的捕虫装置等，轮番上场，为的是在捕捉、研究昆虫的同时也不会伤害它们。

“我们做的事很有趣吧？一点都不学术吧？”他兴奋地问。

的确，节目组实在没办法把这样的课堂跟“做学问”联想在一起。在这里，连平时大家忌讳的大便，也可以成为陷阱中的诱饵，吸引屎壳郎、蝴蝶、蚊子停驻。

Aki 教授说：“用不同生物的粪便可以抓到不同的虫子……虫子们都很喜欢吃人的粪便，因为很有营养，很好吃。”

至于女性必备的卫生巾则是绝佳的吸水好物。Aki 教授举起卫

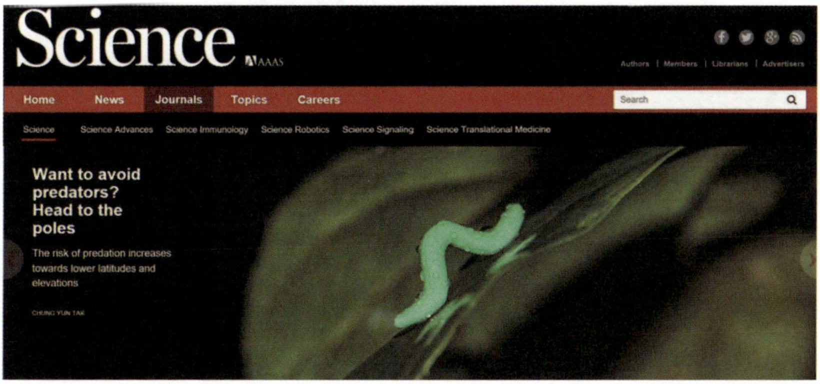

Aki 教授发表在 Science 上的研究成果

生巾，自豪地笑道："只有'变态'才会想到用卫生巾，一般人是无法想象的。这是我的主意，我就想：用这个做实验不正好吗？挺好的吧。"

学生们兴致勃勃地捕捉昆虫，Aki 教授却躺在一旁的草地上休息。"昨晚我女儿发烧了，然后我一整晚都没睡。"说着笑了起来，"好想在这里睡一觉，真的好累。"

亮叔站在旁边，十分感慨道："我是住在城市的人，不敢这么做（躺在草地上）。我的裤子会脏，衣服也会脏，要考虑各种各样的问题。他是野生的。"

从日本，到澳洲，再到中国

研究昆虫的“野生教授”性格随意洒脱、不拘小节，也许因为每天都跟大自然直接接触，所以哪怕回到办公室，仍然保留着在野外的习惯：随时随地席地而坐。

在办公室和学生谈事情时，Aki 教授直接坐在茶几前的地上，无视身后的沙发，“这儿坐得舒服。”屈膝挤在沙发和茶几中间的教授，以一种在别人眼中看来一点都不舒服的姿势坐着。

“我上周在机场的地上睡了两晚。”他又说。

亮叔问：“因为觉得找宾馆麻烦吗？”

Aki 教授拆开茶几上的零食吃了起来，说：“因为转机中间只有八个小时的话，住宾馆太傻了。”

亮叔不认同，说：“有八个小时的话我肯定会住宾馆的。”

“第二天云南省给我准备了最高级的酒店。”这时 Aki 教授吃完一口零食，把手随意地在裤子上擦一擦，然后继续吃了起来。“感觉我的人生真有趣啊！虽然这话自己说有点奇怪。”

一边吃零食，一边不停地拿裤子擦手，一边东拉西扯，“我以前单身的时候，钱都用在女人身上，用在约会上了。没有存款，不知道之后会怎样，当天挣当天花，就像蝈蝈一样。”

亮叔也学着 Aki 教授那样坐在地上，教授问：“不觉得很舒服吗？”

亮叔站起来，回到沙发上，说：“我觉得坐在这里比较舒服。”

Aki 教授特立独行的个性，从高中便初见端倪。由于讨厌日本的高考，他自神奈川的高中毕业后，便独自前往澳洲的葛瑞菲斯大学（Griffith University）攻读生态学，学习通过观察昆虫生态来研究环境问题。毕业后，他先后在该校和州立博物馆担任助手，直到二〇一三年手头上的项目结束，才开始思考往后的工作。

“在日本，我都是在面试的时候被刷掉的，他们大概都觉得我是个怪人，看起来脑子不太正常，还是不要录用比较好。”教授露出了招牌的古怪笑容，“在不知道该怎么办的时候，这里的人对我说：‘那你

Aki 教授一家（后排右七至九）与学生们

来这边工作不就好了？’所以我就来了。”

在澳洲期间，Aki 教授曾因为一个科研项目在云南的原始森林里住过一段时间。在收到项目组成员的邀请后，他于二〇一三年来到西双版纳，担任副研究员，四年后当上林冠生态学研究组组长，二〇一九年成为中科院植物园的研究员，直到现在，每天都过着做昆虫研究、带学生的生活。

“西双版纳对于生态学者来说，是个很想来一次的地方，真的非常有名。我来了这里之后，比起在澳洲的时候，见到了更多各种各样的人。”

亮叔发现，在 Aki 教授的研究组里有好几位成员都是日本人。教授开玩笑地说：“是的，西双版纳一半以上的日本人大概都在这里。”

中科院植物园汇聚了来自全球的生态学学生和研究人员，每年都有数以百计来自三十多个国家的研究人员来访，和近三百名研究生在这里研究和生活。节目组便遇到了来自老挝、日本、孟加拉国、巴布亚新几内亚、泰国、柬埔寨等国家的学生们。大家都用英语交流，Aki 教授上课时也是说英语，所以来了中国七八年，他的中文仍旧一塌糊涂。

“如果没有昆虫，世界会变得非常糟糕”

中午 Aki 教授带节目组去每天吃午餐的食堂，三菜一饭，十三块钱，十分便宜。“还挺好吃的吧？我还挺喜欢的。”

亮叔吃了几口，问：“这能说是好吃吗？”

Aki 教授调侃道：“你说什么啊，太奇怪了！一般这种时候应该说好吃才对吧？一般来说不是这样的吗？”

“因为我是很诚实的。”亮叔坦白地说，“一点都不好吃。”

大笑过后，Aki 教授说道：“不管怎么说，这些菜还是很健康的。”

亮叔忍不住笑了，说：“你还是很乐观的。”

“我吗？不乐观在这里活不下去啊。”毕竟他也只有食堂可以选择。

亮叔直言道：“我受不了这种生活。”

可是唯有物资匮乏、人迹罕至的热带雨林，才能孕育最丰富的自然生态。活跃开朗的 Aki 教授为了他的昆虫研究事业，就这样沉下心来，留在了西双版纳，一待便是好多年。

研究树木上的昆虫的人，在全世界都属少数，那么，当初他为什么选择研究昆虫呢？

亮叔问 Aki 教授：“是因为小时候喜欢抓昆虫，所以才走上这条路的吗？”

“小时候也会抓昆虫，不过更准确地说，是因为我对环境保护很感兴趣。我小时候居住的地方一直在做住宅开发，让我觉得很讨厌。原先想要加入绿色和平组织，但是他们的思考方式非常死板，不会从综合角度看问题。只知道做保护，我们是活不下去的，人想要活下去，就一定要去杀死一些东西。素食主义者也不可能不杀生。说句玩笑话，‘如果不想杀生的话，你自己就得死了。’真的是这样。”Aki 教授投入生态学专业的初衷是关心地球的环境问题，“一直以来，我习惯以客观的角度看待人类发展进程，在此基础上考虑环境保护的问题，于是就走上了研究者这条道路。”

“当然也有做出一点贡献的想法。昆虫并不只是有害的，其实它们非常重要，没有昆虫我们也无法生存。像是授粉活动便必须依靠昆虫；没有苍蝇的话，腐烂的东西就会一直在那里；没有屎壳郎的话，大便就一直在那里。正是因为有这些昆虫，自然系统才能循环，所以昆虫是非常必要的存在。如果没有昆虫，世界会变得非常糟糕。”

但是站在普罗大众的角度，“昆虫对人类很重要”或许是难以理解的，或者更确切地说，是难以接受的观点。亮叔问摄影师：“你喜欢虫子吗？”

摄影师回答：“我不喜欢。”

“你看，大家都不喜欢，大家都讨厌。”亮叔指出。

“所以我们必须要改变这种想法。”Aki 教授觉得，必须要做些什么，让人们对于昆虫的重要有更多认识。“虫子并不是可怕的东西，是对我们很有用的东西，为了让大家觉得它们很可爱，我们还有很多事情要去做。”

以经年累月的数据来修正人类的主观判断

第二天早上，一行人再次来到雨林，检查前一天放置的陷阱。Aki

Aki 教授（左）手上拎着捕捉昆虫的装置

教授摘了眼镜，凑到陷阱前，仔细地观察里面的飞蛾、蜉蝣、甲虫。一只比指甲盖还小的虫子，也许都能改变当下的生态环境。

“我们发现的新品种大多数都是小虫子，这会对研究昆虫的适应性有很大贡献，所以不能忽视这些小的虫子，因为好看不好看、很小什么的，都只是人类的主观判断。看起来很可怜什么的，都是人类的判断而已。”Aki 教授说。

亮叔十分认同，说：“我们总是通过外表可不可爱、好不好看来判断事物，全都是人类主观的判断罢了。”

“是的。”无论是人类还是昆虫，Aki 教授都一视同仁。后来他也说：“大家都会觉得蚂蚁应该很笨吧？可是蚂蚁明明十分厉害，那么小的头脑，只能做一些简单的事，却可以聚集起来完成一件大事，比如说筑巢，不觉得它们其实很聪明吗？”

热带雨林里存在着太多未解之谜，Aki 教授的工作便是通过基础研究，了解在雨林中生活的昆虫种类和其中的生态构建。昆虫适应能力强，品种和数量多，是研究自然生态时理想的研究对象。捕捉昆虫，并不是为了发现新品种，而是为了采集大量样本数据，通过研究昆虫生态，来了解全球生态环境的变化。在野外捕捉的昆虫，最后会成为标本，并附有标签，把各种相关资料，像是品种、出没地点、高度海拔等信息，一一记录下来。

来到 Aki 教授的标本室，有比手掌还大的蝴蝶标本，翅膀上的花纹就像蛇头一样。“感觉要被吃掉的时候，它们会这样（上下）挥舞翅膀，看起来就像蛇的头在动一样。”

“蛇头蝶”猛地一看有点吓人，亮叔和摄影师说，要是在森林里遇到这么大的蝴蝶，肯定害怕得掉头就走。Aki 教授十分不解地说：“为什么啊？我倒是非常想遇到。”

“因为非常可怕啊！”亮叔说。

“我无法理解你们的脑回路。”Aki 教授又拿出了另一份标本说，“这些是它们的拟态（物种在演化中获得与另一物种相似的特征，以模糊捕食者的认知）。”

“为什么要模仿别的蝴蝶？”亮叔问。

“因为有的蝴蝶是有毒的，模仿者自己是没有毒的，它们模仿有毒蝴蝶的样子，以防自己被吃掉。很有趣吧？”

教授再拿出一份蚂蚁标本，里面排满了蚂蚁和小小的标签，让摄影师感叹道：“有密集恐惧症的人看不下去了。”

“每天看着这些会疯掉的。”Aki 教授笑道。

在外人看来，于野外设置陷阱，用各种方式捕捉、研究昆虫的工作，就像是每天都在玩耍，可是对于研究人员来说，每天如是的生活，就跟我们不停处理文档、计算数字一样，也是不断地重复。为了地球的未来，一个个研究员就这样把人生最好的青壮年时光，都奉献给了一只只不起眼的小东西。

亮叔问教授：“你觉得虫子哪里有趣？”

“哪里有趣？因为对它们完全不了解，所以觉得有趣。会有很多新发现……通过研究会发现自己以前的想法其实是错的，这也很有意思。”在他看来，“这个地球上有七百万种生物，其中七八成都是昆虫。昆虫因为体型很小，所以可以成功在各种地方生存，我觉得很有趣。”

对于 Aki 教授来说，昆虫生态学带给他很多惊喜。他现在更专注于昆虫基础学，通过研究昆虫“在哪里”“会去哪里”“会不会回来”这三个问题，探索人为因素对生态系统的影响。

“其实大家都知道人类对自然做了不好的事情，但是很多时候，我们不清楚大自然会对此做出什么样的反应，当然需要有人去弥补人类的过错。而我现在集中去做的是采集基础信息，通过这些数据来证明自然环境会受到什么影响。可能十年、二十年后才会看到结果吧。”

吃昆虫可以“拯救世界”？

研究员们每天都和昆虫打交道，其中一个“交流”方式就是：吃。

西双版纳是傣族自治州，据说傣族有句老话：“绿的都算菜，动的都是肉。”这里有很多以昆虫入馔的佳肴。因此，当 Aki 教授听说节目组里有一个“什么都能吃”的助手时，就决定带他去挑战特殊的食物：竹虫。

他带节目组到菜场，买了约一斤的新鲜竹虫。

“虽然说这些是从森林的竹子里取来的，但抓来卖其实不太好，因为数量越来越少，很多都被抓了。”说着这番话的教授朝镜头举起了一袋白白胖胖、不断蠕动的虫子，“很好吃呢！开玩笑的。”

这种让人看起来头皮发麻的虫子，在当地却是一种很常见的食材。买好竹虫，交给傣族饭店处理，用水煮过以后再用油炒，就可以上桌了。

Aki 教授吃着虫子面不改色，那“什么都能吃”的助手呢？

“完全不知道这是什么味道。我直接吞了。”助手心有余悸地说。

Aki 教授很不赞同，他说：“你说什么？不行，你要好好品尝才行。你想一下，比如说虾，和虾相比，这些虫子可爱多了吧。”

“不好说……”助手怯怯地反问，“你的良心不会痛吗？”

“良心会不会痛？你吃鱼的时候良心会痛吗？”Aki 教授问。

“你不是在研究这个吗？”助手问。

“我虽然在研究，但是我已经杀了好多虫子了，这些虫子没关系，因为是食物。”Aki 教授说。

助手鼓起勇气，再夹了一筷子虫子。Aki 教授忙说：“你不能直接吞掉，必须咀嚼十次。”

助手面有难色地说：“十次不行。”

“那五次吧。一、二、三、四、五。”

助手听话地咀嚼了五次，最后想吐又不好意思，痛苦地吞下去了。

“以昆虫作为食物，可以拯救世界。”在教授看来，“给牛和猪吃很多饲料，到最后只能得到很少一点肉。但是（喂养）虫子的话效率更高，给它们一点饲料就能得到相应分量的肉了。”

根据科学研究，生产牛肉所需的资源是猪肉、蛋类等食物的十倍，还会制造大量温室气体，对环境产生危害，因此，近年来人们重新思考吃昆虫的可能。虽然 Aki 教授赞成吃虫子，却对人们一边倒批评吃牛肉的风潮抱有疑问。“如果完全不吃牛肉，不就是失去了吃牛肉这一文化的价值了吗？要维持其中的平衡。完全不吃的话，人生还有什么乐趣？如果不能吃好吃的东西的话，不如死掉。”

Aki 教授最讨厌以人类自我感觉为中心的思考方式，他尊重世上每一个生灵，但这并不代表他反对杀生，正如他所说的，“只知道做保护，我们是活不下去的。”更重要的是取得平衡。对某一物种或某种资源过分掠夺或过于保护，都不是我们与地球相处的最好方式。毕竟怎样才叫掠夺，怎样才是保护，往往都是我们的主观想法。

觉得人类就是世界的中心，和其他动物不一样，是聪明的，是特别的，是地球的主宰，从而主观判断其他生物应该获得的生存空间和状态，这是特别狂妄自大的想法。众生皆平等，地球上并不是只有人类，地球的资源也是所有生灵共享的。在社会发展的同时，我们也要注意对资源的合理运用。因此，像 Aki 教授这样的生态学者，他们的工作很有意义——唯有经年累月地采集数据，才可以更有效地判断生态环境的改变，从而能站在更加客观的角度，于环境保护和善用资源之间取得适当而合理的平衡。

“泰山”教授的树上历险记

亮叔曾问他：“这份工作的魅力是什么？”

“自由，非常自由。”Aki 教授说，“当然有很多必须要做的事情，只要完成好这些工作，就会很自由。”

比如，他为了更好地研究树木上的昆虫，在拍摄前不久才掌握了

一门新技术：全副武装地爬树。

为了学会爬树，他还去了一趟马来西亚，到专门的机构学习。“要采集树上的样本，采集树叶或是捉虫子的话，就一定要爬上去。”

亮叔笑道：“感觉搞不清你的职业是什么了。”

Aki 教授不以为然地笑笑说：“姑且还算是个教授。”

他对身旁的学生说：“有时候我们会找专业的攀爬人员来做这类工作，不过为什么不自己来呢？自己来比拜托别人做更有趣，对吧？”

教授在吊绳的帮助下顺利爬到树顶，其后却遇见了爬树时的大敌：蜂巢。他被吓得不敢动弹，好不容易下来后，已经浑身是汗。坐在地上喘着粗气休息的他感叹道：“真的很费体力。”

亮叔在旁边说：“你年纪不小了。”

“你说什么？”Aki 教授嚷着，“才不是这个原因！”

他做示范时，将爬树的绳扣连在皮带上，结果拆除装备的时候，顺带把皮带打开了。尴尬的教授连忙转身系皮带，与众人一起大笑起来。

这样的课堂实在太欢乐了，亮叔直言道：“好像探险俱乐部的课程一样，完全没在做学术。”

Aki 教授也认同，他说：“是那种感觉。这些会在周末做，要是工作的时候做这个，看起来就像在玩一样。”

一份多达五十人的“神秘名单”

在这个远离尘嚣的小型社区里，人们的娱乐确实不多。这天晚上，Aki 教授邀请节目组参加他和学生们的烧烤聚会。在场的二三十个学生来自世界各地，他们就像家人一样相处，几乎每个月都到附近的烧烤店聚餐。

Aki 教授看着兴奋的学生们，想起了往事："我还是独身的时候，就会从这类聚会开始，和身旁可爱的女生搭讪，一起喝酒，大家都挺开放的。"

亮叔问："现在不会搭讪了吗？"

"现在不会了。"Aki 教授说，"但是，以前我写了一个前女友名单，被我老婆发现了。"他邪气地大笑。

"为什么会有这种东西啊？！"亮叔难以理解。

"因为我是学者，无论是什么都想记录下来啊！"Aki 教授笑道。

亮叔觉得，这种怪异的行为，跟是不是学者完全没有关系，但他更好奇 Aki 教授的妻子发现名单后的反应。

"还好妻子的名字是在最后的。"

亮叔问："名单上一共有多少人？"

"五十人。"说完，Aki 教授又哈哈大笑起来。

节目组听到这个数字十分震惊，莫非当教授的人特别受女性欢迎？

"不受欢迎。"Aki 教授一开口就是金句："你真是什么都不懂。追女生跟你的名声什么的一点关系都没有。重要的是，要将自己毫无隐藏地展现出来。你要是说了你的职业、名气什么的，人家就会立刻走开。"一番话引得大家赞叹不已，纷纷说教授果然是情场老手。

Aki 教授和妻子 Pear 及女儿

Aki 教授离过一次婚，和前妻生的儿子十多岁了，如今在澳洲生活。现任妻子 Pear 是泰国人，两人育有一个非常可爱的女儿，一家人十分幸福。Pear 和女儿跟着教授住在西双版纳，他们的家每个月的房租才一百五十块钱。

亮叔问 Pear：对 Aki 教授的第一印象是什么？

“第一印象就是他看起来非常善良，是个好人。”Pear 说，“当时他也告诉我了，他有一个儿子。”

亮叔又问：“你们认识的时候她知道你是教授吗？”Aki 教授转向太太，Pear 摇摇头，说：“不知道。”果然，追女生的技巧是：不要透露自己的职业。

在昆虫世界里默默努力

Aki 教授没有半点“教授”应有的模样，但在他洒脱随性的背后，恰恰有学者心怀的大爱，对万事万物一视同仁；而他语出惊人的话，往往蕴含着值得深思的哲学意义。

他的研究范围除了中科院植物园，还有园外的原生态热带雨林。雨林更加人迹罕至，因此育孕了很多尚未被人类发现的昆虫新品种。“只是单纯想要来这里看昆虫的话，一定会觉得大自然果然很有趣啊！应该让大家感受到大自然充满着未知和惊喜。”

不过探寻“未知”的路充满惊险。Aki 教授骑着摩托车，带着亮叔驶过崎岖不平的泥路，甚至直接蹚过河水，“要是在这摔了，节目效果就出来了。”

穿梭在林间，树枝树叶不断拍打在脸上，亮叔吓得大叫：“这也太狂野了吧！”

好不容易抵达目的地，Aki 教授等人在深山老林里如履平地，健步如飞，走着走着节目组便被抛在了后面。当节目组找到他们时，他们正在看在叶子上爬的椿象，后来又拨弄另一片叶子，看停留在上面一只身长约五厘米的大蚂蚁，Aki 教授解释道：“森林里的蚂蚁和住宅区还有次生林里的蚂蚁是不一样的，看到这样的区别会觉得很有趣。”

节目播出后，曾有观众留言："其实教授还是很教授啊！做研究耐得住寂寞，找得到乐趣，是个做学问的人。"在他上山爬树的带领下，昆虫仿佛变得有趣起来。这大概才是现代学者真正的面貌：找得到研究的趣味，乐观面对艰难的环境，默默地为全世界做贡献。

后来节目组在二〇二〇年新冠肺炎疫情期间安排线上回访，问及生态学者对病毒的看法："你认为人和其他生物怎样能共存呢？"

他的看法是："现在有人提倡，应该把地球的一半让出来，留给野生动物和自然环境，这个计划叫作'半个地球'。地球的一半可以由人类使用，把另一半留给其他生物和自然，我觉得这样的企划很厉害。但是要让人和动物携手共存、友好相处，是不可能的。人类和人类之间都做不到，就别提和动物了。

为了昆虫研究，他一直在世界各地飞来飞去。现在他还不想回日本工作，打算暂时留在中国。

"资本主义国家的人对中国都抱有偏见，觉得中国不自由，不能做自己想做的事。我自己之前也会有这样的偏见。刚来到这里的时候，我估计最多只能待一年左右，来了之后发现过得很舒服，完全没有问题。"他又说，"不过我这个人，说实话，去哪里都可以生活。我是不会抱怨的，也不会抗拒。"

亮叔觉得，对 Aki 教授来说，无论住在哪里，也不会有住在国

外的感觉，因为他是一个地球人，住处就是地球。不过亮叔话锋一转说：“不过你看起来应该不太适应日本社会。”

两人大笑，教授直言道：“适应不了，适应不了。”

当被问到他以后是否会一直住在中国时，他说：“应该是吧，只要能解决女儿的上学问题。到了那时候再考虑吧，还不知道将来会变成什么样呢。”面对未来，他随遇而安，“明年会变成什么样我也不知道，说不定领导看到了这个节目，会说：‘你这个人怎么这样子！’然后转头就把我给辞了，哈哈哈！”

节目播出后，尽管 Aki 教授嚷着：“感觉好恶心，这人（他自己）好恶心啊！”可是还好他保住了职位。

总是不按常理出牌的他，面对“你住在这里的理由是什么”这个问题时，也有令人出乎意料的回答：

“这么说有点不好意思，但是是命运的安排把我送到这里。在全力以赴做好自己该做的事情之后，自然而然就来了。结果来到以后，我发现自己很喜欢这里，也很庆幸来到了这里，一点也不后悔。”

“你有什么目标和梦想吗？”亮叔问。

“就两个字：积累，然后慢慢就知道以后该怎么办了。”一阵魔性的大笑后，Aki 教授说，“这是我最真实的想法。”

无论是研究工作还是人生经历，Aki 教授都在默默积累，期待有一天，累积的成果能给全球生态环境保护，以及在中国的外国人，带来影响和启迪。

导演后记 亮叔篇

Aki 教授太有意思了！我跟他特别聊得来，我们是非常好的朋友，最近又见面喝酒了。他特别开放，什么都敢说，没有隐瞒，是个单纯的人，跟我一样。他对这个世界的看法，他的价值观等，也跟我很像，所以就算我们的职业完全不一样，也超级聊得来。

他一直在观察虫子嘛，一只苍蝇、蚊子，或者蟑螂，它的生命和我们人类的生命是一样的，所有的生命都是平等的，所以他对每一个人的看法也超级平等，没有戴有色眼镜。我特别喜欢他的想法，我也反对杀虫子，比如说一个房间进了苍蝇，我会把它赶出去，因为它也是和人类同等的生命。我一直在拍纪录片，拍过野外流浪汉，也拍过国家总统，在我的视角来看的话，都是一样的。

Aki 对中国的看法也蛮客观的。他的想法是：学者不是为了日本做事情，也不是为了中国做事情，是为了全世界。他研究昆虫，是为了全世界的环境保护。但是如果他在日本，没有人会出钱给他做研究，所以愿意投资、让他继续研究并为人类做贡献的中国政府很厉害。他在中国的研究环境特别好，学生也特别积极，不像日本的学术环境越来越保守，没有办法做出很好的研究了。

为中国的足球运动出一份力——

足球教练

千叶康博

虽然来参加比赛
肯定想要获奖，
但藏在输赢之下的
努力和责任，
才是最重要的。

个人档案

住在上海的足球教练

别名：叶教练

家乡：日本神奈川县

职业：足球教练，青少年足球培训机构“世堡体育”老板之一，偶尔兼任足球裁判。

住在这里的理由：为了梦想，为改变中国的运动环境出一份力。

adidas

亮叔穿着崭新的球衣球鞋，来到了位于大厦屋顶的球场。
“今天要教竹内先生一个平时绝对掌握不了的技巧。我会简单明了地讲解技术，（让你）一点点学习，在二十分钟内掌握。”叶教练说。
看着亮叔连热身动作都做得艰难，叶教练不禁问起亮叔的年龄。
“四十岁，大叔了，真的能学会吗？”亮叔怀疑地问。
“OK，没问题！”叶教练充满信心的态度，让亮叔也对自己有了信心。

“有没有听过牛尾巴？”叶教练问。

亮叔摇摇头。

“牛尾巴”（Elastico/Flip Flap），据说是“球场魔术师”巴西球员罗纳尔多（Ronaldo）的绝技，通过一次触球动作完成两次变向（例如右脚把球带往右方，然后在球滞空的瞬间带向左方），以假动作来迷惑对手，从而突破防守。

“牛尾巴是世界上的球星现在经常做的一个很高级的技巧。”叶教练一边示范一边解释道，“用外侧拨球，但是拨球的瞬间球不会离开你的脚，（脚）一直贴在球上，挨到外侧的瞬间，再用内侧勾回来。（这样就）可以摆脱对手。我们要刻意创造这个状态。”

亮叔刚开始练习时差点失去平衡摔倒，后来在叶教练的引导下，他逐渐领悟“牛尾巴”的诀窍，还和教练团队一起踢了一场球。

叶教练（左）与哥哥千叶将智（右）

叶教练其实是日本人，本名千叶康博，但大家都习惯叫他叶教练。长期运动的他体形精瘦、肤色黝黑，十分干练。叶教练的中文很不错，还带着上海口音，因为他和哥哥千叶将智在十几年前就来到上海，投入当地的足球培训市场。

在中国，足球是一项让人又爱又恨的运动。人们喜欢看国际足球比赛，但是国内足球运动的发展却一直停滞不前。没有足够的场地、人们对足球只停留在欣赏阶段、没有形成热爱足球的文化……种种原因令真正爱踢球的人只属少数，这也使许多足球培训机构惨淡收场。然而，这对日本兄弟无惧各种艰辛，在上海创办了青少年足球培训机构“世堡体育”（Sporva），参照日本足球培训体系，以培养兴趣为理念，在培训球员的同时，还培训教练，见证了一批又一批学员成长，在十年间，累计培训了超过四千人。

“从今天开始喜欢运动吧！”

在世堡的网站上，是这样阐述他们的创办理念的：

“足球不仅仅是一项单纯的运动，我们希望通过足球运动，为孩子们创造更丰富的成长环境与经历……向孩子传达在学校或者家里学习不到的重要的人生道理。”这些道理，包括团队合作、自我管理、敢

于挑战、百折不挠。两兄弟希望通过培训，让青少年感受到足球的快乐和意义，获得不一样的成长经历。

亮叔想到了自己不爱运动的懒儿子赵纯，于是决定带儿子体验一下运动的快乐。赵纯跟着亮叔来到上海一幢大厦顶楼的天台球场，和他差不多年纪的学员们正喊着口号，做基本的传球训练。赵纯看着他们身手矫健，气势汹汹，顿时害怕了，一边嚷着 :“我不进去了，我不想进去了！”一边沿着楼梯迅速逃跑。

亮叔忙喊 :“不是这种，不是参加比赛的，你肯定跟不上他们。”这才把儿子唤了回来。

亮叔看着球场，对摄影师说 :“他一看这个水平就（觉得自己）不行了……水平好高啊。”

他带着怯生生的赵纯，出现在叶教练面前，说 :“他不喜欢运动，一直不积极。”

叶教练笑道 :“OK，那从今天开始喜欢运动吧！”然后板着脸，朝想逃跑的赵纯严肃地喊 :“过来！”

赵纯一愣，只好乖乖走到叶教练面前。

叶教练双手扶着赵纯的脑袋，让小孩子没办法躲闪，眼睛只能专注地看着自己，然后认真地说 :“准备好了吗？要开始了，OK？一点点来，感觉不行的话就不做。”

像赵纯这样被父母逼着学足球的孩子大概不是少数，叶教练很有经验，从不断打气开始，一步步细心教授传球、运球、踢球的技巧。赵纯很快便适应了球场的节奏，还和其他学员一起，踢起了模拟比赛。其间叶教练一直鼓励他："纯，很不错！自信一点！""你可以的，别慌，对、对、对！"于是赵纯坚持到了最后，哪怕中途下起了大雨，他和其他孩子淋着雨，浑身湿透，仍奋力踢着球。

比赛结束，赵纯回到爸爸身边，小声地说："累了。"

亮叔揉揉他的头，动容地说："辛苦了。"这是他第一次看到儿子这么拼搏努力的身影。"怎么样？好玩吗？"

赵纯说："不知道！"接着便躲开了。

学员们离开后，叶教练拉着赵纯去捡球。"你基本上不运动吗？"

"嗯。"赵纯应了一声。

"但是今天很有趣吧？是不是？今天其实你进的是水平最高的班，你很厉害的，今天很努力了。在水平最高的班能达到这种水平，你是第一个。"赵纯一直沉默，叶教练把在球场最角落的球捡起来，"就算不踢足球也可以，去做一些喜欢的运动吧！"

虽然赵纯没什么表示，但后来在更衣室换完衣服，他又跑去球场，一个人踢着球玩，表情十分快乐。

亮叔感慨地跟叶教练说："我以为他肯定会放弃的……他还玩球呢，真的没想到。他对运动根本不感兴趣。作为一个家长来说，今天挺开心的。我没有看过他主动做运动，玩球啊什么的。"

"运动其实是很简单的，真的很简单。"叶教练表示。

而在当父亲的亮叔看来，"技术什么的不是重点，重要的是他一直跑到了最后。真的很厉害。"

"你这个做爸爸的都做不到。"叶教练说。

亮叔直言："是的，我肯定不行。"转向赵纯，难得地称赞："你一直在跑，没有放弃，真的很厉害。"

赵纯没放弃，另一个原因可能是叶教练一直在鼓励他，没有任何责骂。教练觉得，以严厉的态度高高在上地指挥学生没有用，他说：

参与U12少年足球比赛

"骂是没有用的……我要下来，指导孩子现在要做什么。如果看得出来（他们）做事的态度的话，我会尊重他。"

他的宗旨是：无论球技如何，都要自由快乐地踢足球。因此，面对每一个学员，他都是这样循循善诱，鼓励他们挑战自我，感受运动的快乐。

"我们要做的是先让孩子们挑战，在辛苦的状态下怎样克服自己的问题，然后再努力成长。这是我们最想让家长看到的东西。不一定所有的培训机构都这么想。比起培养优秀的球员，我更希望在中国培养越来越多喜欢足球、喜欢运动的孩子。不是踢得好的人才可以继续，我们想要创造喜欢的人和努力的人可以继续踢球的环境。"

人的价值是自己创造的

如今致力于改善中国足球环境的叶教练，最初也是个为了温饱而奋斗的打工族。大学毕业后，他到了一家贸易公司工作，被外派到香港。当时他才二十三岁，年纪轻轻，拿着高薪，前途一片光明。一天，去工厂视察时，他遇见了和他年龄相近，却正在工厂外排队找工作的年轻农民工，令他十分震撼。

"真的是很穷的人，他们真的很穷很穷。"叶教练至今仍然忘不了当时的情景，"那个男人的强烈眼神，直接击中我，感觉自己完全被看透了。"有时候，人的蜕变，只是源自一个眼神、一瞬间的领悟。叶教练蓦然发现，自己的生活太安逸了，于是果断辞职，前往上海。

"后来慢慢知道，人的价值不是他人，或者用价格等数据化的东西来决定的。价值是自己创造出来的，无论你做什么工作。"

那是二〇〇八年，叶教练刚大学毕业一年。当时，他的哥哥千叶将智正在上海发展足球培训事业。千叶将智曾是职业足球运动员，二〇〇三年，他效力于上海一支第三级别的足球俱乐部，两年后退役，留在了上海，利用积蓄开办青少年课外足球培训班。

"不过那时候我哥其实不欢迎我。"叶教练娓娓道来，"因为我是一个外派人员，从总公司派到国外了，这么好的条件，怎么会来

年轻时的叶教练（后排左一）

做这么大风险的一个挑战。而且是兄弟两个一起，如果搞不好，那父母也会担心。”

不过叶教练是行动派，他考虑清楚后，没跟任何人商量，就递了辞呈。后来才打电话通知父母，“说：‘我下个星期离开香港。’就是这样，全部自己搞定，然后硬要来到上海，（和哥哥）一起开始工作。我父母真的简直要晕倒了。”

亮叔笑了，说：“那肯定的呀。”

那时，叶教练的父亲以为他还在考虑，便劝他说：“你可以请个假，回来日本，我跟你好好谈。”

结果叶教练直接通知他：“对不起，我已经离职了。”

突如其来的消息，令父亲将近一分钟说不出话来，叶教练描述当时电话那头的情景：“沉默了，完全沉默了。”

足球事业从派传单开始

家人的反对，也是由于他们或多或少看到了足球运动在中国的发展情况。那时足球学校在中国还不普及，两兄弟既没有资金，也没有人脉，而培养兴趣更甚于成绩的理念也不太被渴望“速成”的家长接

世保团队合影

办公室

受，创业初期困难重重。一开始，公司一直亏损，为了招揽客户，他们做了无数尝试，其中包括每天去上海各大车站和住宅区派发传单，或把传单塞进信箱里。

“上海几乎所有比较好的小区的信箱数量，还有门卫的工作态度，那个时候我都知道，比一般的房产公司还熟悉。”叶教练笑道。

在住宅区看守的保安不会让非住户入内，因此每次到住宅区派传单，他都要和保安上演“追逐战”——假装打电话，自然地走进去；或者让同事躲在树后面把守望风，再用对讲机跟他报告保安位置。“他说（压低声音）：‘现在可以。’我再进去；如果是‘门卫来了’，我就又假装打电话，然后出来。”

幸好，冒着被指骂驱赶的风险派发的传单，吸引了一些学生报名。二〇〇九年起，公司也从只招收在上海的日本青少年，开放至招收中国学员。第二年，他们获日本机构注资，之后逐渐转亏为盈，成立了品牌“世堡”。

世堡创办后，逐渐取得好口碑和关注。二〇一八年，以世界杯为专题的大型纪录片《足球道路》找到了兄弟二人，参与拍摄其中不到五分钟的片段，讲述他们在中国的足球培训经历。在影片里，家长表示，世堡的特色在于注重对学员的技能锻炼，哪怕孩子摔倒了，练习也会继续，从而让他们学会自己面对和解决困难，在快乐的运动中成长。

尽管短片播放量超过两百多万次，但是叶教练笑着说：“播出以后其实也没有太大变化，咨询电话倒是多了一些。”不过，这也侧面证明他们多年来的努力被人看在眼里，得到了认可。

直到二〇一九年节目组前往拍摄时，世堡已经有十五名来自世界各地的教练，超过一千七百名学员。直到现在，曾是优秀销售员的叶教练仍会亲自和客户洽谈合作项目，和其他教练一起教学生，凡事亲力亲为，一点都不像老板。

世堡办公室走廊的墙上，贴满了往年世界杯的海报，办公室里坐满了穿着球衣的教练。叶教练的位子就在员工座位间，和其他人没有分别。“不需要老板的位子，（坐）一起就好了。”

被正气外表误导的脆弱宅男

叶教练给人能说会道、善于交际应酬的印象，亮叔以为，他应该很受女性欢迎，但没想到正好相反。

“大家看起来（觉得）我能喝酒或者受欢迎，但是我本人的性格

家人合照

其实很宅。”他不爱出门，休闲时只会在家里上网，逛日本的网络讨论区；面对女性会紧张，也从未试过跟陌生人搭讪。唯一的例外大概是他的日本太太——他和妻子是在上海一家料理店偶然认识的。

现在，叶教练不但成家立业，还有了一双可爱的儿女。他非常珍惜与家人相处的时间，极少在外应酬，下了班就会回家和家人一起吃晚餐。不过，他和妻子的相处模式让人十分意外。原来，这位看似坚强热血的男子汉，一回到家里，就会跟太太吐苦水。

“我经常跟她说各种想法，就我一个人在说。”叶教练看着太太说着，太太也看着他一直点头。“她听得很累……”

千叶太太笑了，说：“那倒是没有。”

叶教练仍在说：“即便如此，还是会抓住她，跟她说：‘你听我说啊……’然后一直在说。”

亮叔感叹道：“真辛苦。”

千叶太太笑道：“不过我已经习惯了，总之听他说就可以了。”

“你不回话吗？”亮叔问。

“已经不回话了。”千叶太太大笑。

千叶太太具有日本女性典型的温婉气质，叶教练坐在她身旁，顿时像个孩子一样，一股脑儿地倾诉起来。“今天他（亮叔）问我：‘你很受欢迎吧？经常出去喝酒吧？’其实我性格超阴暗。”

“是的。”千叶太太尽责地聆听着。

亮叔惊讶，“但是完全看不出来，看起来很会玩。”

千叶太太点头称是，说：“看起来有很多朋友，其实没什么朋友。”

说完她和亮叔都笑了，她转向叶教练，说：“（这么说你）不好意思。”叶教练低头苦笑。

跟外表看起来完全相反的叶教练，其实不喜欢外出交际。“我工作的地方周围一直有人在，是要站在旁人面前的工作，在人前出现得够多了。一个人的时间非常宝贵。”

经验与精神，远比输赢重要

时间宝贵，他却将大量时间花在培养青少年对足球的兴趣上，期望他们真正爱上足球，而不是为了胜利。

拍摄期间，正值“第一届中国区 U12（年龄在十二岁以下的青少年）少年足球世界挑战赛”在上海举行。这场大型足球比赛由 Amazing Sports Lab Japan 主办，参赛的包括广州富力、杭州绿城等国内实力较强的职业少年球队，据说冠军可以去日本大阪参加决赛。叶教练也带队参赛，同时兼任比赛的裁判员。

亮叔正好看到广州富力的比赛，发现这些小学生实力强悍。叶教练指出，该球队的教练正是日本人。

“现在日本教练很多，在农村也有日本教练。（有些球队）出的价格很高，一年一千万日元（约为六十五万元人民币）。”

亮叔十分震惊地问：“是吗？一定要会中文？”

“不用，会有翻译。衣食住全包。”

“能拿一千万，还会配翻译？太棒了吧！”亮叔说出了所有人的心声，“这种工作肯定要接啊！”

但要培养一批能够不断成长进步的学员并不容易，因为一个运动员能否保持水平，既要视乎个人体能，心态也非常重要。

叶教练这次带的是一支非职业球队，名叫 Challenge Team。穿着一身白色运动服的孩子们都来自非职业球队，却对足球很感兴趣。对他们而言，这是接触职业足球的第一步。“他们喜欢足球，只是踢得不是非常好而已……相信这是白色队的小朋友人生第一次和职业足球的替补队对决，而且今后可能也没有这样的机会了。通过今天的经验，我觉得会影响到他们未来对足球的态度和看法。我觉得我们公司最想通过这样的平台，传达出草根的足球文化。”

比赛结束，在颁奖时，叶教练对获奖队伍的小球员们说："这个只是（球赛的）一部分，好吗？在日本也一定要加油。”

他很想跟参与比赛的孩子们传达足球运动的拼搏精神，但就像公司最初面对的艰难处境一样，在追求“速成”“胜者为王”的时代，不是每一个人都能领会真正的竞技精神。

在比赛还未正式结束的时候，叶教练发现获得第三名的球队不见了。一问之下才知道，那些孩子已经走了，只剩下一个工作人员。

“大家都走掉了？”叶教练难以置信。

“刚刚走。”工作人员抱歉地说。

“我们的颁奖他们不来参加？”叶教练再问。

训练时

“Sorry.”对方说。

“OK.”叶教练低头走开，神色晦暗不明。

在一旁看着的亮叔也感到很意外，说：“已经回去了吗？明明还有比赛。日本人不会这样的吧？就算比赛输了，也会拼尽全力到最后。”

叶教练同样很难理解，说：“在日本的话绝对无法想象。就算一边哭一边踢，也会非常努力地坚持。虽然来参加比赛肯定想要获奖，但我更想传达的是：藏在输赢之下的努力和责任，才是最重要的。”

“足球相关人员如果不找对方向，中国足球绝对强不了。这才是最重要的，跟踢得好不好、联赛强不强、是不是职业选手，都没有关系。”

年复一年，叶教练和哥哥为了推动中国足球朝着更好的方向发展，在上海默默付出自己的努力，希望为一棵棵年轻的幼苗带来改变。在世堡的网站上，叶教练这样看待自己的工作：“如果能以自己的爱好为事业，并将足球的快乐与意义分享给更多的中国孩子，那是值得坚持一生的事业……我相信，好的教练才能给孩子带来启发，才能让孩子喜欢足球、在踢球中获得成长。”

从二〇〇八年到现在，他所坚持的事业始终没有改变。因此，当亮叔问他住在这里的理由是什么时，他的回答也是：“为了我的梦想。”

“你的梦想是什么？”亮叔问。

叶教练笑了，说：“改变中国的运动环境。”

“好大的梦想啊！能实现吗？”亮叔感到怀疑。

“对，如果不能实现的话，就不敢做了。能实现，我有信心，所以我会的。”叶教练十分坚定。他双手合十，对着镜头，诚恳地说：“相信我。”

亮叔笑道：“说到做到啊。”

“当然，当然，绝对的！”叶教练认真地看待这个在他人眼中“疯狂”的目标，也许当中有他对自己的信心，也有他对中国年轻球员们的信心。

导演后记

亮叔篇

他是超级热情、百分之二百认真的人。虽然有的时候太热情了，也会比较麻烦。我上个月才跟他喝完酒，他会不停地说话，说自己的梦想、自己的目标，有的时候真的蛮羡慕他的。

日本人以冷静派为主，现在这种非常热情的人在日本越来越少了，日本年轻人会觉得像他这样非常热情的人很老土，一点都不酷，但他能一直保持热情，非常非常认真地工作，让我很喜欢。跟他相处很舒服，他的热情很有感染力。

他想通过自己的平台改变中国的体育环境，这个梦想非常大，也很难。我跟他的想法一样，中国过于重视应试教育，像是语文、数学等学科，体育等科目也应该要重视啊。我也希望以后中国的教育能像叶教练说的那样，更加重视体育方面，但估计很难。可是，如果有对的目标，哪怕是非常大的目标或梦想，周围的人都反对或觉得不可能，实现的过程很困难，也是要说出来的，这一点我特别赞同他的看法。如果一直说不可能的话，就永远都改变不了。

陪伴残障人士前行——

义肢装具师

菊地雄斗

中国残障人士的目标
总是超乎我的想象。
我觉得他们真的是很厉害。
我也会觉得，一定要用
自己的技术来回应他们。

个人档案

住在石家庄的义肢装具师

家乡：日本福岛县

职业：义肢制作工匠、义肢矫形技师

资格认证：日本厚生劳动省认定义肢装具士（第 4532 号）

个人要求：厕所马桶必须有马桶盖，最好每个地方都能有温水坐便器（即智能马桶盖）。

住在这里的理由：努力让更多中国客户能够享受到更好的义肢服务。

看着亮叔脚上的咖啡色系带皮鞋，菊地说："你穿鞋的方法不太好。"

亮叔问："哪里穿得不好啊？"

"这里（鞋跟）能塞进手指的话，不太好。鞋最原始的功能就是调整平衡。"菊地说。

亮叔问："就是要再系得紧一点吗？"

"正确的方法应该是先这样穿进去（穿鞋后，脚跟向下敲敲地面），然后再把鞋带系好。"菊地边做动作边解释道。

亮叔重新穿了一次鞋，然后发现："真的！完全不一样！脚感完全不一样。"

亮叔来到健身房时，一位单腿穿了义肢的男孩子正在练习腿部推举。据说他可以推起两百公斤以上的重量，所以节目组试着"加码"：两个成年男子坐在器械上，他也一样能推得动。他叫胡玉涛，梦想是代表中国残疾人自行车队参加残奥会自行车比赛。亮叔看着胡玉涛在房间里走动："如果穿长裤的话，百分之百看不出来（他穿了义肢）。"但我们的主人公不是这位运动健将，而是在他身旁聚精会神地观察他行走时的动作，默默帮他调整义肢的人——菊地雄斗，一位住在石家庄的义肢装具师。

河北省省会石家庄并不算是著名的城市，也没有什么特别闻名的美食，亮叔搭车时问司机这里有什么特色，司机也只能说出当地最大的产业是钢铁和制药。而菊地的工作场所位于郊区，更是一片荒芜。所以，他为什么会来到这样的地方工作呢？

节目组从未拍过的特殊职业

菊地大学时攻读的是义肢装具学专业，毕业后一直在日本的义肢制作公司工作。二〇一九年十月，他收到大学同学、在日本留学八年的中国人丁宁宁的邀请，只身从日本来到中国，成为丁宁宁的工作伙伴。

义肢装具师顾名思义是为残障人士制作义肢的匠人。节目组从来没有拍摄过这个特殊职业，连“假日本人”亮叔也是到了拍摄时才知道，这个职业在日本有官方资格认定。丁宁宁便是第一位取得日本厚生劳动省义肢装具师资格的中国人，学成归国后，他在家乡石家庄开了一间义肢工作室，并邀请菊地加入。因为两人工作认真仔细、制成品有良好品质，工作室小有名气，接待的顾客包括登顶珠穆朗玛峰的残障人士，以及残奥会冠军选手。

这天，菊地要接待的便是中国残疾人乒乓球队的队员：茅经典、赵裔卿。

亮叔和他们闲聊时问道：“参加过奥运会吗？”

“我参加过两届了。”茅经典说。

工作中的菊地

亮叔随口一问："冠军吗？"

"对。"

亮叔瞪大眼睛追问道："奥运冠军吗？"

茅经典波澜不惊地点点头，她是两届残奥会乒乓球女子单打冠军。之前她曾在工作室制作假肢试验用接受腔（Prosthetic Limb Socket，也称"义肢接受腔"），这天便带了队员赵裔卿前来，希望菊地为赵裔卿制作一个新的接受腔。

一般人对义肢的认识是代替残障人士身体缺损部分的人造肢体，但残障人士并不是有了义肢便不再烦恼了。不合适的义肢往往会增加他们的残肢负担，影响身体的灵活性，甚至会令残肢皮肤磨损受伤。而对残疾人运动员来说，义肢适合与否十分关键，唯有拥有适合自己残肢形态的义肢，他们才能在赛场上发挥出百分百的实力。

义肢接受腔是残障人士的残肢与义肢的衔接部件，具有承担体重和悬吊义肢的功能，是一个义肢最重要的部分，哪怕只有一点点的不契合，也会非常影响使用义肢时的舒适程度。因此在制作前，菊地反复测试、触摸感受赵裔卿的残肢，包括放松和用力时的状态、有没有疼或麻的感觉等；并精确地测量残肢的各个尺寸，逐一标记。

工作时的菊地认真而严谨，他在测量阶段花的时间远比一般的装具师长，因为他所记录的数据十分精细。

“为什么有两个数据呢？”亮叔指着他在纸上记录的两组数字问。

菊地解释，“一个松的、一个紧的。太松了的话，肯定不行，太紧的话又会穿不进去。必须要尽量做得穿上不难受。”

测量后，他在残肢上包了塑胶膜，把骨头的位置一一画在塑胶膜上。这又是为什么呢？原来，如果不按照骨头的形状来制作接受腔的话，接受腔在支撑体重时便容易与骨头碰撞，令使用者疼痛难受，所以接受腔一定要尽量做得与残肢严丝合缝，令残障人士在穿义肢时更为舒适。

义肢接受腔是如何制成的

当进入制作阶段，首先，要用弹性石膏绷为残肢取形，弹性石膏绷在三到四分钟就可以凝固。接着倒入石膏浆，等候约半小时，待其凝固后，就可以得到一个与残障人士腿部跟腱形状一致的石膏模型。然后照着先前的测量结果计算打磨幅度及精确度，“接下来磨就完事了。”

亮叔看着菊地熟练的动作，问：“骨头的部分要打磨得凹进去一点是吧？”

“是的，要完全按照骨头的形状来打磨。”打磨时不能机械式地重复动作，为了尽量重现残障人士的腿部形状，菊地还要反复测量模型各个部位的尺寸，不断调整打磨幅度。经过一个多小时的打磨后，再往石膏模型上覆盖经高温加工的透明试验腔板材，通过真空成形、冷却定形后，一个新的接受腔就完成了。

亮叔举着刚完成的接受腔边看边说：“仔细看的话，会发现有很多凹凸。”

菊地指着义肢关节处说：“这一部分是骨头凸出来的地方。”因为接受腔不能压迫着骨头，所以与骨头接触的部分会做得稍微宽一点。菊地的接受腔做得特别细致，有着各种配合使用者残肢形状的纹路线条，以求最大限度地提升舒适感。

赵裔卿试用后感到很满意。他和茅经典练习打球，菊地和丁宁宁

在日本时的菊地（后排左一）

便在一旁观察，再做调整。工作时的菊地特别专注，认真的样子十分帅气。但其实做一个尽量贴合残障人士残肢的接受腔并不容易，因此菊地的工作压力非常大。

“工作中，有没有遇到过让你崩溃的时刻？”后来菊地到访南京和之梦时，被这样问道。

“比如做一个义肢，从早上开始，将部件一个个依次做好，做到很晚。最后组装，发现不行，就要从头开始，重新做！夜里继续，一个个做……”菊地说。

“先睡不行吗？先休息。”

“因为客人从很远的地方过来……”

残障人士是容易被社会忽视的群体，不过菊地对待这份工作从不敷衍，因为他的每一次测量调整、每一次打磨定形背后，都背负着来自全国各地残障人士的期盼，期盼着如同健全人士一样地生活。

“我感觉特别强烈的是，中国人都是充满活力的嘛。来我们这儿的患者，有的是膝盖不能弯曲的，有的是残肢很短，或者皮肤的状态很差。经常碰到情况不是很好的患者，但是大家都想跑起来，或是想去跳舞。”菊地在日本的经验是，人们面对残障人士时，会以“站起来”为目标，觉得只要他们能站起来就很不错了。但是来到中国后，中国残障人士的目标总是超乎他的想象。菊地由衷地佩服他们，并暗下决心，一定要用自己的技术来回应他们。

他最初决定来中国的原因之一，也是由于听说了一些中国残障人士的情况。他说："（中国）人口比较多，残障人士也比较多。如果有这么多人的话，肯定也能积累很多经验吧，如果自己能因此提高技术水平的话也是件好事。"而后来中国残障人士的坚毅不屈深深打动了菊地，因此哪怕累得崩溃，他也会尽心尽力把工作做好。

不止三代——四代义肢装具师的家族荣光

虽然义肢装具师是个小众的职业，但其实早在十六世纪，人们已经开始制作义肢了。菊地也不是家族里第一个投身这个行业的人，他说他是家中第三代义肢装具师。不过，当菊地、亮叔与菊地父亲视频通话时，亮叔问菊地父亲："我听说您家是造义肢的世家，一般很少会有人做到第三代吧？"

菊地父亲却纠正道："其实严格来说的话，他已经算是第四代了。"

结束和菊地父亲的通话后，亮叔说："第四代……不是第三代啊？"

"我当时没有说。"菊地这时才坦白。

"为什么不说呢？"亮叔问。

"就觉得……说第四代的话感觉有点儿夸张。"

这个回答让亮叔愣了一下，失笑道："这也不是夸张啊，按照实际情况回答就可以了。"

菊地特别谦虚低调，就像匠人一样，工作时就事论事、兢兢业业，遇到什么难题就会反复琢磨，埋头制作最好的作品。这大概是受家庭环境影响而培养出来的性格特质。

"我一直非常尊敬父亲的工作。我妈妈平时经常会向我爸爸发火，但是一说到他的工作的时候，她就会说：'你爸爸在做一份很厉害的工作。''很多残障人士会从各地专程来找你爸爸做义肢。'我从小就一直听她这样说，所以从小时候开始就觉得做义肢好厉害。虽然小时候的我不太了解爸爸的工作，但是觉得他很帅气，从小就有这种感

觉。”从事给人带来帮助的工作，就像戴了无形的英雄光环，这份成就感，使最初并没打算选择和父亲一样工作的菊地，在长大后投身了这个行业，“希望有一天我也能挺起胸膛说：‘也有人专程来找我做义肢呢。’”

然而和父亲不同的是，菊地选择来到中国发展。那么，既是义肢装具师，又是父亲的菊地爸爸，对于儿子的选择有什么想法呢？

菊地父亲说：“当时虽然有点儿吃惊，但是也并没有反对。对他来说，比起一直留在一个地方，我更希望他能去新的地方挑战。随着年龄的增长，知识也会过时，从这个方面考虑的话，觉得他应该去新的世界探索一下。从另一方面来说，我很羡慕他。”他甚至没有让儿子回福岛的打算，“他一直都还挺自由的。”

与股骨髁、腓骨、大转子的交流

自由的菊地，就在丁宁宁的邀请下来到中国大展拳脚。面对陌生的环境、陌生的语言，他有一个绝佳的学习工具——

“他来中国的第一天就开始看您的节目，所以您是他的偶像。”丁宁宁一见到亮叔就说。

为了更好地理解顾客的需求，菊地一直迫切地要提高自己的中文水

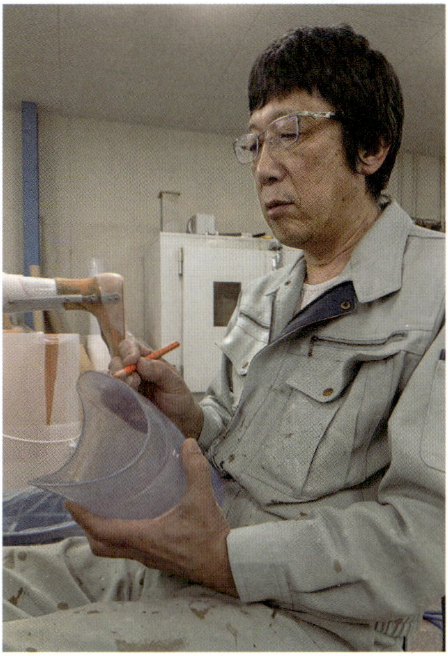
菊地的父亲

平，其中一个方式便是通过看《我住》来学习。他有一本笔记本，“遇到不认识的单词，我就去查词典，然后记在本子上。”菊地一边翻着笔记本一边说。这可能是《我住》有史以来看节目最认真的观众了。

于是亮叔想考考他：“你有记得的吗？一个也好。让你印象深刻的单词。”

“一个吗？那必须是‘辣妹’。”菊地说，“还有‘搭讪’，因为你经常说这些词。”

众人大笑，亮叔笑道：“被我带坏了。”

除了通过《我住》学习“不正经”的中文，菊地也会翻看中文语法参考书，工作时遇到表达不出来的话，就会去问丁宁宁，再一一写下与日文表述相对应的中文。翻开菊地的笔记本，上面密密麻麻地写着各种单词、句子。能看到他的字写得很漂亮，不过很多字看似认识，节目组却又看不懂，像是：“股骨髁”“腓骨”“大转子”……

亮叔云里雾里：“从来没有用过这些词语。”他指着“大转子”的日文翻译说：“这个词日本人应该也不知道。”

其实“大转子”指的是“股骨颈与身体连接处上外侧的方形隆起的地方”，但哪怕看着这样的解释，大部分人可能还是摸不着头脑。但对菊地来说，他运用这些专业用语的时间远比日常词汇频繁得多。

认真学习的菊地

不过再怎么用心学习，菊地毕竟才来中国一年多，无论语言还是生活各方面都还在努力适应中。“我不是经常看《我住》嘛，看到导演非常享受在中国的生活。我现在面临的一个最大的难关，是语言障碍……感觉自己迈不出第一步。也不知道该如何去享受在中国的生活，跟在日本的时候比起来，我现在话少了很多。”

原来在菊地帅气的外表下，腼腆沉默、认真细心的性格，并非他的“真面目”。他坦言，自己在日本时话挺多的，“人家说我的话跟女孩子一样多。”而来到中国后，“像这种百分百没有障碍的交流可以说是很久违了。”

也许是难得地“他乡遇故知”，菊地带着亮叔来到一家他很喜欢的早餐店吃肉夹馍时，突然聊起了近来让他很受打击的心事：“前段时间我被女朋友甩了……可能是各种各样的事情堆在一起了吧。我喝醉酒后会发酒疯，好像发生了半夜给她打了电话这样的事情。这件事情成了导火索，然后她跟我说：‘不要再联系我了。’我很受打击。毕竟交往了很长时间，交往了八年。”

亮叔惊讶道：“那么久吗？”

菊地的同事这时补充说：“这个事情发生一周之后，我们才知道，因为当时工作特别忙。”

人在中国，还是外国人不多的石家庄，大部分时间和精力都花在努力工作和适应生活上，情场的打击只能在沉默中独自消化。菊地

菊地与丁宁宁（右）

说："我还没有完全振作起来。因为现在每天都要工作到很晚……有种靠工作来麻痹自己的感觉。"

来中国生活后唯一的要求是?

虽然情场失意，不过专注于事业的菊地还是很有魅力的。节目组在拍摄前于网上征集问题时，收到的便是一片"好帅啊！"的回应，让亮叔十分羡慕；节目播出后的留言里，也有很多这样的留言："被菊地的帅气蒙住了眼睛""主人公帅帅的，又害羞，很吸粉！"那么，在生活中的菊地，也是一样帅气吗?

为了对菊地有更多了解，节目组一大早来到他家。菊地现在和同事合住，他的卧室里放了一张双人床、一个简易的无织布衣柜、一张小桌子，除此之外，似乎没有多余的东西了。

"你房间里真的什么都没有啊。"亮叔感叹道。能引起他注意的只有地上的瑜伽垫和健身器械，以及桌上的蛋白粉。原来菊地晚上会健身，他说："一直和患者们说要多运动，如果自己不运动的话就没有说服力。"

生活简单，但有一样东西，是他来中国之后也不会改变，或者说是无法"妥协"的："我来中国生活，唯一的一个要求，就是要把马桶换成温水冲洗坐便器（即智能马桶盖）。"

亮叔听罢大笑，"这是一个日本人的习惯：唯一一个条件是必须得装马桶盖。特别日本人。"

"我真的希望各个地方都能有温水坐便器。"菊地一脸真挚地说。

接着众人展开了"有味道"的讨论。

"那在外面想去洗手间的话你怎么办?"亮叔问。

"我基本上都是憋着。"菊地说。

摄影师忍不住开口："这个（温水坐便器）也不是必须的啊。"

但亮叔却表示很理解："确实很多在中国的日本人是这样子的，对日本人来讲是必须的。"

"那以前没有怎么办?"摄影师不解地问。

亮叔解释道："对啊，我这个年代是没有的，所以我无所谓。九〇后不一样，他从小时候就一直有马桶盖。"

菊地又说："蹲厕其实我也不习惯。除非情况万分紧急，不然我是不会用蹲厕的。如果憋不住了，我确定厕所附近没有人的话，就会借用无障碍卫生间。"

菊地说得认真，节目组和菊地的室友听得哈哈大笑。亮叔问他们："很奇怪吧，日本人。"

菊地的同事理解地说："唔……就没办法，从小习惯吧。"

事实上，这不是菊地唯一奇怪的地方。他在日常生活里还有些让人不解的行为，比如拿自动牙刷"手动"刷牙，看得亮叔十分疑惑："这不是自动的吗？"

"我刚才已经用自动的（模式）刷过一遍了。自动牙刷配合含有研磨颗粒的牙膏刷牙的话，容易损伤牙齿表面。所以里面的牙齿，就用自动的刷，外面的牙齿手动刷。"

出门前，菊地把洗好的衣物晾在阳台，但仔细一看：毛巾、毛巾、毛巾……一共有七条。

"每天都用不同的吗？星期一、星期二、星期三……的那种？"亮叔问。

菊地理所当然地说："欸，这不是很正常的吗？"

亮叔指出："如果每天洗的话，有两条就够了呀。"

菊地一愣。"毛巾的话，我还有存货呢。"说完，将大家都没注意到的一只掉在地上的袜子重新捡起来，搁在晾衣架上。

事无巨细，连日常生活都仔细到极致，这就是菊地。也许正因为这样的日本人特质，他才能在制作假肢的时候，不厌其烦、不觉得枯燥，一心一意把工作做好。

那么，有着典型日本人性格的菊地，来到中国之后觉得最不能习惯的地方是什么呢？

"最不能习惯的地方吗？"他想了想，说，"我真的希望各个地方都能有温水坐便器。"困扰他的还是永恒的"厕所问题"。

改善残障人士的生活质量

菊地在二〇〇六年第一次来中国，虽然当时对厕所感到不适应，但是中国的发展却令他十分惊讶：“中国发展得比我想象的还要好很多。因为来之前我完全不了解中国，对中国还是那种农村的印象。”他来了之后发现，“没想到有这么多车、马路居然这么宽，和日本完全没什么区别嘛。这些都是我刚到中国的时候的印象。”

不过相比起普罗大众，残障人士处于社会边缘，他们的生活环境还是有很大改善空间的。这天，菊地的一位客人，也是《我住》粉丝的杨思雨，前来复查试验腔。

“为什么要做这个（新的试验腔）呢？她不是原本就有假肢吗？”亮叔问。

菊地说：“因为尺寸会变。”

“是因为身体在成长吗？”

“不是，是相反的。因为这里（指小腿位置）切断的话，腿不就没有了嘛，没有腿的话就没办法活动，不活动的话，腿部肌肉就会萎缩。基本上都会慢慢变小。（试验腔）尺寸不合适的话，有的地方就会碰到骨头，然后就会出现疼痛感或者伤口之类的，这样的话就必须要更换新的。”菊地解释道。

哪怕只是出现了一点点偏差，也会非常影响义肢的舒适度。“大概

义肢部件

是螺丝拧半圈的样子，没有一度。”菊地拧着一个个螺丝，调整义肢的各个部件。

亮叔问杨思雨，以前发现义肢不合适时怎么办，她说：“以前不调，不合适就不合适。以前总磨破，磨破以后腿就特别疼，然后就不敢用这边儿（穿义肢的腿）走路。”

十几年前因车祸失去右小腿的杨思雨，一直穿着不太合适的义肢，不正确的受力导致血液循环不通畅，残肢的皮肤状态也越来越差。菊地给她换了试验腔，加上这次调整过后，杨思雨的行走状态有了肉眼可见的改变，不再像以前一样蹒跚而行，也终于可以重新跑步了。

亮叔问杨思雨跑步时有什么感觉，本以为会听到“很兴奋”“很高兴”之类的回答，没想到她却说：“很累。”顿了顿后又补充说：“特别累，特别爽！”

“和她一样情况的人群中，也有走不了路的，是吗？”看着杨思雨平稳地走着路，亮叔问。

“是的。和日本比起来，中国这边的康复训练做得不太好。有的人无法弯曲膝盖，反过来也有无法伸直膝盖的人。”除了技术方面的挑战，“另外一个比较大的问题，就是制度方面，比如补助金之类的。”据菊地说，在日本，截肢的人可以拿到伤残证明书，国家会发放补助金，一般患者只需要承担百分之十的自理费用。而在中国，他认为社会在为残障人士提供补助金等福利保障方面，仍有很多需要改善的地方，“找我们这样的公司定制都要自费，所以如果想定期更换义肢的话，就比较困难。”菊地感到惋惜。

“啊，因为经济条件不允许。”亮叔明白了。

“有很多来找我们的人，之前十年一直在使用同一副义肢，在日本的话，这种情况是无法想象的。在日本，不适合就换，快的话，半年一年的样子就会换了。”

“换得那么频繁啊？”亮叔问。

“所以我反而会觉得为什么一副义肢可以用十年。”菊地说。

"因为太贵了。"亮叔说。

拍摄期间，另一位来找菊地的客人也和杨思雨的情况相似，之前有十五年一直穿着不合适的接受腔，结果"穿的方式不对，也没有人去纠正她，只是凑合能走。"

经济条件的限制、义肢质量参差不齐、康复训练不到位……很多残障人士在遭遇事故后不敢使用残肢，穿了义肢也只能勉强走动，生活上的不便和外界异样的眼光令他们害怕出门，导致残肢的机能越发退化。菊地与丁宁宁想在可行的范围内做出一点改变，改善他们的生活质量。为了鼓励残障人士积极参与复健，他们想到了一个特别的对策：通过玩电子游戏来训练。工作室的楼上是一个宽敞的康复训练室，里面有各种器材，还有一个大大的屏幕，让人玩电子游戏。他们想利用游戏，让残障人士迈出第一步。

在围绕着菊地和他的客户拍摄了几天后，亮叔有了这样的感受："我突然发现，即使我遇到了意外，就算要截肢的话，我也没以前那么怕了。失去腿是件非常难以接受的事，但是看见他们的状态，我还挺意外的。"

"他们也是经历了很多才走到这一步的。"菊地说，"我觉得我们的工作就是，陪伴他们一起前行。这不仅让我觉得很自豪，更是这个职业的意义所在。"

如今，随着公司的知名度提升，越来越多残障人士来到石家庄找菊地制作义肢。菊地在中国实现了自我价值，也将继续帮助更多残障人士改善生活质量。

在拍摄的最后，亮叔说："我想你应该知道我想问什么。"

两人相视一笑，作为《我住》的热心观众，菊地当然知道亮叔的最后一个问题：你住在这里的理由是什么？

“是挑战吧。努力让更多中国人今后能够享受到更好的服务。”菊地说，“我个人的话，就是好好学习中文，让自己可以更主动地和中国人交流。”

“目标呢，有没有什么大目标，或者梦想之类的？”亮叔问。

菊地想了想，说：“还是……现在中国（对残疾人的）相关保障制度，我个人觉得目前还存在很多问题。将来如果有机会，可以致力于改善中国残障人士生活环境相关的事业的话，是最好的。”

“好大的目标啊。”

“如果能让大环境变成残障人士可以定期享受良好服务的话（就好了）……如果我能出一分力就很开心了。”看似宏大的理想，在菊地真挚的描述下，似乎有了实现的可能。

临走前，亮叔伸手与菊地握手，并给了他一个大大的拥抱说：“加油哦！”

拥抱过后，菊地一边鞠躬道别，一边笑道：“好的。我会去南京找你的。”

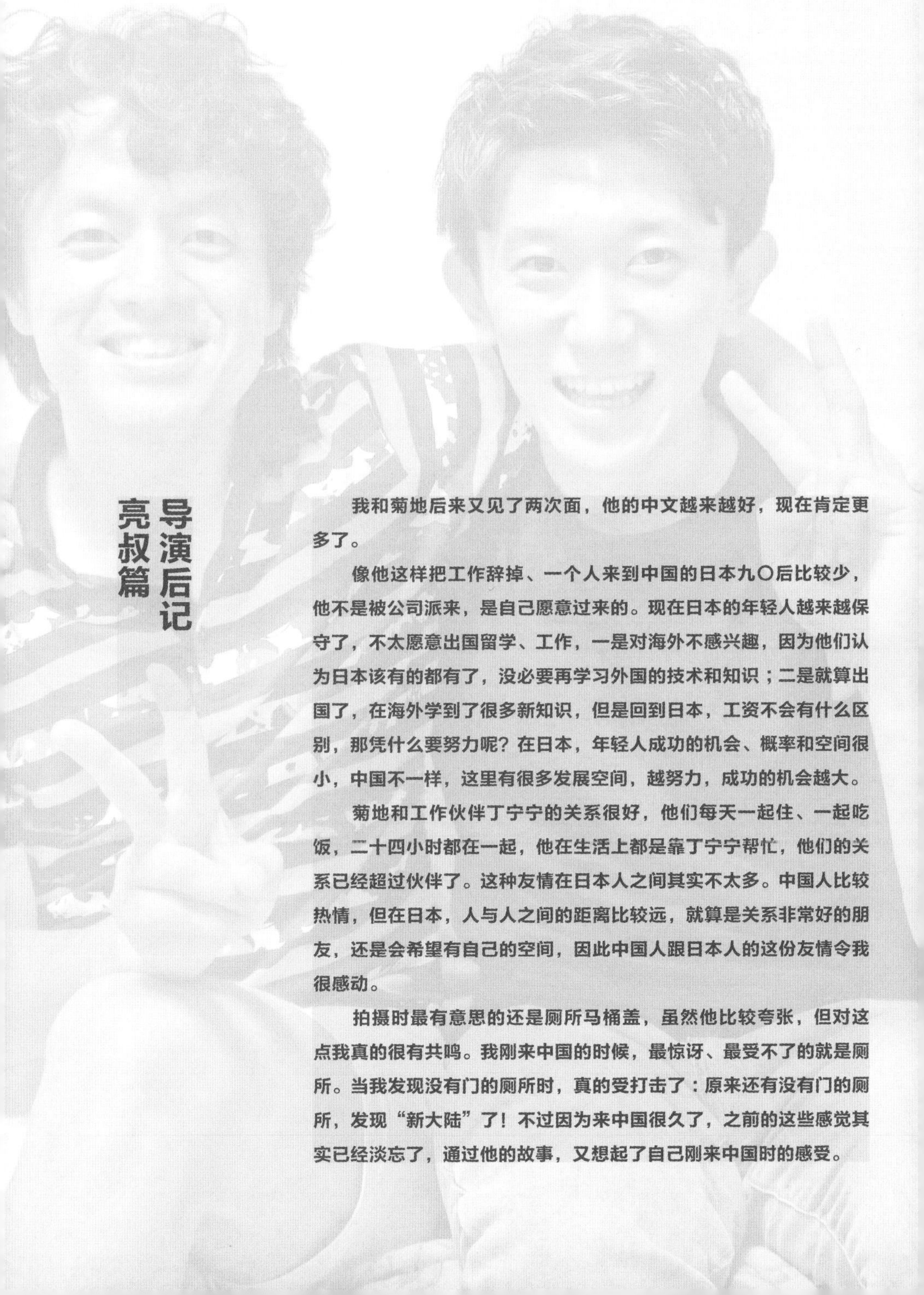

导演后记 亮叔篇

我和菊地后来又见了两次面，他的中文越来越好，现在肯定更多了。

像他这样把工作辞掉、一个人来到中国的日本九〇后比较少，他不是被公司派来，是自己愿意过来的。现在日本的年轻人越来越保守了，不太愿意出国留学、工作，一是对海外不感兴趣，因为他们认为日本该有的都有了，没必要再学习外国的技术和知识；二是就算出国了，在海外学到了很多新知识，但是回到日本，工资不会有什么区别，那凭什么要努力呢？在日本，年轻人成功的机会、概率和空间很小，中国不一样，这里有很多发展空间，越努力，成功的机会越大。

菊地和工作伙伴丁宁宁的关系很好，他们每天一起住、一起吃饭，二十四小时都在一起，他在生活上都是靠丁宁宁帮忙，他们的关系已经超过伙伴了。这种友情在日本人之间其实不太多。中国人比较热情，但在日本，人与人之间的距离比较远，就算是关系非常好的朋友，还是会希望有自己的空间，因此中国人跟日本人的这份友情令我很感动。

拍摄时最有意思的还是厕所马桶盖，虽然他比较夸张，但对这点我真的很有共鸣。我刚来中国的时候，最惊讶、最受不了的就是厕所。当我发现没有门的厕所时，真的受打击了：原来还有没有门的厕所，发现“新大陆”了！不过因为来中国很久了，之前的这些感觉其实已经淡忘了，通过他的故事，又想起了自己刚来中国时的感受。

因为我喜欢中国——

咖喱店老板

岛田孝治

现在的我可以自由地
做自己想做的事情，
还可以和现在的年轻人接触，
在这里我可以活得这么开心，
对我来说，这已经是
一百分满分的人生了。

个人档案

住在武汉的咖喱店老板

家乡：日本福冈县

职业：顶屋咖喱店老板

分店：街道口总店、武汉大学店、汉口学院后街店

爱好：抽烟

住在这里的理由：喜欢中国，在这里生活得很愉快，宛如春风般温暖。

亮叔在微博召集大家来岛爷爷的咖喱店相聚，第二天来了二三十位《我住》的粉丝。

有人问岛爷爷："请问您在武汉生活有什么不便的地方吗？"

"全部都不方便！"岛爷爷激动地说，"语言不通。"因为他完全不会说中文。

又有人问："那你之前怎么跟其他中国人交流啊？"

岛爷爷眨了眨眼睛，做着夸张的表情和动作，说："就是这样。"

湖北武汉，一个以各式各样早餐闻名全国的城市，亮叔和节目组曾在二〇一七年、二〇二〇年两次来到这里，探望一位由网友推荐、据说非常有意思的日本老头，从而发现了日本爷爷和江城武汉以及武汉人结下的不解之缘。

二〇一七年，亮叔来到位于武汉大学附近的八一路，经过一片餐馆，忽然在天桥下的面店前，遇到正在路边吃着冷面的岛田孝治。

岛田穿着蓝灰色格子衬衫，衣角妥当地扎进卡其色西装裤子里，手上拎着一件西装外套，一副日本绅士的派头。看到节目组，他马上站起来问好，说："我的店就在前面。不过我还没有吃午饭……"又指向对面坐着的、戴着明黄色渔夫帽的女孩子说："她就是我们的店长，她叫丹子。"顿了顿又说："不好意思，能让我先吃完吗？"短短三句话，礼貌地介绍了店铺位置、店长，交代节目组等他一下，把一切安排得妥妥当当。

早期的顶屋咖喱店（中为岛爷爷）

岛田不喜欢别人叫他“老爷爷”，所以人们都亲切地称呼他为“岛爷爷”。他来到武汉后，开了自己的咖喱店——顶屋咖喱，如今已经有三家分店了，在当地小有名气。

节目组第一次来采访时，首先到了顶屋咖喱八一路武汉大学分店。门口是特别醒目的、绿底黄字的招牌：顶屋咖喱。走进店里，却是恍如旧式西餐厅一样的装潢：墙面是暖黄色的，墙上挂了很多照片。四人座由包了软垫的木椅子围着，餐桌上铺了白色花纹桌布，上面压了一块玻璃，桌边还有一盏小台灯，散发着橙黄的暖光，气氛怀旧而温馨，和外面熙熙攘攘的大街相比，像是来到了另一个世界。

而如同老派绅士一样的岛爷爷就坐在其中一张桌子旁，朝厨房喊：“还没做好吗？”

店长丹子是武汉人，她端出了为节目组准备的牛肉咖喱饭。这是顶屋的推荐菜。在拍摄时，大份的价格是二十五块钱，小份的是十七块钱。

亮叔吃了一口，点点头说：“这是非常典型的日本的咖喱，正宗的日式咖喱。”

顶屋的咖喱要用高汤把蔬菜和肉炖煮二十四个小时才能奉客，隔夜咖喱把水分都蒸发了，剩下来的汤汁十分浓稠，看不出蔬菜和肉的模样，却全是精华，香浓美味。亮叔大口大口地吃着，片刻间就吃完

了，盘子干干净净。

“如果还想吃的话，还有。”岛爷爷欣慰地说。

亮叔笑着说：“已经很饱了。”

针对“特定客户群”派发宣传单

顶屋之所以出名，除了好吃的咖喱令人赞不绝口，岛爷爷独特的宣传方式也吸引了不少客人。他每天都会站在店门口派发宣传单，微微弯着腰，挥着手，一脸笑容。每发一张，就会用日语夹杂着中文，亲切地跟路人打招呼。有时嘴里还叼着烟，以同一个音调，大声而有朝气地重复着：“你好，谢谢！”

岛爷爷表示，用日语打招呼是有原因的，“我是日本人，有的人就是为了向我搭话，才来吃咖喱的。”

不过亮叔仔细观察了一下，发现岛爷爷发传单时还有一个特点：“基本上都是发给年轻的女孩啊？”

岛爷爷点头，直认不讳：“我的目标就是年轻女性。年轻女生来吃一次，只要觉得好吃，就会带上男朋友或者朋友过来吃。”

不得不说，岛爷爷的策略很有效，店里的年轻女顾客络绎不绝，有些竟真的是被他派发传单时散发的“魅力”吸引而来的。“日本老

咖喱饭

爷爷跟我们打招呼，我觉得特别温暖，所以我就来了。”

岛爷爷接待顾客时也用日语，以同一语调喊着：“请进，欢迎光临！”“请用！”让人觉得很亲切。他始终怀着“一期一会”的心情接待每位顾客，也严格要求员工必须服务周到。他还会为了停在店门前的单车生气，觉得会影响客人出入，就把车一辆辆推到一边。但是随即丹子冲出来说那是客人的车，闹了笑话的岛爷爷便从善如流，慢慢把车推回原位。

待客热情真诚、致力营造温暖的氛围，也是他将咖喱店命名为“顶屋”的由来。岛爷爷解释：“顶”就是最好的意思，他想经营一家咖喱店，这里有最好吃、最实惠的料理，客人吃得最开心，员工也工作得最开心。顶屋的宣传单上是这样写的：

“让大家在愉悦和享受中品尝到美味又便宜的料理……客人脸上的表情，一个也不能放过……虽然没有华丽的外表，但在朴实之中蕴藏着一份细腻和精致。我想光好吃还不够，还得让吃的人感到幸福，我所理解的幸福是细细体会与所有有缘人的关系，是从深刻的感受中漫出的感谢之情。”

岛爷爷做生意的准则是，不要赚得过多。“不用那么手忙脚乱会比较好，这样才能好好招待每个客人。”

“忙的话不是能赚得更多吗？”亮叔问。

“我开店又不是为了赚钱。”岛爷爷笑道，“开始是很贪心，想过不再栽跟头的人生，才过来这边。感谢老天爷，在这边过得还挺好。因为没有那么贪心了，所以就在这里住下来了。如果我贪心的话，就会想把生意做大，然后人就会变得很压抑。”

不是为了赚钱，那是为了什么呢？也许要先了解一下岛爷爷的人生经历。

圆梦的咖喱店

岛爷爷上学的时候成绩很好，于日本法政大学毕业后，进入了东京的律师事务所做会计相关的工作。他年轻的时候，日本正处于经济高速发展的时代，几乎所有年轻人都在拼命工作赚钱。可是岛爷爷不在意金钱，反而梦想着环游世界，于是辞去了高薪却忙碌的工作，回到家乡福冈，在一家工作相对轻松的会计事务所任职，一边工作，一边存钱，利用休假环游世界。一九八一年，他第一次来到中国，当时还只能跟着旅行团游览，使用外国人专用的外汇券在指定特产商店购物。几十年过去，他的足迹遍及二三十个国家，像美国、意大利、法国、荷兰、瑞士、丹麦、瑞典……

然而，在实现梦想的同时，岛爷爷失去了他的爱情。他当时的女朋友选择留在东京，不久后，这段恋情以失败告终。游历世界数十载，岛爷爷始终未婚，在度过平凡的一生和自由之间，他选择了自由。

岛爷爷古道热肠，他以前在福冈的时候，住所附近住了很多留学生，为了帮助留学生们适应在日本的生活，他经常抽时间陪着他们四处逛逛，品尝当地美食，甚至会对有经济困难的留学生施以援手。二〇〇二年的一天，他做了咖喱饭，招待留学生们来家里做客。没想到其中一个中国留学生表示，这是他第一次吃咖喱饭，让岛爷爷很吃惊。咖喱饭是日本家常料理，他以为在中国也很常见。这使他萌生了在中国开咖喱店的想法。可是当他和日本朋友讨论时，却没有一个人能够理解。

直到二〇一〇年，又有一个中国留学生来到岛爷爷家，说他毕业后想回武汉开一家咖喱店，希望岛爷爷到时去帮忙。岛爷爷那时刚退休不久，他想：去中国的话，既能为咖喱店帮忙，还能学中文，更可以在中国各地旅游，就答应了对方的邀请，来到了中国。然后，岛爷爷开了自己的咖喱店，经过不断摸索，做出了顶屋的自创咖喱。开业至今，顶屋咖喱的生意非常好，岛爷爷也在武汉落地生根。

人们学会做咖喱，就更想来店里吃咖喱了

岛爷爷十分重视咖喱质量，每天都要亲自试味，也时常自己动

手，亲身告诉店员，一直坚持做好吃的咖喱有多难。他带节目组来到准备食材的小厨房，看到汤底扑出白沫，便仔细捞掉，又让丹子交代厨房阿姨注意，因为有没有细致地捞出白沫关系到咖喱味道的好坏。

亮叔尝试帮忙切洋葱却被阻止，因为顶屋的洋葱要切成近乎透明的薄片。亮叔十分不理解："我觉得切成厚洋葱块的话香味反而更浓啊。"

"这样的话就不好炒了，水分就不好蒸发了。"岛爷爷说。

顶屋的咖喱一煮就是一整天，而在火上炖煮的咖喱要一直翻搅，否则"热量就会聚集到中间，搅一下的话就会有水蒸气，如果不搅一下的话，就会起泡沫。如果丢在一边不管的话，就会有酸味，到了明天早上就不能吃了，会氧化的。"岛爷爷说得十分仔细。

亮叔替他担心起来，问："这样把秘方公布出去真的好吗？"

"没关系。"岛爷爷不以为然地说，"做咖喱又不是什么很难的事情。我还希望更多的中国人能学会这种咖喱的做法呢。如果大家自己做了，觉得这种咖喱挺好吃的，就会有人觉得，相比起自己做的味道，还是店里的味道比较好，就会来店里吃。"岛爷爷的坚持，是顶屋咖喱品质的保证，他对自己的咖喱很有信心。

随着店铺有了名气，有很多人来跟岛爷爷洽谈新的商业发展。但是面对开加盟店或者扩大生意规模的提议，他的反应却是："岛田反对这个。新开很多很多的加盟店，从加盟进来的人身上收取加盟费用，只提供材料，然后剩下的你们自己看着办，这种就是典型的中国运营模式。我觉得这不是一个很好的做法。"

来中国十年，岛爷爷一直不忘初心，他不愿开加盟店，却愿意教其他同行日式咖喱的做法，让更多人尝到正宗日式咖喱的味道。听说顶屋八一路分店附近有家中式面店也想卖咖喱，他便自告奋勇免费教他们，认真又仔细。

"你为什么免费把这些技术教给竞争对手？"亮叔疑惑。

"教会他们做咖喱也不是什么坏事，这是为了提高自己的竞争力。"岛爷爷的心愿是："想把这里变成'咖喱一条街'。"

这样一来，人们只要想吃日式咖喱，就会想起这里，也能为顶屋带来更多客源。这是和“教会中国人做咖喱，他们就会想来店里吃”一样古怪的想法，却也能让人感受到岛爷爷对顶屋、对日式咖喱的信心。

工资最低的老板　住在最小的单人间里

顶屋咖喱可以说是圆了岛爷爷的心愿，在武汉定居的他，尽管语言不通，仍然热心肠地关心着在武汉的人们，比如，他从开店以来一直坚持免费教日语。

顶屋的餐盘纸上印有“顶屋日语免费学习会　内容：日语入门”。这是餐厅特有的活动，岛爷爷会在每周固定时间，教有兴趣的客人日语五十音的笔顺、发音。在没有网络教学的年代，岛爷爷的免费教室坐满了学生。他会把语音写在纸上，让学生们站在身边，再指着语音教他们一个个念出来，然后让他们回到自己的座位，照着来写。虽然现在学生少了，但是岛爷爷说，只要还有学生学，他就会继续教下去。

至于对于员工来说，岛爷爷更是一位大方的老板。他的原则是：和自己相关的人，大家要平等地分配利润。顶屋支付薪水的方式特别有仪式感：岛爷爷会把员工一一叫到身边，给他们现金。

亮叔问：“都这个时代了，为什么还要用现金发工资呢？转账不就好了吗？”

岛爷爷说：“我们这里一直都是这样子的。”

据说拍摄时（二〇一七年），顶屋员工的平均工资是每月四千到五千元人民币。那么岛爷爷呢？

“三千三百元。”他说。

亮叔惊讶，问：“只有这么多吗？”

岛爷爷点点头说：“丹子是我的三倍呢，毕竟她要做的工作那么多！”薪水比所有员工都低的岛爷爷，仿佛是一个假老板，可是他却很知足。“我就是交一下房租，水、电话费，还有买烟的钱，这些钱完全够了。”

岛爷爷很爱抽烟，几乎烟不离手，而他说得最好的中文就是：“红金龙，两包。谢谢。”因为他经常要到附近的杂货店用现金买烟。

没错，岛爷爷坚持“线下交易”，每次都从裤袋里掏出一把零钱，一张一张数好，再递出去。

“你好像一直只抽这个烟。”亮叔说。

“是的，这个最好抽了，我觉得贵的烟一点都不好抽。”岛爷爷抽的烟，一盒六块五毛钱，他一天差不多要抽两盒。

除了买烟，岛爷爷的生活简单朴实，他每天都会在店里试吃当天做的咖喱，因此吃饭也几乎不用花钱，每个月最大的开支大概就是房租了。那么，月薪三千的人气咖喱店老板住在怎样的地方呢？

岛爷爷的家位于普通的住宅小区，一推开门，就把节目组吓了一跳：乱糟糟的小型单人房间，柜子里、桌上、地上全是书籍、杂物，连落脚的地方都没有。

来到武汉后，岛爷爷一直住在这个月租七百元的房间里，近几年生意稳定了，也没有考虑搬家。白天大部分时间他都在店里忙碌，在家的时候，则会学习中文——一边翻看在一九八四年出版的中文教材，一边听卡带录音机播放的语音教学，反复地念：“老张当了六年老西（老师）。”

岛爷爷十年前来中国定居，尽管一直断断续续地自学，但是至今

岛爷爷家中的书柜

仍然学不会。亮叔问："年龄大了再学习一门外语是不是很难？"

岛爷爷笑着回答："没问题，学习汉语我可是认真的。"

就这样，他坐在一堆杂物和书中间，头上顶着用一根电线悬吊的灯，认真地看书、写笔记、念中文。即使身处狭小逼仄的空间，也十分知足。

以初恋女友名字命名的盖饭

偶尔，丹子会来帮岛爷爷理发。岛爷爷就坐在家门口，用卫生纸垫在肩上，让丹子帮他修剪过长的发梢。

亮叔笑道："店长还当起了理发师。"

丹子当然不会剪头发，她的手势不太熟练，剪得很慢，却很认真。岛爷爷脸上一直挂着享受的微笑，说："她一直都是这么帮我剪的。她这样帮我剪头发，其实我很开心。因为语言不通，所以去不了中国的理发店，我来中国之后，就开始自己剪头发了。如果觉得头发长了、很烦的时候，就会自己剪。"

亮叔笑道："娶个老婆不就正好了吗？"

岛爷爷笑了，说："毕竟上了年纪，来了中国也不会去想找老婆的事情了。"

其实他和节目组第一次见面时，就曾对众人说："我对活着这件事情已经没什么执念了……毕竟，上了年纪，好吃的东西也不觉得好吃了；还有另一点，对女人也没有兴趣了。如果没有这两样东西，也就无所谓了。"

"好像挺有道理啊。"亮叔说。

"但是，我来这边之后交了一个女朋友哦。"岛爷爷自豪地笑道。

亮叔笑着问："交了女朋友？不是对女人有兴趣吗？"

"虽然有兴趣，但是语言不通，对方可能就是想着这里有个日本老头，就交往了。"岛爷爷说。

岛爷爷丰富的情史，还包括一度出现在顶屋餐牌上的初恋情人。

顶屋的餐牌上曾有一款"纯子盖饭"，以鸡肉配上各种配菜，最后淋上酸酸的酱汁。为什么叫纯子盖饭？"那是初恋的名字。"岛爷爷笑着说起了他的初恋。

纯子是他十五岁时第一个喜欢的女孩，而做好这款盖饭当晚，他梦到了纯子，于是用了这个名字，来纪念温馨的回忆。

"现在也会偶尔梦见她，而且梦里的她还很年轻。"岛爷爷像个大男孩一样兴奋地笑着说道，"梦里她问我：'你还是一个人吗？'我就觉得好高兴。醒来之后就觉得自己好傻啊，为什么到现在还做这样的梦啊！"

"现在你还想跟她见面吗？"亮叔问。

"跟七十多岁的老奶奶见面？不是经常有这种桥段吗？又想见，又不想见这样的。"说起年轻时的岁月，岛爷爷眼里还有着属于少年的光。

不过后来这道温馨的盖饭却从餐牌上消失了。虽然有关初恋的故事非常美好，但是口味偏酸的盖饭经常让客人觉得"味道很奇怪"，最后只能黯然下架。"毕竟初恋的味道是酸涩的嘛。"岛爷爷说。

一百分满分的人生

不会说中文，很少和当地的日本人交流，开着咖喱店却又不为赚钱，岛爷爷到底为什么会一直住在武汉呢？

岛爷爷带节目组去了对他来说印象最深刻的地方：菜场。

刚开始经营咖喱店的时候，他每天都会到菜场买很多菜，放进双肩背包里带回家。那些食材往往有近十公斤，那时已经六十三岁的岛爷爷却每天背着沉重的食材来回跑。他说："因为我觉得必须要由我来做，所以是拼了命的。"

如今的岛爷爷早已不用自己买食材了，不过到了卖鸡肉的摊铺前，摊主却还认得他，开心地说："好久不见啦！"

"好旧（久）好旧（久）！"岛爷爷难得地说了一句中文，又亲切地和她握手。"因为她很亲切，所以我就会在这里买肉。"

岛爷爷刚到武汉不久，两人就认识了。摊主说："（他）挺好的，蛮实在。他每年都给我们红包，照顾我们生意，我们心里都挺感谢他。他人也挺好的，在我们中国生活也不容易。"

亮叔向岛爷爷转述她的话，岛爷爷开心地握着摊主的手，说："好开心，好开心！她记住了，感谢的心情也传达了。"在咖喱店刚起步的时候，支撑他的正是这些和他语言不通的菜场摊主。

离开后，岛爷爷忍不住激动落泪，说道："她这么说真的让我很高兴。"

亮叔也说："我深切地感受到，即使语言不通，心情也是能传达给对方的。"

岛爷爷一边掉眼泪一边点头，呜咽着说："的确是啊……我也没有想到。"

岛爷爷与摊主

也许很多人都好奇，不会中文的岛爷爷是怎么在中国生活了七年的。大概唯一的答案就是：他用一颗真诚的心感动了身边很多人，即使语言不通，人们也会主动帮忙，和他成为朋友。拍摄期间，岛爷爷遇到一个女学生，她也是《我住》粉丝。后来这位高中生写了一篇长文发给亮叔：

“去年因为补课，每次下了课都会去顶屋吃点夜宵。爷爷每次都会超级热心地问吃得怎么样？还有什么需要的？每次我说‘好吃’的时候，他都会笑得像个孩子，说‘谢谢’。有次爷爷站在门口做宣传，店里几个店员在隔壁给爷爷买了冰淇淋，但是他坚持不吃，不停地说‘工作在（在工作），工作在，不能吃！’……印象最深的还是去年有次下雨，放学的时候接孩子的车挤满了学校门口的小路，爷爷居然自己站出来引导车子慢慢开出去，还一直喊‘学生先走！’如果有机会，麻烦亮叔转达，我替我们全校同学谢谢他……从未想过一个孤身在外的老人能把对一个城市的爱发挥得如此淋漓尽致……我喜欢这个可爱的爷爷，想让全世界知道他有多好。”

岛爷爷活得纯粹而超然，他全心全意地为身边认识的、不认识的人付出，也获得了温暖的回报，热情的中国人，成为他一直住在这里的理由。“因为我喜欢中国，在这边也生活得很愉快。武汉的氛围跟我年轻时住的地方很像，怎么说呢，感觉那个时候一直被关在公司里…… 现在的我可以自由地做想做的事情，还可以和现在的年轻人接触，在这里我可以活得这么开心，对我来说，这已经是一百分满分的人生了。”

“为什么叫我回日本？我是武汉人啊！”

岛爷爷真心喜爱这片土地，哪怕是面对突如其来的不明疫症，仍然无所畏惧。

二〇二〇年初，受新冠肺炎疫情影响，武汉于一月二十三日开始“封城”，其后日本政府派包机来接公民回国，七十二岁的岛爷爷却选择留在武汉。即使日本方面来电话问他要不要回去，他也断然拒绝，反而很委屈地说：“为什么叫我回日本？我是武汉人啊！”

后来，节目组以视频方式与岛爷爷联系时，他再次重申：“我觉得自己是武汉人，没有回日本的必要。我要和武汉人民在一起，不论是困难的时候，还是开心的时候，都想和武汉人民一起度过。”

武汉解封后，节目组陆续收到粉丝留言，关心岛爷爷的情况，于是在二〇二〇年六月专门去找岛爷爷进行了回访。这也是《我住》的第一个回访纪录片。

岛爷爷（右）与亮叔（左）三年后再见面

时隔三年，岛爷爷还是穿着和以前一样的衬衫，香烟还是时刻不离手，但是顶屋在八一路的旧店因为拆迁，搬到了现在位于东湖村的武大分店。店长仍是戴着渔夫帽的丹子，只是这时她已经当上妈妈了。

新的店面大了很多，有十二张桌子，一部分仍沿用以前的桌椅。店里悬挂了日式餐厅常见的门帘，正对店门的天花板上贴了很多日本著名饮食电影的海报，氛围由西餐厅变成了日式料理店。店里还多了一个白底绿字的灯箱餐牌，可以看到顶屋的菜品变多了，现在还供应蒲烧鳗鱼、豚骨拉面、日式大福、南瓜蛋挞等。最特别的是，灯箱餐牌上列明了咖喱做法：

高汤汤底　二十四小时

咖喱慢炖　八小时

小火炒洋葱　两小时

“为什么把咖喱的做法写在这里？”亮叔好奇地问。

丹子苦笑，解释道：“一直以来大家都觉得，咖喱里面怎么没有肉啊，怎么没有土豆啊，老是因为这个原因给差评，所以就要大概解释一下。你想：一个东西从八点熬到下午五点，如果还看得到土豆还看得到肉的话，你那是放了什么材料啊？……也很委屈，跟岛爷爷解释了很多次，说要不要把土豆切大一点点啊，或者后放一点点啊，岛爷爷说：‘不可以！’”因此他们才以这样的方式向顾客解释，表示顶屋咖喱并没有偷工减料。

节目组拍摄了一段时间，却只有一桌客人。虽然顶屋早早地恢复营业，但是受疫情影响，当时分店的营业额只有之前的五分之一，客人少得可怜。以前每天都做的咖喱也要视乎情况，每周做两次左右。

“值得庆幸的是，咖喱可以冷冻保存。”生意冷清，岛爷爷却仍然十分乐观。

电饭煲的新用途

疫情过后，岛爷爷在生活方面没有太大变化。由于坚持“线下生活”，没有健康码，也就去不了超市、商场、地铁等公共场所，不过他并不在意。三年过去，他仍住在当初的单人房间里。

一推开门，岛爷爷便对节目组说："你们随便找个地方，坐下来休息一下吧。"

曾经堆满杂物的房间，现在是什么样的呢？

已经无处落脚了。

家里就像个惊喜屋，各种各样的杂物被岛爷爷开发了出人意料的用途，比如：电饭煲是用来煮水、烧咖啡和洗手的，因为它的容量比热水壶大。

"房间里的东西多了好多啊！"亮叔嚷道，"以前没有这么多书的。我都不知道该坐在哪儿了。"

原来岛爷爷让人从日本寄来了很多书，令房子完全变成了一个储藏室，连开灯时，也要沿着电线顺藤摸瓜找到插头，再穿过层层书山，把插头插在插座上，然后昏暗的房间才能亮起来。最后，亮叔只能坐在书桌前唯一没有放东西的椅子上，岛爷爷就坐在一个柜子之隔的床边，隔着重重的"杂物山"跟他说话。

岛爷爷正在写"来过武汉的日本人的故事"。这次疫情让他发现很多日本人并不了解武汉，便想借这些故事，把武汉介绍给日本人。他把订装好的打印稿递给亮叔看，亮叔才发现，原来《罗生门》的作者芥川龙之介也来过武汉。

满屋子的书籍，正是岛爷爷撰稿时的资料来源。"值得庆幸的是，这里书特别少，所以不得不多用自己的大脑思考，比如：'这两个组合在一起写没问题吗？''符合逻辑吗？'之类的。如果有书的话就会直接照搬书上的内容，就变成：'书里是这么写的哟，所以我没写错。'因为一直在动脑筋构思，对我来说，这也是一个很好的学习机会。"

岛爷爷与丹子：既是员工，也是家人

现在顶屋大部分事情都由丹子打理，岛爷爷也能将更多精力放在学习中文和写稿子上。回访期间，每当谈起经营情况，总是丹子侃侃而谈，岛爷爷偶尔才补充一两句。

在丹子家乡

“岛爷爷已经什么都不干涉了吗？”亮叔问。

“因为丹子非常可靠。”岛爷爷说，“一般我只有试吃，或者来看店里的情况，发现有地方需要改进时，才会和丹子说应该注意哪些问题。”

几年来，岛爷爷与丹子从老板和员工渐渐变得像家人一样。岛爷爷不会中文、不玩手机、只用现金，仿佛一个“原始人”，因此在生活上处处少不了丹子的照顾。她会帮他剪头发、陪他搭车、帮他把坏了的电动车拿去维修……而在武汉“封城”前，正是丹子的一个决定，令岛爷爷不至于孤立无援。

“她和我说：‘感冒现在传染得很严重，万一有什么不测就不好了，跟我一起回老家吧。’”岛爷爷说，“我一开始是说不去的，因为觉得很麻烦，不需要去，想着最多也就十天一个礼拜的事而已，丹子自己回去就好了。”

亮叔说：“还好一起回去了，丹子做了一个很对的决定啊。”

岛爷爷笑道：“还好我不是一个执拗的人，所以就听丹子的话，和他们一起回了老家，幸好我比较听话。万一我是一个执拗的人，说什么‘我不跟你走’的话：觉得一个星期而已嘛，根本就没什么，那就真的完蛋了！毕竟，我连吃的东西在哪里能买到都不知道。”

“你什么都不知道吧。丹子不在的话真的什么都做不了。”亮叔说。

“我们离开武汉的第二天，武汉就“封城”了。听到消息的时候惊呆了，这才知道情况变得多严重。”岛爷爷事后回想，感叹不已。

亮叔问：“对岛田先生来说，丹子是一个什么样的存在呢？”

岛爷爷说：“怎么说呢，就像我女儿一样的存在。”

亮叔说：“果然是这样，已经是家人了。”

“回她老家的时候，她家人也和我们想法一样，从刚开始我们就相处得很自然、很融洽，他们也把我当作家族的一员来对待。”武汉“封城”期间，岛爷爷住在丹子老家，和她的家人一起生活，每天悠闲地看书、学中文，到了饭点就和丹子家人一起吃饭，度过了一段惬意的日子。

亮叔说：“这种关系在日本人里很少见。原本是社长和社员，现在就像家人一样。”

岛爷爷说：“这在中国文化里应该也算比较特殊的了，没有像丹子这么为我着想的人了。”

说这番话的时候，岛爷爷和节目组正在他常去的一家日式料理店吃冷荞麦面。丹子忙完工作后也来了，吃饭时，她一直照顾着岛爷爷，就像贴心的小女儿一样。

亮叔感叹：“我感觉，在你们俩的关系里，你是女儿。”

丹子却说：“他（岛爷爷）说我是妈妈。”她得意地笑了，宛如调皮的小女儿。

亮叔看着丹子帮岛爷爷在菜上挤柠檬汁，跟岛爷爷说：“完全是女儿和爸爸的感觉。”

“对吧，是父女。”岛爷爷很是欣慰。

武汉就如春风般温暖

当问到顶屋的经营情况时，丹子直言：“乱成一锅粥了。”

“压力大吗？”亮叔问。

“压力的话……我一般不觉得压力大，因为岛爷爷也没有要求我一个月有多少营业额，可能这个月好一点，下个月差一点，都 OK 的。”丹子说。

“那你觉得撑得过去吗？”亮叔问。

“撑的话……街道口店撑得过去，武大店……很难。”丹子坦白地说，“但是不管怎么样，我自己投钱啊，或者想其他的办法，我都会让顶屋撑下去的。”她一直低头拨弄着饭，说得平平淡淡，神色却十分认真。

现在，丹子口中的两家店都顺利撑过了淡季，还开了一家新的分店。这个如同小女儿一样的店长，勤勤恳恳地实践了她的承诺。

如今的岛爷爷依然在武汉过着开心的生活。虽然他的很多想法和普通人不太一样，但是他让人看到，为身边的人付出，真的能收获温

疫情期间，街道办事处慰问岛爷爷

暖的回报。

“最后问你一个问题可以吗，是什么理由让你愿意一直住在武汉的？”时隔三年后，岛爷爷的想法有什么变化吗？

“到底还是因为武汉人都很热情。前段时间我回日本住了三个月，果然还是那种秋风过耳的感觉。虽然秋风清爽……但是宛如春风般的温暖，只能在武汉体会得到。我什么时候回日本、想怎么生活都可以，但我还是自然而然地被武汉的温暖所吸引。已经习惯了这里的温暖，在这生活让人心情舒畅，所以我想一直住在武汉，就是这样。”

日本长期高居世界上人口最长寿的国家排行榜的首位，然而，在这个高龄化的社会里，不愿给人添麻烦的客气文化、晚年贫穷、有待完善的长者福利等导致了老人们活到最后，往往无依无靠，孤独又贫困。岛爷爷退休后来到中国定居，在武汉获得了许多爱与关怀，而心怀感恩的他，也为武汉人付出了更多爱与关怀，令他深受人们喜爱。就像顶屋宣传单上说的：“我所理解的幸福是细细体会与所有有缘人的关系，是从深刻的感受中漫出的感谢之情。”这份只求付出不问回报的无私奉献，让他的晚年人生，虽然独身，却知足而幸福。

比起赚钱，这里是让人和人结缘的咖喱店：顶屋咖喱。

“今天的咖喱也很好吃，谢谢款待！”今天又试吃完咖喱的岛爷爷说。

导演后记 亮叔篇

很多人喜欢岛爷爷，他有很多朋友。

在他的故事里，我看到很多热情的中国人。因为岛爷爷一个人什么都做不了，像丹子就在生活、工作方面帮了他很多忙。他们没有血缘关系，但是她会一辈子照顾他。这种无私的关系在日本社会很少见，很令人感动。

岛爷爷超级喜欢中国人，也能感受得到，他特别喜欢跟中国年轻人交流。日本各个年龄段之间的距离真的很大，他如果在日本的话，周围都是老人，基本上没有跟年轻人交流的机会。但是在中国的话，人们对长辈比较尊敬，中国人也没什么距离感，老人和年轻人的交流挺多的，岛爷爷很喜欢这一点。

致力推进农业现代化——

农业专家

川崎广人

现在是我人生中最好的一段时光，我能切实感受到自己对这个国家的农业现代化做出了贡献，这是一件让人非常开心的事情。

个人档案

住在新乡的农业专家

家乡：日本岩手县

职业：农业专家

工作内容：推行使用纯天然肥料的循环种植法

工作地点：河南省原阳县小刘固村小刘固农场（循环农业示范基地）

爱好：玩微博

沟通方式：写手写告示

住在这里的理由：为了实现人生的价值，感受“辛劳的快乐”。

为番茄做完检测的川崎爷爷，从口袋里掏出一张皱巴巴的纸巾，把仪器擦干净。他说："我一直比较贫穷，就连纸巾都会节省着用。"
亮叔问："这张纸巾用了几次了？"
"已经用了十次。"川崎爷爷的纸巾上留下了多次使用后的各种痕迹。把仪器擦干净后，他把纸巾放在一旁，准备下次再用。
亮叔对着镜头总结道："他不喜欢浪费。"

小刘固农场（循环农业示范基地）位于河南省新乡市原阳县小刘固村，是一个很多人可能从没听说过的地方。在这样一个不为人知的小村庄里，竟然住着一位来自日本的农业专家：川崎广人。

河南是全国农业大省之一，原阳地处河南省北部，当地出产的大米比较有名。据说古时这里曾经出过十几位宰相，可惜到了现代，原阳一度被列入贫困县的行列，直到二〇一九年才得以"脱贫"。川崎爷爷六年前来到这里，带领当地农民挑战连日本也没有的全新农业种植方法，引发外界关注。

"没有微博我活不下去"

亮叔和节目组来到小刘固农场，他们携带的先进摄影器材和航拍无人机引发村民围观。走进办公室，就看到川崎爷爷在电脑前专心工

作。忽然，他给农场主李卫发微信，请她来办公室。难道是要谈公事吗？

李卫来了之后，川崎爷爷却把手机递给她，让她帮忙拍照——川崎爷爷在电脑前工作、川崎爷爷喝水……原来爷爷要发微博了。

“一共三四张照片，不要忘记了，谢谢。”川崎爷爷认真地说。

“嗯，知道了。”李卫无奈地回应。

川崎爷爷最大的爱好就是玩微博，通过微博展示农场的情况、教授关于循环农业的知识，以及分享在中国生活的趣事和烦恼。从他第一次发微博到现在已经六年了，截至节目组拜访时，已经累积了五十六万粉丝。

“没有微博我活不下去。”川崎爷爷一语惊人，“在中国做这样的工作，我有很大压力，写微博可以缓解压力。”

走在路上，要是有陌生人找他闲聊，川崎爷爷也会邀请对方关注自己的微博。微博不仅是他对外交流的渠道和“减压神器”，还帮忙解决了长期困扰他的签证问题。

二〇一六年，年届七十的川崎爷爷遇到了意想不到的难题。在中国，年龄超过六十五岁的外国人很难拿到签证。川崎爷爷手上的签证不但令他无法收取工资，还要他每两个月出境一次，既不方便，也给他带来了很大的经济负担。当时在微博上，一位网友问他在中国有什么烦恼，他就向网友询问了签证的事情。

微博原文是这样的：“我的苦难从第一次到达农村开始到现在，完全是取得签证的问题……我的太太六十八岁了，还在工作支援我。我的工作刚刚开始有点儿起色，我愿意在河南农村持续工作……农民需要我，很多朋友等我介绍堆肥制作栽培办法……”

这条微博被很多网友转发，阅读量超过二百四十三万。“第二天上午十点，北京外国专家组来了一个电话，说马上给你发专家签证，请放心。”现在川崎爷爷拿的是可以用“一辈子”的外国专家来华工作许可证，每年更新一次，直到一百岁。

川崎爷爷的农事课堂

为什么川崎爷爷能拿到在中国长期居留的签证？那是因为他为推动中国农业现代化做出了很大贡献。

拍摄期间，川崎爷爷尝试以完全无农药方式栽培的小番茄终于收成了。节目组试吃刚从农地里采摘的番茄，发现水分很多，鲜甜好吃。

“我们种的番茄是无农药的，无农药的种植在日本几乎是没有的。”川崎爷爷说。他拿出专门仪器检查番茄甜度，显示的数值是七点六，他解释说：“这样甜度的是比较好吃的。”

不用农药，却也没有害虫，这是如何做到的呢？节目组跟着川崎爷爷来到了番茄种植基地，了解使用纯天然肥料的循环种植法。

无农药番茄需要在温室大棚里种植。川崎爷爷一进入温室就开始拔杂草，因为杂草会导致害虫繁殖，一旦看到它们长出来就要拔掉。棚外铺了一层黑色塑胶膜，以抑制杂草生长，同时防止虫子进入大棚。爷爷说：“中国人不太除草，所以虫子比较多，这样做这里就不会长出杂草来了。”

为了防止害虫，川崎爷爷还在棚内四围放了许多大蒜，通过蒜味来驱赶虫子。这些方法从根源上解决了灭虫的问题。至于肥料，这里几乎都是靠自家的堆肥

川崎爷爷的外国人工作许可证

番茄

和水给农作物补充养分。“肥料里含有钙和镁，这样农作物的产量比较稳定。”经过反复的失败和挑战，川崎爷爷的温室里种出了健康无污染的番茄。

来一趟温室，川崎爷爷发现了很多问题。工作人员除了没有及时除草，更把还没成熟的番茄当作成熟的番茄摘了下来。

“我不在的时候，收成都不好。”川崎爷爷说。

年轻农夫解释道：“大家太忙了。”

“不要说忙碌，忙碌的话，还有别的人（可以做这样的事）。”川崎爷爷认为忙碌不是理由，大家必须全力以赴，确保番茄的品质。

他把工作人员都召集到了大棚，严肃地说：“请大家都围过来看看。工作时要认真。”说得着急了，更直接用日语嚷道：“判断它是否能采摘，不要看叶子，要看颜色。”然后加了句：“谁可以翻译？”日本人亮叔唯有出马帮忙。

可是工作人员仍然一脸困惑，因为他们摘的没成熟的番茄，和成熟的番茄一样都是红彤彤的，很难判断成熟程度。川崎爷爷便细心地跟他们传授快速辨认番茄成熟程度的小妙招：“我在日本学习的时候，老板说：‘川崎，你收获的番茄还没红。’所以我一直把成熟的番茄放在口袋里，然后（在摘的时候）拿出来比较，后来老板就不批评我了。”因为一比较，番茄成熟与否便一目了然。

崎岖的循环种植推广之路

其实川崎爷爷对于无农药种植的研究，是从退休后才正式开始的。他年轻时一直在日本一家大公司从事农业与食品工作，六十岁退休后，精力充沛的他想寻找并实现自己的人生价值。他说：“退休后我

小刘固农场

感到很迷惘，之前我都是为了家人工作，在我的余生，我想做一些自己想做的事。不知道该去做什么的时候，青岛农业大学的校长来到了我工作的地方。”

二〇〇九年，川崎爷爷来到山东的青岛农业大学合作社学院，担任研究员和技术顾问，教授日本的农业技术。在山东的农村考察后，他发现中国农村由于大量使用化肥和农药，导致土地污染、水污染和土壤板结（泥土结构被破坏，结果土面变硬）现象严重，蔬菜里的残留农药也成了社会问题。然而现在大部分中国农民已经不再制作或不懂如何制作高质量的堆肥了，家禽家畜的粪便没有得到有效利用，于是他就想办法解决这些农业问题——推广使用日式堆肥，无农药、无化学肥料的种植方法。回到日本之后，川崎爷爷开始自学中文，同时学习日本最先进的堆肥技术，他想依靠自己的力量来改变中国农业的现状。

二〇一三年，学有所成的川崎爷爷再次来到中国，开始了发展循环种植法的旅程。六十七岁的他，背着三十公斤的行李和书籍，在朋友的介绍下，走遍了中国各地的乡村与农场。人们听了他的种植方法都说“很好很好”，却不打算实行，也没有人愿意雇用这位日本老人。他说：“我今天在这个地方推广堆肥，第二天又去别的地方推广，每天如是，但是没有人能够理解我的想法。这样的旅程持续了八九个月。”

在他筋疲力尽、万念俱灰的时候，有位朋友告诉他河南有一个小刘固农场，他可以先待在那儿，之后再决定是回日本还是在中国继续努力。当时小刘固农场什么也没有种，已经快要倒闭了。川崎爷爷来了之后发现，农场附近的养牛场能够提供天然的堆肥原料，农场有潜力发展循环农业。他马上给农场主李卫发电子邮件，然而连续发了三十多封，都没有得到回应。爷爷决定留下一幅循环农业图，告诉他们重建农场的方法，接着再次踏上了他的旅程。

循环农业示意图

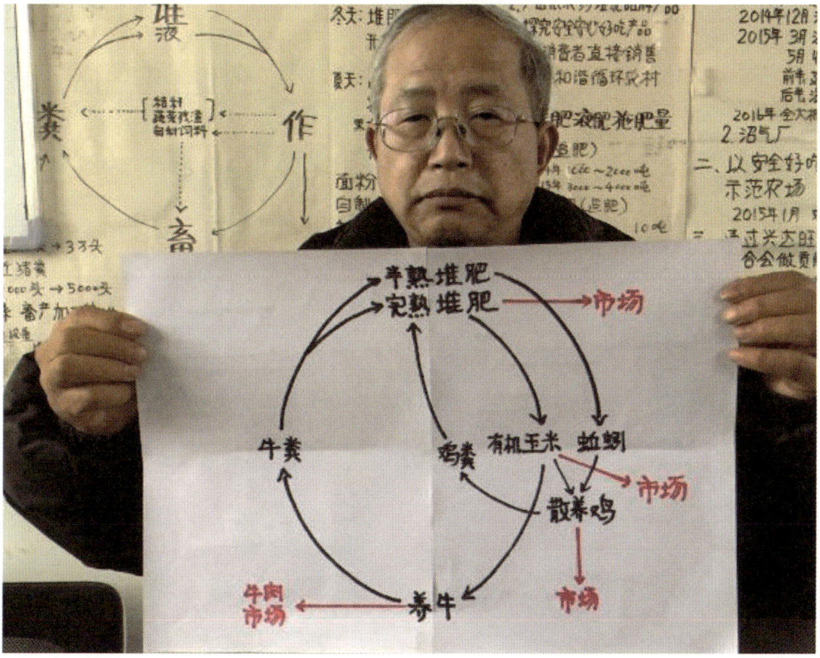

皇天不负有心人，后来李卫终于看到了川崎爷爷的邮件。无巧不成书的是，李卫也在考虑运用堆肥耕种。她开始在农场实践川崎爷爷提出的建议，并邀请他来做技术指导。李卫是第一个愿意尝试川崎爷爷提出的种植方法的人，让屡屡碰壁的爷爷看到了一点希望，他决定留在这里试试。没想到，这一留就留了六年。

充满“味道”的堆肥制作过程

让小刘固农场起死回生的循环农业种植法到底是什么呢？根据川崎爷爷画的示意图可以看到：用家禽家畜产出的粪便做堆肥，再用堆肥种植出来的无农药农作物喂饲家禽，然后收集纯天然的粪便再制作堆肥。

堆肥是一种有机肥料，以各种植物残体（杂草、落叶、泥炭等）为主要原料，混合禽畜粪便，经堆制腐解而成。堆肥富含氮、磷酸、钙、镁等元素，营养成分丰富，肥效（肥料进入土壤后产生的效果）长而稳定，同时有利于促进土壤形成固粒结构，增加土壤保水、保温、透气、保肥的能力，对于农作物与土地都十分有益。

为了解制造堆肥的过程，亮叔和节目组跟随川崎爷爷来到家禽养殖场。堆肥最重要的原材料就是畜禽的粪便，为了获得足够的粪便，

川崎爷爷（左）指导制作堆肥

川崎爷爷拿着肥料

川崎爷爷和附近的养殖场合作，回收动物粪便，既避免了环境污染，还可以废物利用。也因此，制作堆肥的地方很臭，节目组每人都戴了两层口罩才出发。

养殖场外墙上写着大大的字：中国第一高效堆肥。里面则都是鸡、鸭、兔子等禽畜，以及它们的粪便。制作堆肥时，要先把粪便晒干，再加上稻秆、稻麦壳、稻草、食品残渣等材料，放进日本制的堆肥制造箱里，接着进行最重要的步骤：搅拌肥料，其间要适时适量地浇水。搅拌好的肥料需根据温度来决定发酵时间，经过几个月的发酵后，就能得到免费又无污染的堆肥了。

制作过程看起来简单，但是其中搅拌浇水的步骤十分关键，如果水浇得太多，空气难以进入肥料内部，堆肥便得不到很好的发酵。在拍摄时，工作人员就由于一次放入了太多肥料，却没有及时浇水，导致制作失败。

“我应该说了，要一遍的时候加水，两遍再加水，三遍再加水*，这样是好的。这些（现在在表层洒的水）太多了。”工作人员浇水时，川崎爷爷急忙阻止，又伸手去摸箱子里的粪便，感受其湿润程度。他甚至没有戴口罩，却面无半点异色，只是一个劲儿地说：“这是最不好的方法……雾水（喷淋）是最好的，如果没有雾水的话，就用小点的水，下次学习（改进）。”

川崎爷爷认真地教导年轻的工作人员，让他明白每倒入一部分肥

* 此处川崎爷爷的意思为应堆一层肥料浇一遍水。

料便要浇水的道理。虽然逐次浇水很麻烦，但是只有这样才能使肥料充分发酵，产生高质量的堆肥。

指导结束，川崎爷爷匆匆离去，节目组以为他因为堆肥制作失败生气了。然而回到办公室，却看到他一脸平静地把手洗干净，又拿剪刀尖儿一点点挑走指甲缝里残留的粪便。“刚才为了测量堆肥的水分，直接把手插进去了，如果不赶紧清洁一下的话，估计不用两小时，我就要拉肚子了。”

“摸一下就会拉肚子吗？”亮叔问。

“是的，因为有很多有害细菌。”川崎爷爷认真地说。

“就摸一下，细菌就可以进入人体内部了吗？”亮叔疑惑地问。

“可以从皮肤进去的。”川崎爷爷说。

“在还清这笔债之前，我只能留在这里”

川崎爷爷又带节目组来到将堆肥液化的厂房，讲解道：“这里有一千八百头乳牛，是政府投资的农场。”

比起把固体堆肥播撒到田地里，液体肥料更容易喷洒，效果也能更快显现。液体肥料需要通过特殊管道运往旁边的麦田，用作种植小麦。虽然工厂距离麦田不远，但是要铺设的管道足足有三千多米长，费用大约是六万元人民币，这些钱都是通过众筹募集的。至于兴建工厂的钱，则是川崎爷爷从上海一家公司免息借来的。

“可能有人会觉得我做的事情很蠢，仅仅是这个管道就花了六万元，做那个堆肥工厂花了五十万元。这些都是用中国人的钱做的事情，所以在盈利之前，在还清这笔债之前，无论发生什么事情，我只能留在这里，哪儿都去不了。”川崎爷爷说。

亮叔感慨道：“做到这种程度的人，在日本有多少？”

“可能在日本也没有吧。我觉得这（工厂）已经超过日本了。（小麦）味道很好、产量也高，而且没有农药，明明有这么多的好处，为什么那些专业人士不来这里看看，不来了解一下呢？我对此感到非常不满。”川崎爷爷说。

亮叔在参观工厂、接受川崎爷爷的教育后，看着农场里的奶牛大便时，说：“以前的话只会觉得是粪便而已，因为这次采访，现在看到这些就只会想到堆肥了。”

“那可真是我的荣幸。”川崎爷爷笑道，“在我眼里，这些可都是人民币啊。”

展示蒜苗

“对于我来说，在中国最重要的事情就是处理粪便。”他自信地说，“因为关于‘粪便’的研究是人们最厌恶的事情，没有什么竞争对手，将来肯定会有前景的。”

经过多年探索，川崎爷爷成功通过循环种植法，利用液化堆肥，种出了完全无农药、无化学肥料的小麦，产量达到亩产一千三百斤。而使用普通化肥所种植的小麦，只能做到亩产八百到一千斤。使用堆肥种出来的小麦还好吃、安全，可以说是奇迹般的小麦。这是川崎爷爷来中国后最为自豪的事情，他说：“我觉得我们的小麦产量应该是中国最高的水平之一了。”

和粪便打交道的第二人生

节目组拍摄期间，吃了好几顿由纯天然有机蔬菜和小麦做的饭。把田里采摘的番茄和青瓜凉拌、生菜清炒，用养殖场里的鸡下的蛋做蛋炒饭，以有机小麦磨成的面粉煮的汤面，还有自制的番茄花生辣酱等，仅仅是一些素菜，也让众人吃得十分满足，毕竟这些都是川崎爷爷长年累月的成果。

“你一直以来都是和这些粪便打交道吗？”亮叔问。

“的确是这样，一般人不会研究这个，研究所的人也不会研究这些粪便。可能我的优势只有这一点了吧。”川崎爷爷说到最后，开心地笑了。

“做别人不做的事情，这会有很多机遇吧？”亮叔说。

然而川崎爷爷在中国崎岖的经历，似乎让他很难完全认同亮叔的话。就算在小刘固村落脚，尝试实践他的农业理念，人们对他仍有很多质疑。节目组在微博征集的问题里，其中一条是：“有人说他是骗子，他对这些质疑怎么看？”

“你知道‘骗子’是什么意思吗？”亮叔问。看着川崎爷爷不解的模样，他又用日语解释，“毕竟这些都是他们没有听过的理论，应该有人提出质疑吧，你是怎么想的？”

川崎爷爷想了想，艰难地开口道：“可能是因为……我的研究还没有盈利……有人批判我也是理所当然的事情。但是，”他顿了顿，坚定地说，“我川崎不说谎话，只要这样脚踏实地地成长下去，我坚信，一定会成功的！”

堆肥农业初期投资较高，想要盈利更要花很多年，川崎爷爷说：“到现在为止，只有那块麦田算得上是成功案例，我们的农产品价格是普通化肥种出来的农产品的十倍，虽说是十倍，其实也是勉强让步的价格了。”川崎爷爷期待着降低成本，从而能将有机种植推广到其他地方的那一天。

农业生产以外的“好习惯”教育

川崎爷爷平时忙于工作，加上在村里很难遇到日本同胞，这次拍摄，亮叔就被热情的爷爷拉着坐在农地旁，聊了三个小时。当亮叔问川崎爷爷，他认为中国和日本的农村生活最大的区别是什么时，爷爷说：“最大的不同是，中国农民不能靠农业生活，所以很多人到城市寻找工作。日本有一套能让农民很好地生活的体系，中国的话，就算我们农场种植的蔬菜价格是用农药种植的十倍左右，农民也不能靠这个生活。”

他指着不远处认真工作的农夫，说：“比如那个老人家比我稍微大一点，他做事很认真，可是看不懂文字，虽然他很努力地种植蔬菜，但是效率提高不了，只能依靠小小的铲子。日本一天能收割的面积是这里的两三倍，将来想做农业的年轻人，一定不能靠这个生活。”

落后的生产方式、有待完善的福利体系，令农民很难以微薄收入维持生计。扶贫计划帮助不少贫困农村脱穷，但是要提升农民的生活

川崎爷爷（左）在农场

质量，还是需要大量的投入，任重而道远。

其实，川崎爷爷在小刘固农场也遇到了很多困难。一开始他不会说中文，也没有钱，头发也是一片雪白。他说着说着，摸了摸自己的头顶。“三四年前的时候，这里是没有头发的，两边都是白发，现在头发已经长出来一些了。”

“还能长出来的吗？”亮叔惊讶地看着爷爷的头发。

“就是这一年才长出来一点点的，可能是因为压力小了很多吧。”川崎爷爷说。

小刘固农场条件艰苦，冬天没有暖气，夏天没有冷气，偶尔停电，一日三餐就是馒头青菜，住的地方是办公室楼上的宿舍房间，但是川崎爷爷一点都不在意，他最在意的是厕所能否保持干净。

“厕所干净的公司，才能大大成功”是川崎爷爷秉持的一大理念。想在这里建设理想农场的川崎爷爷，首先做的就是改造厕所。为了保持厕所卫生，川崎爷爷写了很多“手写告示”，张贴在厕所内外，还安排了厕所值班表，每月由一人负责打扫清洁，连他本人也要负责其中一个月的清洁工作。因此，农场的厕所远比其他地方的干净得多。

走进农场，亮叔留意到办公室内外的墙上、窗户上贴满了大大小小的“手写告示”，像是：白天不喝白酒、禁烟、不要随地吐痰等。

“本来这里什么也没贴，这些都是我写的。”川崎爷爷说。

亮叔惊讶地说：“都是中文！”

“是的，我在这里不用日语。”川崎爷爷说，“因为没有翻译，我全用中文。”

为了让农民们养成良好的习惯，川崎爷爷通过“手写告示”的方式提醒他们注意生活和工作的各种细节，如今这些改革都非常彻底。然而，当初中文不太好的他一度因为沟通不便，和农民们产生了很多冲突。

一天吃饭时，李卫说爷爷：“现在知道理发了，也知道刮胡子了。”

“现在就是那种和蔼可亲的老爷爷的感觉。”亮叔笑道。

李卫继续说：“然后也会笑了。原来不会笑，还会绝食、不吃饭。

因为别人喝白酒绝食。”

那是在二〇一五年三月，有一天刮起了大风，温室大棚被吹开了一个缺口，冷风对于刚种植的农作物幼苗是致命的。但是当时工作人员却跑出去喝喜酒了，只留下川崎爷爷一个人裹着破洞的棉衣，望着破了一个洞的大棚束手无策。绝望、无奈又生气的他，只能在自己的房间里绝食抗议，表达不满。

李卫得知消息，在午饭后急忙赶回来，发现川崎爷爷写了一封抗议书：“你们对工作的态度不够认真，外边在吹大风，大棚都坏掉了，大白天的，还在喝白酒，简直不可理喻。”

“我觉得只有这个方法才能表达出我的想法，只是说的话，没人会听的。”从此以后，他坚持以写“手写告示”的方式来向农民们传达重要的讯息，而人们也渐渐知道川崎爷爷的要求，大家都会尽量避免让他生气。

“新农民”带来新希望

拍摄时，川崎爷爷已经在农场待了四年半，不过最初的观念改革还没有结束，“手写告示”仍在继续。“虽然这些看起来很没有水平，但是该贴的还是得贴。在我们这里工作的人，有一半是不识字的，但是识字的人可以把我的想法传达给不识字的人。”

看着刚贴好的“不准喝白酒”的告示，川崎爷爷叹了一口气说：“整整花了四年半，他们才理解我的想法。”

人们的不理解有时会让他十分失落，李卫会劝他理解中国的现实情况，要“入乡随俗”，但是川崎爷爷认为，他应该坚持对农场好的事情。直到后来一批批年轻人来这里学习循环农业，让爷爷看到了希望。

农场里有很多志愿者，他们大多是义务在农场帮忙、没有工资的实习生，甚至还有人不顾父母阻止，偷偷来这里学习。其中一个男孩说：“我昨天刚毕业就过来了。以前来过几次。”

川崎爷爷为这些年轻人制定了严格的作息时间表。他们每天清晨就要起床，开始一天的工作，早上要开会，然后做农活，晚上还要听川崎爷爷上课，学习制作堆肥的技术和各种农业知识与经验，甚至连几点吃饭也包括在时间表内。

问他们为什么想来做志愿者，有人说：“因为川崎爷爷在真正地做事。在中国，这种真正做事的人，包括中国人，都很少。作为一个日本人，（他愿意在这里做事）很难得很难得。我会一直陪着他，到他实现心愿为止，那时我再离开。”

川崎爷爷很和蔼，他会尽力帮助这些年轻人，让他们尽快掌握堆肥技术。不过，听他讲课十分考验听力，因为爷爷的中文音调古怪，必须全神贯注，用心倾听，才能理解。

讲课结束后，亮叔问其中一个同学：“你能听懂吗？”

“还行吧。”对方笑着反问道，“你听不懂吗？我现在基本上都能听懂。刚来的时候只能听懂一半，然后交流一星期之后，基本上也能听懂百分之七十，两个星期之后基本上都能听懂了。”

现在越来越多的人通过微博认识川崎爷爷，他们从全国各地慕名而来，自愿到农场当学员，与他一起建设新农场。川崎爷爷叫这些年轻人“新农民”，他认为，有志于循环农业并拥有一定文化水平的年轻人，才能接手他的工作。

“我一个人做不了循环农业。”川崎爷爷相信，在未来，这些年轻人一定能改变中国农业。而为了让他们留在行业里，他也想尽快盈利，哪怕很少，也想给这些年轻人一些薪水。

唯一的知己与精神支柱

改造农场、推行有机种植，都不是一朝一夕能够完成的事情，川崎爷爷有时候也会感到沮丧。每当遇到困难时，他都会去一个地方拜访，那就是李卫的父亲，李敬斋先生的墓地。

李敬斋是村子里的“状元”，他在毕业后坚持回到农村，为小刘固村的发展做出了很大贡献。而从河南省农业厅退休后，他为了帮助村民致富，在家乡办了养殖场，这就是小刘固农场的前身。后来李敬斋病故，女儿李卫接手农场，因为她的父亲认为，做过《河南日报》记者的李卫见多识广，一定会把农场经营好，给村里人造福。

川崎爷爷第一次来农场时就了解到李敬斋的故事，对他十分尊敬。爷爷激动得跟李卫写信，说：“你父亲太伟大了！”他还在微博上这样写道：“我常常去李敬斋的墓地，他的坟墓上记录了他的简历和为农民服务的想法，（看到这些）我感动得哭了起来。”

对于川崎爷爷来说，李敬斋和他有着共同的想法与追求，是他唯一的知己。小刘固村的村民们经常看到川崎爷爷前往李敬斋的墓地，他有时候会带上一瓶酒，与从未谋面却已阴阳两隔的知己对饮。

“明明是你不认识的人，为什么会那么有感触呢？一面也没有见过

在办公室

的人。”亮叔问。

“为了自己能在这里落地生根。李卫的父亲是我可以依靠的精神支柱，对我来说这是不可或缺的。看到这块碑的碑文之后，我非常感动。”川崎爷爷说，“（墓碑上）有几句话让我觉得感同身受，比如说这句‘同吃同住’同劳动。”

李卫最初接手农场时并不知道应该如何经营，但是她继承了父亲想要使用堆肥的理念，这和川崎爷爷的想法一拍即合，于是他们联手改造小刘固农场。改造初期，川崎爷爷就给李卫提出和农民们“同吃同睡同劳动”的要求。

“我想李卫的父亲应该完全没料到，有我这样的一个外国人来到这里，继承了他的遗志。”他说。

“我打算一直在这里生活，直到死去。”

川崎爷爷将来打算在这里建造自己的墓，用自己剩下的所有生命来完成循环农业的工作。“一开始老婆跟我说：‘你只能在中国待三年，三年之后你就得回日本。’但是我回去也没有事情做，反而在中国的工作对我来说更有意义。很多人问我：‘打算什么时候回日本？’我只能说：‘我打算一直在这里生活，直到死去。’”

“当然我不会跟老婆说我在中国做这样的研究。我不怎么跟她说我在中国的事情，因为她比较胆小。如果她像中国女性这样胆大的话，我倒是可以和她说一下。”川崎爷爷笑道。

“你说你在这里待到死，你太太觉得可以（接受）吗？”亮叔问。

“我如果回到日本照顾太太，她也许会很高兴，但是中国的有机栽培、循环农业谁来做呢？”川崎爷爷反问道。

在他工作台旁边的书柜上，放了一张一家人的合照。

“不好意思给别人看。”川崎爷爷说着把照片递给亮叔。照片上是他的儿子、妻子、女儿和小外孙。川崎太太显得很年轻，看起来完全不像年逾七十的老人。

亮叔说：“如果是她的话，应该不会跟你到这边生活吧？她的气质跟这里不太符合。”

川崎爷爷笑笑不说话，害羞得不想多谈自己的家人。

他把深爱的家人留在日本，留在他心中最温暖的地方，而在七十四岁的高龄独自一人前往中国，为这里的农业发展奋斗，甚至愿意付出余生。也许不是每个人都能理解他的想法，他说：“现在是我的人生中最好的一段时光。我能切实感受到自己对这个国家的农业现代化做出了贡献，这是一件让人非常开心的事情。在日本的时候，虽然过的也不算是平凡的生活，但是总感觉缺点什么。”

尽管在退休前，他从未想过会与中国结缘。

“你在公司上班的时候过得开心吗？”亮叔问。

他们在路上遇到认识川崎爷爷的陌生人，对方向爷爷表达自己的敬意。

“以前感受不到这样的感动呢！”川崎爷爷说，“公司是由很多‘齿轮’组成的，毕竟有三千人在一起工作。在那边的话，我只是其中一个齿轮而已。”

享受“辛劳之后的快乐”

现在，川崎爷爷致力帮助小刘固农场的农民和来学习的年轻人掌握循环农业的种植技术。几年过去，刚来中国时不怎么会说中文的他，如今已经能说一口带日本和河南口音的普通话，和当地人打成一片。他经常和村民分享种植成果，因为和人们关系好，每次搭船横渡黄河时都是免费的。

“你住在这里的理由是什么？”亮叔问。

“为了实现人生的价值。”川崎爷爷说，“如果我回日本了，流了一点汗就去泡泡温泉、喝点啤酒，晚上看看棒球比赛、看看有意思的电视剧，这样的生活会很舒服。但是我觉得这样反而没什么意思，每天过得舒适自在的话，反而会感到空虚。有一种快乐叫‘辛劳之后的快乐’，在退休一段时间后，我发现相比之下，这种‘辛劳的快乐’更适合我。我在中国有一种被人需要的感觉，日本在农业方面的技术和想法，是很多中国人还没有注意到的，我觉得需要将这些传授给他们。”

与此同时，川崎爷爷的家人对他也十分理解。川崎太太后来给节目组写了一封邮件，当中说：

“我丈夫退休之前为这个家拼命地工作，我对他只有感谢。他说过老了以后想做自己喜欢的事情，为这个社会做出贡献，所以他现在去中国也是势在必行的，我现在已经理解了。只是家人很担心他的身体，家人们期盼着他能知道自己精力和能力的极限，感受到自己只能做到这么多。希望他有了一些成就感，夙愿得偿之后，健健康康地回国。”

与普通的日本退休老人不同，川崎爷爷在中国的每一天都为了经营农场、推行循环种植法、培养更多“新农民”而忙碌，为了实现自己的人生价值，他选择留在小刘固农场，和这里的人们一起努力。期待在不久的将来，农场的年轻人们学有所成，川崎爷爷能放心回国，回到家人身边。

导演后记 亮叔篇

他是一个相当奇怪的爷爷。川崎爷爷不爱说话，是典型的日本东北地区的人。他是完全为了自己的使命感而来中国工作，不是为了利益，也不是为了别的什么东西。他待的那个地方非常穷，生活环境恶劣，而他的家人都在日本；他曾经在很大的公司上班，估计退休金也挺多的，所以觉得很奇怪，为什么要一个人来到中国，在这么恶劣的环境中工作呢？

不过另一方面，我也理解他，人都是渴望被别人需要的嘛。川崎爷爷一直努力改善中国的农业技术，推广有机无农药的种植方法，留在中国的话，很多人需要他，他会有成就感。川崎爷爷不一定是因为喜欢中国才来的，他从来没有说过“我喜欢中国”之类的话，在中国也没有朋友，他就是为了改善中国的农业，为了使命感而来的。虽然他在日本可以过稳定的退休生活，但是对他来说肯定没什么意义，只有达成使命，才会非常有成就感。像他这样的人很厉害，如果我到了七十多岁，是不可能跟他做同样的事情的。

写下你住在这里的理由

个人档案

职业

家乡

爱好

住在这里的理由

图书在版编目（CIP）数据

我住在这里的理由 /和之梦著. —南京：译林出版社，2022.10
（译林中国故事）
ISBN 978-7-5447-9124-3

Ⅰ.①我… Ⅱ.①和… Ⅲ.①纪实文学 - 中国 - 当代 Ⅳ.①I25

中国版本图书馆 CIP 数据核字（2022）第 060399 号

我住在这里的理由 和之梦 / 著

责任编辑 王 玥
特约编辑 李 蕊
撰 稿 赵 寅
校 对 戴小娥 孙玉兰
责任印制 颜 亮

原文出版 三联书店（香港）有限公司，2021
出版发行 译林出版社
地 址 南京市湖南路 1 号 A 楼
邮 箱 yilin@yilin.com
网 址 www.yilin.com
市场热线 025-86633278
排 版 南京展望文化发展有限公司
印 刷 中华商务联合印刷（广东）有限公司
开 本 652 毫米 ×960 毫米 1/16
印 张 23
版 次 2022 年 10 月第 1 版
印 次 2022 年 10 月第 1 次印刷
书 号 ISBN 978-7-5447-9124-3
定 价 88.00 元